deutsch.ideen

Aufbrüche und Grenzerfahrungen

Lehrermaterialien

W0391933

Schroedel

deutsch.ideen

Aufbrüche
und Grenzerfahrungen
Lehrermaterialien

Erarbeitet von
Bärbel Ebel
Dieter Finke
Katrin Jacobs

ISBN 3-507-**69803**-X

Druck A 5 4 3 / Jahr 05 04 03

Alle Drucke der Serie A sind im Unterricht parallel verwendbar, da bis auf die Behebung von Druckfehlern untereinander unverändert. Die letzte Zahl bezeichnet das Jahr dieses Druckes.

Gedruckt auf Papier, das nicht mit Chlor gebleicht wurde. Bei der Produktion entstehen keine chlorkohlenwasserstoffhaltigen Abwässer.

Satz: More*Media* GmbH, Dortmund
Druck und Bindung: Westermann Braunschweig

Inhaltsverzeichnis

Tipps zum Umgang mit dem Themenheft

Das Lehrermaterial zum Themenheft »Aufbrüche und Grenzerfahrungen« erläutert und ergänzt dieses Unterrichtswerk, das als Schwerpunktmedium in einem Kurshalbjahr oder in mehreren Kurshalbjahren der Jahrgangsstufen 12 und 13 (ggf. auch schon in 11) eingesetzt werden kann. Dabei orientiert sich das Themenheft an den Schlüsselthemen der Halbjahresthemen der Lehrpläne: »Aufbrüche und Grenzerfahrungen« – Emanzipation des Individuums – Emanzipation der Gesellschaft; Probleme der Lebenswelt: Die eigenen Ansprüche, die der Mitmenschen und die Anforderungen der Gesellschaft in eine ausgewogene Relation bringen.
Die drei Kapitel des Themenheftes: »Sturm und Drang – eine bewegte Zeit«, »Reisen – Selbsterfahrung, Selbstverwirklichung und Flucht«, »Frauenbilder – Entwürfe von Weiblichkeit« konkretisieren das Schlüsselthema in Form von drei Unterrichtsvorhaben. Das erste Unterrichtsvorhaben behandelt die Epoche des Sturm und Drang und die Problematisierung von Epochenbezeichnungen. Es bietet eine Vielzahl von Dramenauszügen, Gedichten und Sekundärtexten, sodass es im Grundkurs statt einer Ganzschrift, im Leistungskurs ergänzend zu der Behandlung einer Lektüre eingesetzt werden kann. Das zweite Unterrichtsvorhaben thematisiert die Emanzipation des Individuums und seine Auseinandersetzung mit vielfältigen gesellschaftlichen Ansprüchen anhand von Reiseerfahrungen. Im Unterkapitel »Sehnsuchtsziel Italien um 1800« wird der Epochenumbruch vom 18./19. Jahrhundert in den Mittelpunkt gestellt. Neben unterschiedlichen literarischen Texten wird in diesem Unterrichtsvorhaben vorrangig die Analyse von Sachtexten behandelt. Das dritte Unterrichtsvorhaben thematisiert sowohl den Epochenumbruch vom 19./20. Jahrhundert als auch schwerpunktmäßig die Gegenwartsliteratur der 90er Jahre. Das Thema »Frauenbilder – Entwürfe von Weiblichkeit« eignet sich in besonderem Maße ergänzend zur Lektüre eines Dramas oder Romans aus dem 18.–20. Jahrhundert, das bzw. der die Rolle und Stellung der Frau in bestimmten historischen Zusammenhängen problematisiert, und verbindet und erweitert den im ersten Unterrichtsvorhaben thematisierten Väter-Töchter-Konflikt.

Jedes Unterrichtsvorhaben untergliedert sich in drei Unterkapitel. Um die Zusammenstellung von Unterrichtssequenzen nach den schulinternen Curricula zu erleichtern, wurde für jeden der drei Lernbereiche, Umgang mit Texten und Medien, Sprechen und Schreiben und Reflexion über Sprache, ein Symbol entwickelt, das dem Unterkapitel vorangestellt ist und angibt, welche beiden Lernbereiche hier im Vordergrund stehen, wobei ein Schwerpunkt federführend ist und in dem zweigeteilten Symbol oben steht. Grundsätzlich gilt das Integrationsprinzip, d.h., alle Lernbereiche sind in einem Unterrichtsvorhaben vertreten, die federführenden Lernbereiche wechseln von Unterkapitel zu Unterkapitel. Somit ist nicht nur eine thematische oder gattungsorientierte Zusammenstellung von Unterrichtssequenzen möglich, sondern auch eine nach bestimmten Lernbereichen.
Dem Lernbereich Methoden kommt – im Sinne der Grundkonzeption der Oberstufenreihe deutsch.ideen – eine herausgehobene Rolle zu. Der Verknüpfung von Inhalten und Methoden wird Rechnung getragen durch eine parallele Erarbeitung von Inhalten und Methoden (immer blau gekennzeichnet), allerdings liegt der Schwerpunkt auf den Inhalten, da das grundlegende Methodenrepertoire bereits in Jahrgangsstufe 11 erarbeitet worden ist. Jedoch wird die Methodenkompetenz der Schüler erweitert und ergänzt: Es gibt Methodenzettel (blau unterlegt) und Aufgaben (gekennzeichnet durch einen blauen Punkt vor der Aufgabenstellung) mit einem methodischen Zugriff im Schwerpunkt, die die Anwendung einer gerade eingeführten oder einer schon erprobten Methode erfordern. Um die neu eingeführten Methoden im Sinne der Methodenspirale zu systematisieren, ist die Zuordnung der Methode zu der Methodenspirale (z.B. Informationserschließung, Texterschließung oder Präsentationstechniken) am Rand des Methodenzettels gekennzeichnet und ermöglicht somit auch Schülern eine übersichtliche Zuordnung. Das Methodenlexikon befindet sich am Ende des Themenheftes als komprimierter Zusammenschnitt der Methoden aus dem Text- und Arbeitsbuch deutsch.ideen, die für die Arbeit mit dem Themenheft notwendig sind.

Das Lehrermaterial orientiert sich an den drei Kapiteln des Schülerbandes.
Jedes dieser Kapitel ist folgendermaßen aufgebaut:

Grundidee des Kapitels: *Einführung in die Konzeption*
- didaktisch-methodische Begründung und Auswahl der Themen
- Verknüpfung inhaltlicher und methodischer Schwerpunkte
- Aufbau des Kapitels

Informationen und Interpretationsansätze: *Hinweise zu Texten und Arbeitsanregungen*
- Einführung in das Kapitel
- Erläuterung der Einstiegsseite
- Informationen zu Text / Kontext / Autor / Epoche
- Lösungsvorschläge zu Aufgabenstellungen (s. ●)
- Zusatztexte
- Grafiken und Tafelbilder

Weiterführende Aspekte
- Möglichkeiten der Erweiterung von Unterrichtsvorhaben
- Skizzierung weiterer Unterrichtsvorhaben
- zusätzliche Aufgabenstellungen
- alternative methodische Zugriffe

Vernetzung
- inhaltliche und methodische Querverbindungen innerhalb des Kapitels oder zu anderen Kapiteln
- Verweise auf alternative Unterrichtssequenzen

Hinweise zu den Abbildungen
- Angaben zu Werk / Künstler / Inszenierung
- Informationstexte

Hinweise zu den Modulseiten: *Projektideen, Über die Fachgrenzen..., Klausurtraining*
- Erläuterung aller Modulseiten des Kapitels und Ergänzung durch Zusatzinformationen
- Ergänzung weiterer Modulseiten
- Klausuren und Lösungsvorschläge (s. ●)
- Facharbeitsthemen in Anbindung an das Thema des Kapitels

Lese-Tipps und Literaturhinweise
- kommentierte Verweise zu Primär- und Sekundärliteratur
- Ganzschriften-Empfehlungen
- (L) = besonders für Lehrerinnen und Lehrer geeignet; (S) = besonders für Schülerinnen und Schüler geeignet

Kopiervorlagen
- Ergänzung des Methodenrepertoires
- Arbeitsblätter
- Klausuren mit Lösungsvorschlägen (s. ●)

Methoden lernen

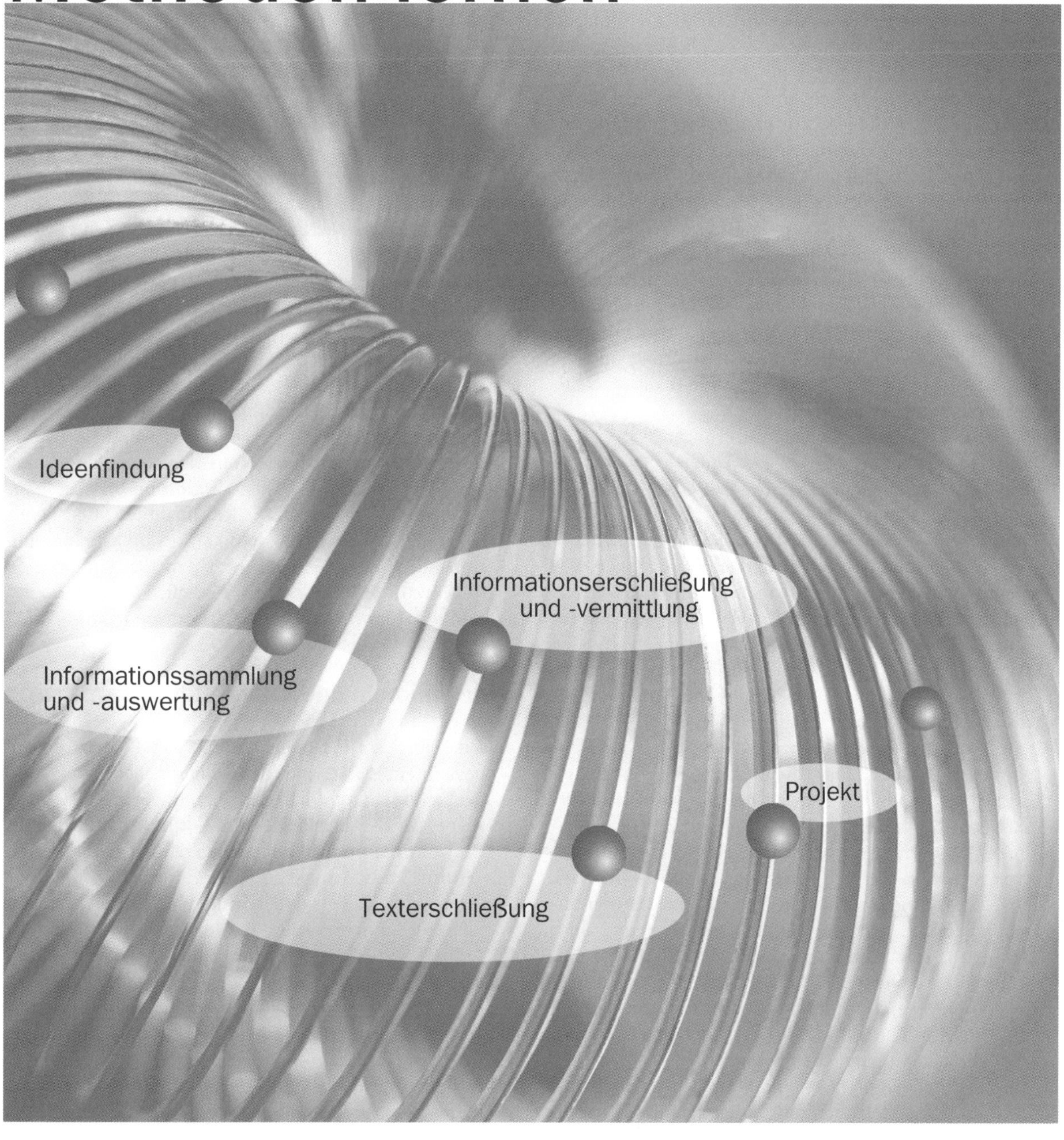

Sturm und Drang – eine bewegte Zeit

Grundidee

Das Unterrichtsvorhaben »Sturm und Drang – eine bewegte Zeit« nimmt Bezug auf die in den Richtlinien Deutsch für die Sek. II geforderte Behandlung von Epochenumbrüchen und thematisiert im Kontext der »Aufbrüche und Grenzerfahrungen« den Selbstfindungsprozess des Individuums, die Auseinandersetzung mit seinem historisch-gesellschaftlichen Umfeld, die Grenzen seiner Entfaltungs- und Wirkungsmöglichkeiten in der zweiten Hälfte des 18. Jahrhunderts. Diesen thematischen Aspekten tragen die Unterkapitel insofern Rechnung, als sie den Geniegedanken und den Geniekult dieser literarischen Strömung sowohl als zentrales inhaltliches Motiv als auch in seinen formalen und sprachlichen Ausprägungen darstellen, Autoritätskonflikte individueller oder familiärer Prägung und die Auseinandersetzung mit staatlichen Autoritäten sowie das Fortleben dieser literarischen Konfliktstoffe bis in die Gegenwartsliteratur hinein aufzeigen. Ebenso wird exemplarisch ein Einblick gewährt in die erhöhte Sensibilisierung des Ichs hinsichtlich seiner Natur- und Welterfahrung und die Ausbildung dieser Sensibilität bis hinein in die sprachliche Gestaltung der Empfindsamkeit.

Entsprechend der bevorzugten Gattungen des »Sturm und Drang« geht es in diesem Unterrichtsvorhaben schwerpunktmäßig um den Umgang mit Dramenauszügen und Gedichten, aber auch Auszüge aus den »Leiden des jungen Werthers« sowie aus zwei modernen Romanen der 80er und 90er Jahre werden herangezogen. Das methodische Repertoire wird analog zu den o.g. Gattungen hauptsächlich hinsichtlich der Analysetechniken und der produktionsorientierten Methoden für die Behandlung von Dramen erweitert, aber auch Methoden der Visualisierung und Präsentation von Arbeitsergebnissen werden vorgestellt und erprobt.

Als Einstieg in das Unterkapitel »Über alle Grenzen – Kraftmensch und Genie« dient Goethes »Prometheus« als programmatischer Text, an den sich zwei Dramenauszüge anschließen, die zwei in ihrem Auftreten und ihrer Diktion richtungsweisende Vertreter dieses Prototyps vorstellen. Die sich aus der Überschrift »Über alle Grenzen« schon andeutende Normen und Konventionen sprengende Haltung der Protagonisten und ihrer Autoren lässt sich in unterschiedlichen Konflikten mit Autoritäten bündeln. Da sind einmal die epochentypischen innerfamiliären Streitigkeiten zwischen Vätern und Söhnen hinsichtlich der ständischen Hierarchie, aber vor allem die zwischen besorgten, die bürgerlichen Werte vertretenden Vätern und ihren den gesellschaftlichen und innerseelischen Anforderungen nicht gewachsenen Töchtern. Zum anderen wird das für die Epoche des »Sturm und Drang« so typische Motiv des »Bruderzwists« thematisiert, das die innerfamiliären Rivalitäten zwischen den konkurrierenden, unterschiedliche Lebensauffassungen repräsentierenden Brüdern darstellt. Des Weiteren wird die Ausweitung / Transponierung dieses Autoritätskonflikts aufgezeigt anhand der Auseinandersetzung mit erzieherischen, an feudalständische Verhältnisse anknüpfenden Zielen und Stilen der Zeit sowie der Anklage des verantwortungslosen und menschenverachtenden fürstlichen Herrschafts- und Machtanspruchs.

Das Unterkapitel »Sprache der Empfindsamkeit – Naturschwärmerei« stellt den Lernbereich »Reflexion über Sprache« in den Mittelpunkt, indem es hier in erster Linie um die Analyse des Wortschatzes, der Schlüsselbegriffe der Epoche und ihrer inhaltlichen Herleitung und Ausdifferenzierung geht. In diesem Unterkapitel wird exemplarisch am Beispiel von Auszügen aus Goethes Roman »Die Leiden des jungen Werthers« auf die vorherrschende literarische Gattung dieser europäischen Literatur-Strömung, nämlich den Briefroman, eingegangen.

Im dritten Unterkapitel »Rückblicke und Ausblicke« sollen mithilfe zweier Sekundärtexte exemplarisch die Fragwürdigkeit und Ungenauigkeit des Epochenbegriffs problematisiert werden. Daran schließt sich im Sinne einer kontrastiven Epochenbetrachtung die Auseinandersetzung mit der Wiederaufnahme von bereits bekannten Motiven aus dem »Sturm und Drang« und sprachlichen Darstellungsmitteln in der Literatur der Gegenwart an. Diese wird zusätzlich problematisiert mithilfe eines weiteren Sekundärtextes.

Informationen und Interpretationsansätze

Die Einstiegsseiten sollen durch die Porträts sowohl bekannter als auch heutigen Schülern eher unbekannter Dichter und durch Zitate aus ihren theoretischen Texten sowie aus der Primärliteratur Vorinformationen bündeln bzw. diese erweitern und den zeitlichen Rahmen des »Sturm und Drang« abstecken. Ebenso können die Schüler für Moden und zeittypische Schlagwörter literarhistorisch sensibilisiert werden.

Aufgabe 1: Schlüsselbegriffe: *Natur, Seele, Prometheus, Ich, Shakespeare, Schöpfer, Genie, Empfindung...* Diese können kategorisiert und zueinander in Beziehung gesetzt werden. Eine vorläufige Definition dieser Begriffe in ihrer Zeit kann mit dem Hinweis auf Erweiterung der Begrifflichkeiten bzw. der Verifizierung der Hypothesen gegeben werden.

Aspekte und Konfliktbereiche: *Hass* (Bruderzwist), *Vater/Sohn-Konflikt, Vater/Tochter-Konflikt, Standeskonflikt, Selbstekel und Ablehnung der vorherrschenden Vernunft* (Schreiben statt Handeln), *Ungerechtigkeit der Verhältnisse, Missachtung der persönlichen Leistung....* Verweis auf wichtige Werke/vorherrschende Gattung Drama (Untersuchung der Titel!).

Aufgabe 2: Diese Aufgabe dient der Annäherung der Schüler an die zentralen Gedanken und Aspekte der Epoche des »Sturm und Drang« und ist natürlich abhängig von den zeitlichen und räumlichen Möglichkeiten eines Kurses (GK/LK). Bei der Erstellung der Wandzeitung (s. S. 122 des Themenheftes) kann man sich an der Epochensynopse des eingeführten Deutschbuches oder an den den Schülern aus dem Fach Geschichte bekannten Zeitleisten orientieren. Mögliche Ordnungskategorien wären: Lebensdaten, Ausbildung und Wirkungskreis der Dichter, Beziehungen untereinander, wesentliche Werke mit Erscheinungsdaten und Erfolgszahlen (Aufführungen) und ihre Konflikte, philosophische und kulturelle (Kunst, Musik und Architektur) Strömungen in Deutschland und Europa. Deutlich werden sollte, 1) dass der »Sturm und Drang« eine kurze, ausschließlich deutsche literarische Strömung ist, eingebettet in die europäische Aufklärung, und sich nur schwer trennen lässt von der Strömung der Empfindsamkeit, 2) dass die Autoren (Männer!) jung sind (vgl. Namen der Epoche), alle studiert haben, die meisten von ihnen Jura, einander bekannt oder zeitweise miteinander befreundet waren (Freundschaftskult), 3) die regionale Beschränkung ihrer Lebens- und Wirkungskreise (Straßburg/Schwaben), 4) dass die bereits in Aufgabe 1) erarbeiteten Aspekte und Konfliktbereiche in ihren Texten thematisiert werden. Die erstellte Zeitleiste kann als Arbeitsgrundlage für die weitere Arbeit dienen und im Sinne einer Arbeitshypothese erweitert bzw. korrigiert werden. s. Kopiervorlage Methodenzettel Zeitleiste, LB S. 26.

Nützliche Internetadressen für einen schnellen Überblick:
www.gutenberg.aol.de
www.xlibris.de
www. snafu.de

Vernetzung

- In einem Leistungskurs kann das Spektrum des »Sturm und Drang« erweitert werden durch die auszugsweise Erarbeitung der Klassik, hier hauptsächlich ihrer Hauptvertreter Goethe und Schiller und/oder der Romantik. Von daher bietet es sich an, das erste Unterkapitel »Sehnsuchtsziel Italien um 1800« (SB S. 46f.) des zweiten Unterrichtsvorhabens »Reisen – Selbsterfahrung, Selbstverwirklichung und Flucht« als Ergänzung/Kontrastierung heranzuziehen. Für die Klassik eignen sich besonders die Texte im SB auf S. 47, 48f., S. 51, S. 52, S. 53; für die Romantik die Texte im SB S. 46 und 50.
- s. Methodenzettel SB S. 32: Möglichkeiten der grafischen Darstellung eines Sachverhalts.

Über alle Grenzen

Grundidee

Schon Herder, einer der bedeutendsten Kulturphilosophen und Kulturkritiker der Zeit, betrachtet die Autoren als »Originale« mit unterschiedlichen Fähigkeiten, er rückt den Schöpfungsvorgang des Künstlers in den Mittelpunkt des Interesses. Die seit Klopstock vorherrschende Tendenz, den Dichter zum Genie zu erhöhen, was sich insbesondere in der Entdeckung und Verehrung Shakespeares als *dem* Originalgenie zeigt, läuft dazu parallel. Schon der junge Goethe huldigt dem Vorbild Shakespeare in seiner Rede »Zum Shakespeares-Tag« (1771) in einer Sprache, die bereits alle Stilmittel des Kraftgenies, des Stürmers und Drängers aufweist: »*Und ich rufe: Natur! Natur! Nichts so Natur als Shakespeares Menschen. Das hab ich sie alle überm Hals. Lasst mir Luft, dass ich reden kann! Er wetteiferte mit dem Prometheus, bildete ihm Zug vor Zug seine Menschen nach, nur in kolossalischer Größe; darin liegt's, dass wir unsre Brüder verkennen; und dann belebte er sie alle mit dem Hauch seines Geistes, er redet aus allen und man erkennt ihre Verwandtschaft. [...] Auf, meine Herren! Trompeten Sie mir alle edle Seelen aus dem Elysium des so genannten guten Geschmacks, wo sie schlaftrunken in langweiliger Dämmerung halb sind, halb nicht sind, Leidenschaften im Herzen und kein Mark in den Knochen haben und, weil sie nicht müde genug zu ruhen und doch zu faul sind, um tätig zu sein, ihr Schattenleben zwischen Myrten und Lorbeergebüschen verschlendern und vergähnen.*« (zitiert nach: Deutsche Literaturgeschichte Band 2, Ernst und Erika von Borries: Aufklärung und Empfindsamkeit, Sturm und Drang. München: dtv 1991. S. 198f.)

Von daher scheint es besonders motivierend zu sein, den Einstieg in die Motive und Spracheigentümlichkeiten des »Sturm und Drang« über drei Texte zu realisieren, die sowohl inhaltlich als auch sprachlich die Idee des Genies und Kraftmenschen verdeutlichen. In Goethes Gedicht »Prometheus« wird formal die allseits geforderte Absage an die Regelpoetik der Zeit deutlich; inhaltlich verkörpert Prometheus den Prototypen des Rebellen, der sich gegen Traditionen und Konventionen tatkräftig auflehnt. Schon Kant schrieb: »*[...] Genie: die musterhafte Originalität der Naturgabe eines Subjektes im freien Gebrauch seiner Erkenntnisvermögen. Auf solche Weise ist das Produkt eines Genies [...] ein Beispiel [...], Zwangsfreiheit von Regeln so in der Kunst auszuüben, dass diese dadurch eine neue Regel bekommt, wodurch das Talent sich als musterhaft zeigt.*« (Immanuel Kant: Kritik der Urteilskraft. Hrsg. von Gerhard Lehmann. Stuttgart: Philipp Reclam Junior 1971. S. 252f.)

Die beiden Protagonisten zweier in der damaligen Zeit berühmter Dramen, Karl von Moor und Guelfo, verkörpern, der eine durch seine unkonventionelle Lebensweise und deutlich artikulierte Gesellschaftskritik, der andere durch seine zügellose Leidenschaft und rasende Wut, extreme Ausformungen dieses Typus und bilden damit eine Identifikations- oder Abgrenzungsmöglichkeit für Jugendliche.

Unter dem Aspekt »Autoritätskonflikte« subsummieren sich Texte unterschiedlicher Gattungen und unter-

schiedlicher Ausprägung dieses Themas. Die Dramenauszüge von Schiller, Wagner, Lenz und Leisewitz sowie der Sekundärtext von Scheuer gehören zusammen; in ihnen offenbart sich die schwierige Situation der jugendlichen Söhne und Töchter, sowohl des Adels als auch des Bürgertums, eigene Wertvorstellungen gegenüber den strengen Vätern, die wiederum beengende gesellschaftliche Normen und Moralprinzipien verkörpern, zu artikulieren und durchzusetzen. Die Auszüge sind hinsichtlich der in der Literatur der Zeit behandelten Themen: Standesgrenzen, Antagonismus Hof-Bürgertum, sozialer Abstieg bürgerlicher Mädchen durch uneheliche Schwangerschaften und das geradezu klassische Motiv des Bruderzwists exemplarisch ausgesucht und zusammengestellt, um eine möglichst breite Palette der zeittypischen innerfamiliären Konfliktpotenziale, die ihrerseits aus gesellschaftlichen Missständen erwachsen, zu gewährleisten. Bewusst wurden hier auch Dramen ausgewählt, die nicht mehr zum Repertoire des Deutschunterrichts oder des Theaterspielplans gehören, in ihrer Zeit jedoch bedeutend waren, um somit den sehr eng begrenzten Lektürekanon des Deutschunterrichts zu erweitern und die Behandlung dieser Dramen als Ganzschrift anzuregen.
Die Texte von Lenz, Claudius und Bürger stellen eine andere Seite des Autoritätskonflikts dar: Die Auseinandersetzung des Einzelnen mit gesellschaftlich institutionalisierten Prinzipien bzw. feudalgesellschaftlichen Strukturen, um einerseits den Blickwinkel zu öffnen für die politisch-historisch rückständige Situation im Deutschland des 18. Jahrhunderts im Gegensatz zu den philosophischen und theoretischen Gedanken der Zeit, andererseits die begrenzten Möglichkeiten des Bürgertums, außerhalb der Literatur gesellschaftsverändernd tätig zu werden und politisches Mitspracherecht einzufordern, aufzuzeigen. In diesem Zusammenhang wird auch in einer Aufgabenstellung (Aufgabe 3, S. 29) auf bestimmte Briefe aus Goethes Roman »Die Leiden des jungen Werthers« verwiesen, in denen genau dieses Problem angesprochen wird.

S. 8 Johann Wolfgang von Goethe: Prometheus

Johann Wolfgang von Goethe wurde am 28.8.1749 in Frankfurt(Main) geboren und ist einer der wichtigsten Vertreter des »Sturm und Drang« und der deutschen Klassik. Er begann sein Jura-Studium 1768 in Leipzig, das er aber wegen einer schweren Krankheit unterbrach und 1771 in Straßburg fortsetzte. 1772 ging er an das Reichskammergericht in Wetzlar. Auf Einladung von Herzog Carl August zog er nach Weimar, wo er ab 1776 im Staatsdienst arbeitete und dort in verschiedenen Ressorts mehrere Ministerämter innehatte.

Aufgabe 1: Die Hymne »Prometheus« (oft auch als Ode bezeichnet) ist in formaler und sprachlicher Hinsicht programmatisch für den »Sturm und Drang«, entstanden Sommer/Herbst 1773 oder 1775, 1. Druck 1785.
Thema: Infragestellen der göttlichen/fürstlichen Autorität und Weltordnung, Selbstbehauptung und Autonomieanspruch des Individuums (Anknüpfung an Kants Text: Was ist Aufklärung?). Neu sind inhaltliche Aussagen und deren formale Gestaltung.
1.Strophe: verächtlicher Ton gegenüber den Göttern, Machtlosigkeit/Ohnmacht der Götter, Besitzanspruch Prometheus' auf den irdischen Bereich (Erde, Hütte, Herd, Glut = Gedanke des Schöpferischen). 2. Strophe: Verhöhnung/Abwertung der Götter, Verdeutlichung ihrer Abhängigkeit von den Menschen; Hoffnung auf göttlichen Beistand als Illusion entlarvt. 3./4. Strophe: Rückblick auf Enttäuschungen in der Kindheit, Orientierungslosigkeit Prometheus'; Begründung der Rebellion gegen die Götter, die keine Anteilnahme, kein Mitleid zeigen; Besinnung auf eigene Kraft; Gedanke des Pantheismus: Das Göttliche erscheint als heilig im eigenen Ich (=Herz); Säkularisierung des Göttlichen, Vergöttlichung der menschlichen Tat- und Schöpferkraft 5. Strophe: Reihe von Vorwürfen demontieren die Götter als erbarmungslos (gegen christlichen Gedanken der Barmherzigkeit); Prometheus erkennt als die ihn bestimmenden Mächte nur die Zeit (chronos) und das Schicksal (moira) an, die als »ewig« apostrophiert werden. 6.Strophe: Übersteigerung des Ich-Gefühls, Bejahung des Lebens in positiven und negativen Formen. 7. Strophe: Rückkehr ins »Hier und Jetzt«: Standortbestimmung, Selbstbehauptung, Hybris, Autonomieanspruch, Idee der Gottesebenbildlichkeit des Menschen, Konzentration auf das eigene Ich im Akt des Schaffens/des Schöpferischen; Ganzheitlichkeit des Menschenbildes: leiden, weinen, genießen, freuen; Verabsolutierung des Ichs: Genie, Künstler. Absage an jede Autorität; Prometheus gilt als Originalgenie des »Sturm und Drang«.
Sprachliche Besonderheiten: Rollengedicht; unterschiedliche lange Strophen, unterschiedlich lange Verse, keine Reime, kein durchgehendes Metrum, freie Rhythmen, viele Enjambements (Sprengung der Form, Absage an die Regelpoetik der Aufklärung); Häufung von rhetorischen Fragen, Imperativen, Alliterationen, Ellipsen, Bildern, Dichotomie der Personal- und Possessivpronomina, Wortfeld Herz/Gefühl, provokativ, emotional, pathetisch; Radikalisierung durch Überbetonung des Ichs.

Aufgabe 2: Lutz Görner spricht und singt: Goethe Super Star live. Leben, Gedichte, Prosa, Briefe und Musik zu Wolfgang Goethes 250. Geburtstag. 1999 Reziteater Verlag (5 CDs). 2 Versionen des Prometheus-Gedichts, CD 1 und 4. Die Aufnahme kann an Stelle der eigenen Rezitation vorgespielt und besprochen werden oder der Vorbereitung einer eigenen Rezitation bzw. zur Kontrastierung dienen.

Vernetzung

Weitere Texte von Goethe s. SB S. 31, S. 34f. und S. 47f.

S. 10 Friedrich Schiller: Die Räuber

Friedrich Schiller wurde am 10.11.1759 in Marbach (Württemberg) geboren als Sohn des Militärwundarztes J.C. Schiller. Er verbrachte seine Kindheit und Jugend in ärmlichen Verhältnissen. Er absolvierte die Dorfschule, Lateinschule, danach auf Befehl des Herzogs Karl Eugen 1773 Eintritt in die Karlsschule, dort Medizinstudium ab 1776. 1780 Regimentsmedicus in Stuttgart. Arrest und Schreibverbot wegen Aufführung der »Räuber« in Mannheim. Flucht über Mannheim (1783), Leipzig (1785), Dresden nach Weimar (1787). 1789 Ernennung zum a.o. Prof. der Geschichte und Philosophie in Jena. 1799 erneute Übersiedelung nach Weimar, wo er am 9.5.1805 starb. Neben Goethe einer der wichtigsten Vertreter des »Sturm und Drang« und der deutschen Klassik.
Schillers Drama »Die Räuber« handelt von dem Hass

zweier im Äußeren und im Wesen ungleicher Brüder, Franz und Karl von Moor, die um die Liebe ihres Vaters buhlen und um ihre Erbschaft. Karl schließt sich während seines Studiums einer Gruppe junger Leute an, die gegen die bestehenden Konventionen der Zeit aufbegehren. Als Karl durch eine Intrige seines Bruders Franz von seinem Vater verstoßen wird, lässt er sich von seinen gleichgesinnten Freunden zum Räuberhauptmann wählen und versucht, im Glauben an eine gerechte Weltordnung, Reiche zu schädigen und Armen zu helfen.
1781 entstand nach praktischen Vorschlägen des Intendanten von Dalberg die Mannheimer Bühnenfassung. Dalberg setzte die Handlung in ein altdeutsches Milieu, um dem konventionellen Theatergeschmack zu entsprechen und um möglichen Vergleichen mit zeitgenössischen gesellschaftlichen Zuständen vorzubeugen. Die Uraufführung fand am 13. Januar 1782 statt (s. auch Abb. auf S. 14), Iffland spielte den Franz von Moor. Die außerordentliche Wirkung des Stücks auf der Bühne hält ein berühmter zeitgenössischer Bericht fest: »*Das Theater glich einem Irrenhause, rollende Augen, geballte Fäuste, heisere Aufschreie im Zuschauerraum! Fremde Menschen fielen einander schluchzend in die Arme, Frauen wankten, einer Ohnmacht nahe, zur Tür. Es war eine allgemeine Auflösung wie ein Chaos, aus dessen Nebeln eine neue Schöpfung hervorbricht.*« (Friedrich Schiller: Die Räuber. Stuttgart: Philipp Reclam jun. 1992. Zur Entstehung und Wirkung von Schillers Schauspiel »Die Räuber«, S. 168)

Aufgabe 1: Die Schüler sollten methodisch auf ihre Moderation gut vorbereitet werden bzw. sich selbst gut darauf vorbereiten. Die Vorstellung sollte einen Zeitrahmen von maximal einer halben Stunde nicht überschreiten, um die Aufmerksamkeit der Zuhörer bündeln zu können. Zu Beginn des Vortrags sollte ein kurzer Überblick über die Gliederung des Themas (Vorgehensweise) stehen. Wichtige Ergebnisse sollten thesenartig verschriftlicht und an die Zuhörer verteilt werden (s. Themenheft S. 122). Formen der Visualisierung in Form einer Wandzeitung (s. Themenheft S. 122), einer Folie, über den Beamer mit Power Point, über Bilder (s. Themenheft S. 45), Grafiken (s. Themenheft S. 32), Charakterposter (s. Themenheft S. 27) oder als Einstieg in das Thema über ein Cluster sollten diskutiert und ausprobiert werden. Die Schüler sollten zudem darauf hingewiesen werden, möglichst frei zu sprechen und als Gruppe aufzutreten, d.h., alle Gruppenmitglieder sollten zu gleichen Teilen die Ergebnisse präsentieren.
Texte und Informationen s. Friedrich Schiller: Die Räuber und andere Räubergeschichten. Einfach Deutsch, hrsg. von Johannes Diekhans, erarbeitet von Barbara Schubert-Felmy. Paderborn: Verlag Ferdinand Schöningh 1999. S. 147f.

Aufgabe 2: Karl von Moor
Die Mitglieder der Räuberbande akzeptieren seine energiegeladene und intellektuelle Überlegenheit und Dominanz; sie rufen ihn auf Grund seiner ihm innewohnenden Autorität, seines Charismas und seiner Eloquenz zum Hauptmann aus und befolgen sofort seine Anweisungen (schwören ihm Treue bis in den Tod). Die Dialoganteile sind so asymmetrisch verteilt, dass Karls Primärposition innerhalb des Gesprächs sofort auszumachen ist.

Werte/Ideale	Sprache
verachtet Buchgelehrsamkeit und Heuchelei, Mittelmäßigkeit und Schwäche; verachtet Gesetze, Konventionen und Normen; löst sich von familiären Beziehungen; will tatkräftig handeln; ist furchtlos, wehrt sich gegen Unterdrückung; will Gerechtigkeit; stellt Freiheit über alles (Republik); erwartet Großes von sich (Hauptmann); erwartet unbedingte Treue von anderen und sich selbst	drastisch, offen; kraftvolle bildhafte Ausdrücke; ausdrucksstarke Verben; emotionale Interjektionen (Ausrufezeichen); Sprache der Rebellion; Parallelismen im Satzbau, Kontraste, Wiederholungen von Wörtern (Räuber, Mörder) und Satzpartikeln; appellativer Charakter der Sprache; Imperative, Parenthesen

Aufgabe 3: Die Personenverzeichnisse lassen die hierarchische gesellschaftliche Ordnung sowie ständische Unterschiede, aus denen die meisten Konflikte zwischen (Klein-)Bürgertum und Adel resultieren, deutlich erkennen. Im Gegensatz zum Hof-Theater wird aber die Position der Vertreter des Bürgertums als Protagonisten innerhalb der Stücke erkennbar. Auch räumliche Zuordnungen (Privatsphäre/Hof) sind ständisch charakterisiert. Die bürgerliche Familie rückt in den Mittelpunkt des Interesses. Langsame Aufweichung der strengen Einhaltung der drei Einheiten von Ort, Zeit und Handlung, s. im Personenverzeichnis zu den »Räubern«: »*Der Ort der Geschichte ist Teutschland, die Zeit ohngefähr zwei Jahre*«.

S. 12 Friedrich Maximilian Klinger: Die Zwillinge

Friedrich Maximilian Klinger wurde am 17.2.1752 in Frankfurt am Main geboren. Nach dem Tod des Vaters (1760) verdiente die Mutter als Krämerin und Wäscherin den Lebensunterhalt für die nun vierköpfige Familie. Dennoch konnte Klinger das Gymnasium besuchen und mit der finanziellen Hilfe des jungen Goethe 1774 in Gießen ein Jurastudium beginnen. Nach ersten Erfolgen als Theaterautor entschloss er sich Mitte 1776, die Universität zu verlassen. Zuerst ging er nach Weimar; nachdem es schnell zum Bruch mit Goethe gekommen war, schloss er sich einer Schauspieltruppe als Dramaturg an. 1780 wurde er zuerst als Vorleser, dann als Ordonnanzoffizier und Leutnant im Marinebataillon beim russischen Thronfolger Großfürst Paul in Petersburg eingestellt. Er machte eine Militärkarriere und wurde 1801 Generalmajor und Leiter des Kadettenkorps; daneben diente er beim Ministerium für Volksbildung. Ab 1803 war er Kurator des Schulbezirks und der Universität Dorpat in Estland, wurde 1816 seines Amtes enthoben und zog sich daraufhin aus dem öffentlichen Leben zurück. Er starb 1831 in Estland.
Thema von Klingers Drama »Die Zwillinge« ist die Feindschaft zweier Brüder, Guelfo und Ferdinando. Die Handlung spielt in der Renaissancezeit in Italien, Handlungsort ist das Schloss des alten Guelfo, eines Edelmannes. Ferdinando, der eitle, den Tugendhaften spielende Bruder, gilt als der Erstgeborene, entsprechend den Majoratsbestimmungen, als einziger Erbe aller Rechte

und Reichtümer. Guelfo bezweifelt, dass Ferdinando tatsächlich älter ist und findet heraus, dass weder die Mutter noch der Arzt es wissen. Klinger enthüllt in dem Aufbegehren Guelfos die Unnatürlichkeit der Erbfolge und die Willkür bei ihrer An- oder Aberkennung. In seiner Auffassung, dass Macht vor Recht gelte, weiß Guelfo seine Leidenschaften nicht zu bändigen und ermordet seinen ihm von den Eltern vorgezogenen Bruder und findet selbst den Tod durch die strafende Hand des Vaters. Indem Klinger seinen Protagonisten deutlich negativ zeichnet (gleichgültig gegenüber dem Bösen und Guten, hart, kalt und abweisend gegenüber seiner Familie und seinen Pächtern), verurteilt er ihn auch und idealisiert das Böse nicht.

Das Motiv des Bruderzwists wird auch in Schillers »Räubern« und in Leisewitz' »Julius von Tarent« (beide in diesem Themenheft) aufgegriffen. Das ist kein Zufall, denn nach den Vorstellungen der Dichter des »Sturm und Drang« sollte die gesellschaftliche Stellung des Menschen auf dem inneren und natürlichen Recht des Menschen begründet – und nicht durch Geburt vorbestimmt sein, sondern durch persönliche Fähigkeiten, die den Menschen vor anderen auszeichnen. Die Geistesverwandtschaft zwischen den Menschen wurde weitaus höher gestellt als die Blutsverwandtschaft.

Die Zwillinge sind das dritte Drama Klingers, das eine ungewöhnliche Entstehungsgeschichte hat: *»Die bekannten Schauspieler Sophie Charlotte Ackermann und ihr Sohn Friedrich Ludwig Schröder, die Leiter einer wandernden Theatergruppe, die sich ›Ackermannsche Schauspielgesellschaft‹ nannte, hatten im Februar 1775 einen Wettbewerb für ein Theaterstück angekündigt. [...] In der von Schröder unterzeichneten Ankündigung des Wettbewerbs heißt es, dass die guten Dichter keinen Ansporn hätten, für die Bühne zu schreiben; deshalb halte er, Schröder, es für seine Pflicht, alles Mögliche zu tun, um die Aufmerksamkeit der Dichter auf das Theater zu lenken. [...] Den Dramatikern war zur Bedingung gemacht, ›dass das Stück von der Beschaffenheit sei, dass 1. es in Ansehung seines sittlichen Inhalts auf die Bühne gebracht werden dürfe, 2. es nicht die Anzahl der Personen übersteige, die man in billiger Weise auf einer deutschen Bühne erwarten könne, 3. seine Aufführung keine außerordentlichen Kosten erfordere.‹ [...] Es wurden im ganzen dreizehn Stücke zum Wettbewerb eingereicht, die dann in einer vierbändigen Ausgabe des ›Hamburgischen Theaters‹ (1776) abgedruckt wurden. Im Vorwort teilt Schröder mit, dass als bestes Stück ursprünglich das Drama ›Julius von Tarent‹ (s. S. 25f. dieses Themenheftes) von Leisewitz beurteilt worden war. Bei dieser Beurteilung blieb man, bis Klinger seine ›Zwillinge‹ einreichte.«* (Sturm und Drang, Erläuterungen zur deutschen Literatur. Hg. Kollektiv für Literaturgeschichte im volkseigenen Verlag Volk und Wissen, Leitung Prof. Dr. Kurt Böttcher. Berlin: Volk und Wissen 1988. S. 186f.)

Aufgabe 1: Der Bericht Grimaldis könnte folgendermaßen beginnen:

Geschätzter und verehrter gnädiger Herr,

ich kenne Ihren Sohn Guelfo von klein auf und wir alle wissen um seine unkontrollierten Zornesausbrüche von jeher. Seine Impulsivität habe ich bisher immer in die Schranken verweisen können, sehe mich aber seit kurzem nicht mehr in der Lage, beruhigend auf ihn einzuwirken. Der Hass auf seinen Zwillingsbruder Ferdinando ist so unsagbar groß, seitdem er das Testament kennt, nach dem Ferdinando als der Erstgeborene nicht nur den Titel, sondern alle weltlichen Güter erbt. Er schläft nicht mehr, läuft unruhig hin und her, sinnt stündlich auf neue Rachepläne an seinem Bruder und steigert sich so sehr in seine Hasstiraden hinein, dass ich Angst habe, er wird Ferdinando wirklich nach dem Leben trachten. Er hat ihn schon als kleiner Junge verachtet für seine Weichheit und seine eher mädchenhaften Züge, fühlte sich immer zurückgesetzt, meinte schon damals, die Mutter ziehe Ferdinando vor. Dieser leidenschaftliche Hass verzehrt ihn jetzt völlig, sodass er keinen klaren Gedanken mehr fassen kann. Er glaubt sich vorsätzlich belogen und betrogen, er sieht sich aller Freuden beraubt und macht sogar Ferdinando dafür verantwortlich, dass Kamilla ihn nicht liebt. Wenn wir nicht bald einschreiten, ihn zur Ruhe bringen können, wird er ein schreckliches Unheil über die Familie bringen...

Aufgabe 2: Guelfo ist der Prototyp des Stürmers und Drängers, der keine Grenzen kennt in seiner Leidenschaft, seinen übermächtigen Emotionen. Als Kraftkerl äußert er sich in Wutausbrüchen und Hasstiraden gegen jede Form der Ungerechtigkeit, wie z.B. die festgelegte Erbfolge, gegen ihn einengende gesellschaftliche Konventionen und pocht auf das höhere Recht des Genies. Er verkörpert als Kraftnatur das *»natürliche Herrscherrecht des Starken«*, das *»neue individualistische Gefühl«* (Zitiert nach: F.M. Klinger: Die Zwillinge. Stuttgart: Philipp Reclam Jun. 1995, Nachwort S. 69.). All das kann sehr positiv auf die damalige Jugend gewirkt haben, vor allem das kompromisslose Aufbegehren gegen zeitgenössische Verhältnisse, seien sie gesellschaftlicher oder privater Natur. Die Verehrung des Kraftkerls mit genialischen Zügen, der keine Grenzen kennt, wird zum Idealbild einer bürgerlichen Jugend, die sich selbst weder politisch noch gesellschaftlich über Standesgrenzen hinwegsetzen kann, die ihre Energien nicht ausleben kann. Parallelen zu heute lassen sich in den Abgrenzungsversuchen Jugendlicher von ihren Eltern während der Pubertät feststellen.

Aufgabe 3: vgl. die Seite 8 zu Prometheus, S. 9 zu Karl von Moor und die Aufgabe 2 auf dieser Seite.

Die drei verbindet ihr Freiheitsdrang, ihre Verachtung für Konventionen und Barrieren aller Art, ihr Mut, ihre übertrieben pathetische Ausdrucksweise, ihre emotionsgeladene Sprache, das Pochen auf die eigene Kraft und Stärke.

Vernetzung

Das Motiv des Brudermordes in den Dramen des Sturm und Drang s. SB S. 25f.

S. 15 Friedrich Schiller: Kabale und Liebe

In Schillers bürgerlichem Trauerspiel (Bruch mit der Ständeklausel, Verlagerung der Handlung in den privaten Bereich der bürgerlichen Familie, die ein Gegenmodell zur amoralischen Welt des Hofes liefert, Propagandierung eines spezifisch bürgerlichen Wertekanons) werden die beiden Liebenden, die im Drama nur dreimal zusammen auftreten, von vornherein als unvereinbare Charaktere dargestellt: Luise ist die Empfindsame, die stark an ihren Vater und die Religion gebunden ist und sehr realistisch sieht, dass sie und Ferdinand in der sie umgebenden Gesellschaft keine Chance auf ein gemeinsames Glück haben werden; Ferdinand ist der euphorische Idealist, der sich keine Gedanken über Luises Zweifel und innere Zerrissenheit macht. Einer vom Hof

gesponnenen Intrige, Luise sei heimlich hinter seinem Rücken eine Liaison mit dem Hofmarschall von Kalb eingegangen, glaubt er aus Vermessenheit und Eifersucht bis zum Schluss. Aus Egoismus und Rachegelüsten vergiftet er Luise und tötet sich selbst, als er erfährt, dass sie unschuldig ist.
Der Szenenausschnitt entstammt der letzten Szene des ersten Aktes. Die Missbilligung der Beziehung durch Luises und Ferdinands Vater als ein Konfliktpotenzial des Dramas wird in den ersten Szenen dargestellt; eine erste Intrige des Hofes, angezettelt durch den Sekretär Wurm, der selbst Luise begehrt, ist in Szene gesetzt worden: Ferdinands ernsten Absichten, eine »Bürgerkanaille« zu heiraten, muss der Präsident aus Staatsraison und zur Absicherung der eigenen Karriere ein Ende setzen, indem er Ferdinands Heirat mit Lady Milford, der Mätresse des Fürsten, anordnet. Ferdinand und sein Vater treffen nun direkt aufeinander und die geplante Heirat ist u.a. Thema ihrer Auseinandersetzung.

Aufgabe 1:

Ferdinand	Präsident von Walter
Sprache: zurückhaltend, vorsichtig zu Beginn des Gesprächs; bildhaft (Z. 9f., 43f., 61); gefühlsbeladene, empfindsame Sprache; (Z. 20, 42f., 47) Fragen (Z. 20, 55, 63f.)	**Sprache:** Befehle (Z. 8, 15, 18, 53); Anbiederung bei Ferdinand (Z. 9f.); rhetorische Fragen/Parallelismus (Z. 13f.); Ausrufe (Z. 49); Drohungen (Z. 33, 57); Ironie (Z. 65f.)
Werte: bürgerlicher Wertekanon: Moral, Rechte des Herzens, innere Werte, Freiheit der individuellen Entscheidung, Glück im Stillen, Verborgenen, nicht in der Welt des Hofes, Reinheit und Ehrlichkeit, Offenheit	**Werte:** höfischer Wertekanon: Staatsraison steht oben an, Despotie, materielle Dinge, Immoralität, Utilitarismus, Intrigen, Rücksichtslosigkeit, Machtstreben, Karriere

Aufgabe 2: Standbilder können die Schüler über die eigene Erfahrung von Körperhaltung, Gestik und Mimik für Verhaltensweisen von Figuren zusätzlich motivieren und sensibilisieren, auch hinsichtlich einer bühnengemäßen Erfahrung von Theater. Der Bau eines Standbildes sollte allenfalls zehn Minuten in Anspruch nehmen. Die Figuren sollten lediglich ein für sie charakteristisches Requisit, z.B. ein Kleidungsstück oder einen typischen Gegenstand, erhalten, das den Darstellern auch helfen kann, sich in ihre Figur hineinzudenken. Die Mitglieder der Gruppe sollten Korrekturen von Körperhaltungen oder Stellungen nur nonverbal vornehmen. Die eingefrorenen Standbilder können von den anderen Gruppen interpretiert, aber auch von Mitgliedern der eigenen Gruppe erläutert werden. Anschließend an die Vorstellung der verschiedenen Standbilder können alle in eine Metadiskussion über den durch das Standbild dargestellten Inhalt eintreten.

S. 17 Bilder

Aufgabe 1: **Unterschiede** bestehen u.a. in der Kleidung: Die bürgerliche Familie ist korrekt gekleidet, die Kinder aber, Kindern der Zeit entsprechend, locker, mit Bewegungsfreiheit. Sie spielen sehr rollenkonform: das Mädchen ein Ballspiel, die Jungen haben soldatische Requisiten. Am Hof trägt man kunstvoll frisierte Perücken und ist pompös gekleidet, selbst die Kinder sind wie Erwachsene herausgeputzt.
... in der Umgebung/dem Ambiente: Das Wohnzimmer der bürgerlichen Familie ist etwas unaufgeräumt (Kleidung liegt links auf dem Stuhl, Stiefel stehen darunter, der Teppich ist umgeschlagen; Requisiten der bürgerlichen Familie hängen an den Wänden: Duellpistolen, eine Mandoline; auf dem Arbeitstisch des Vaters (Wissenschaftler, Forscher?) steht ein Fernrohr, dahinter ein Globus und darüber ein Stich einer Landkarte. Das Familienleben spielt sich auf engem Raum ab, die Arbeits- und Spielbereiche sind nicht getrennt. Die kurfürstliche Familie wird in einem Salon dargestellt mit steifem Mobiliar.
... in der Art der Darstellung: die Bürgerfamilie innerhalb ihres Wohnraumes, der Vater am Schreibtisch. Die Eltern sehen beide auf ihre Kinder. Die Atmosphäre des bürgerlichen Haushalts scheint leger, ungezwungen, die Kinder spielen, sind heiter und ausgelassen, die Eltern sehen ihnen wohlwollend zu, Vater und Mutter scheinen verbunden, intime Atmosphäre. Die adelige Familie repräsentiert, umgeben von Familienmitgliedern und weiter hinten Angestellten. In der adeligen Welt ist die Atmosphäre durch Zeremoniell und Steifheit charakterisiert, die Hierarchie innerhalb der Familie und des Hofstaates wird deutlich. Keiner der Erwachsenen sieht die Kinder an. Der Fingerzeig der dunkel gekleideten Dame im Mittelpunkt des Bildes auf das im Hintergrund hängende Götterbild könnte einen Verweis auf die Herleitung der Fürstenfamilie von Gottes Gnaden sein.
Gemeinsamkeit: Auf beiden Bildern wird deutlich eine gezierte, stilisierte Handhaltung dargestellt, die epochentypisch zu sein scheint. Die bürgerliche Frau weist mit der linken Hand auf die Kinder, die im Mittelpunkt des Interesses stehen. Auf dem Bild der kurfürstlichen Familie ist diese Handhaltung gleich dreimal zu sehen.

Aufgabe 2: Auch in den literarischen Texten ist die bürgerliche Welt die Privatwohnung der Familie, in der es offen und leger zugeht. Die Welt des Hofes wirkt immer steif, ritualisiert, prunkvoll, aber kalt und repräsentativ. Dies wird sowohl deutlich in Lessings Drama »Emilia Galotti« als auch in Schillers »Kabale und Liebe«. Die Protagonistinnen fühlen sich eingeschüchtert und bedroht, sobald sie die Welt des Hofes, die Gemächer des Fürsten oder die der Lady Milford betreten.

Vernetzung

Zur Arbeit mit Bildern und Bildimpulsen s. S. 45 des Themenheftes. Vgl. das Bild einer bürgerlichen Familie im 20. Jahrhundert im SB S. 91.

S. 18 Heinrich Leopold Wagner: Die Kindermörderin
S. 20 Jakob Michael Reinhold Lenz: Die Soldaten

Heinrich Leopold Wagner wurde am 19. Februar 1747 in Straßburg geboren. Er studierte in seiner Vaterstadt Rechtswissenschaften und ging 1774 nach Frankfurt am Main, wo er sich als Advokat niederließ und dort mit Goethe und dessen Freundeskreis verkehrte. Das gute Verhältnis wurde aber bald erschüttert. Mit Lenz und Klinger blieb Wagner befreundet. 1776 promovierte er in Straßburg. Neben seiner Tätigkeit als Advokat war er

auch als Dramaturg und Gelegenheitsdichter bei der Seylerschen Schauspieltruppe tätig. Er starb 1779 an Schwindsucht.
Wagner bearbeite Themen, die für das deutsche Bürgertum jener Zeit von höchstem Interesse und größter Aktualität waren. Die literarische Behandlung einer Missheirat oder der Verführung eines einfachen Mädchens ermöglichte es ihm, das Aufeinanderprallen bürgerlicher und feudaler Werte darzustellen.
Der erste Ausschnitt entstammt dem zweiten Akt (die sechs Akte sind nicht in Szenen unterteilt): Im ersten Akt ist Evchen Humbrecht mit v. Gröningseck und in Begleitung ihrer Mutter auf einem Ball gewesen. Der Offizier hat Frau Humbrecht soviel Alkohol eingeflößt, dass diese einschläft und er sich an Evchen vergreifen kann. V. Gröningseck schwört ihr, sie in fünf Monaten zu heiraten. Der nächste Ausschnitt entstammt dem fünften Akt: Evchen ist inzwischen schwanger und sucht ihren Zustand vor den Eltern zu verbergen. Als die Eltern den Brief des Offziers lesen, in dem er seinen Schwur, Evchen zu heiraten, aufkündigt, hat Evchen schon in den Kleidern ihrer Magd das Elternhaus verlassen. Im sechsten Akt verfällt das völlig verzweifelte Evchen, das inzwischen in der Hütte einer armen Wäscherin lebt und vom Tod seiner Mutter erfahren hat, in Wahnsinn und bringt sein Kind um. Evchen will danach auch nur noch sterben: » ... *meine eigne Herzensunruh', die Furcht vor Ihm, mein Vater, der Gedanke, meine Mutter gemordet zu haben – dies, und o was noch alles mehr! Brachte mich in Verzweiflung – ich wollte mir aus der Welt helfen, und hatte nicht Entschlossenheit genug, selbst Hand an mich zu legen; jetzt mag's der – Henker tun! – Mein Kind ist tot, tot durch mich)*«. (Heinrich Leopold Wagner: Die Kindermörderin, Editionen für den Literaturunterricht. Hg. Dietrich Steinbach, ausgewählt und eingeleitet von Herbert Haffner. Stuttgart: Ernst Klett Verlag 1998. S. 80f.) Das Gesetz verurteilt sie als Kindesmörderin zum Tod durch das Schwert.
Jakob Michael Reinhold Lenz wurde am 12. Januar 1751 in Seßwegen/Livland als evangelischer Pfarrerssohn geboren. Er studierte Theologie in Königsberg, wo er vor allem die Vorlesungen Kants hörte. Auf einer Reise nach Straßburg lernte er 1771 Goethe kennen, den er bewunderte. 1773 unterhielt er einen Briefwechsel mit Herder. Nachdem seine ersten Dramen veröffentlicht wurden, folgte er im April Goethe nach Weimar. Aufgrund eines nicht überlieferten Vorfalls (»Lenzens Eseley«, Goethe) wurde er im November aus der Stadt ausgewiesen. Goethe brach jeden Kontakt mit ihm ab. Ende 1777 erlitt er in Zürich einen psychischen Anfall, von dem er sich nie vollends erholte. Dem Vater folgte er nach Riga, aber dort und auch in St. Petersburg fand er keine dauerhafte Anstellung. Schließlich ging er nach Moskau, wo er zeitweilig als Hauslehrer tätig war. Dort starb er 1792.
Die Literaturwissenschaftler haben sich lange nicht darüber einigen können, welcher Wert den Dichtungen Lenz' beizumessen ist; oft stempelte man ihn zu einem unbedeutenden Nachahmer Goethes ab. Schubart charakterisiert in der »Deutschen Chronik« den Dichter: »*Er spritzt so viel Genie gewaltig um sich, dass sich ihm niemand nähern kann, ohne sich die Kleider zu verderben*«. An Herder schrieb Lenz (18.11.1775): »*Ein Poet ist das unglücklichste Wesen unter der Sonne*«; an Merck (14.3.1776): »*Mir geht's wie Ihnen, ich bin arm wie eine Kirchenmaus... Mir fehlt zum Dichten Muße und warme Luft und Glückseligkeit des Herzens, das bei mir tief auf den kalten Nesseln meines Schicksals halb im Schlamm versunken liegt und sich nur mit der Verzweiflung emporarbeiten kann*«. (Sturm und Drang, Erläuterungen zur deutschen Literatur, a.a.O., S. 145) In Georg Büchners Novelle »Lenz« (1839) wird der unglückliche Dichter in der Krise seiner psychischen Erkrankung gezeigt. Büchner gibt hier eine exakte psychologische Studie der auf Grund von Isolation hervorgerufenen inneren Zerrissenheit der Lenz'schen Seele wieder.
»Die Soldaten« erschienen 1776 anonym. Lenz hat eigene Erlebnisse und tatsächliche Begebenheiten aus den Elsässer Garnisonen verarbeitet. Die Handlung des Stücks verlagerte der Dichter nach Flandern: Er fürchtete, verfolgt zu werden, wenn er durch den Titel oder den Ort der Handlung als Verfasser bekannt würde. In diesem Stück bestätigt sich, dass die deutsche Gesellschaft der Zeit, wie Lenz sagt, *»ein Mischmasch von Kultur und Rohigkeit, Sittigkeit und Wildheit«* war. (Sturm und Drang, Erläuterungen zur deutschen Literatur, a.a.O., S. 163). Er prangert die erzwungene Ehelosigkeit des Soldatenstandes und das daraus resultierende hemmungslose Treiben der in den Garnisonen Kasernierten an, das er in seiner Straßburger Zeit selbst im Umgang mit Offizieren kennen gelernt hatte.
Zwei verschiedene gesellschaftlich bedingte Auffassungen werden einander gegenübergestellt: die des feudalen Wertekanons, nach dem das verantwortungslose Handeln der Offiziere gerechtfertigt ist: *»Eine Hure wird immer eine Hure, gerate sie unter welche Hände sie will«* und die der Aufklärung: *»Eine Hure wird niemals eine Hure, wenn sie nicht dazu gemacht wird.«* (Sturm und Drang, Erläuterungen..., a.a.O., S. 163)
In einem Brief an Sophie von La Roche, der sich direkt auf sein Drama »Die Soldaten« bezieht, schreibt Lenz: *»Überhaupt wird meine Bemühung dahin gehen, die Stände darzustellen wie sie sind; nicht wie sie Personen aus einer höheren Sphäre sich vorstellen.«* Herders zustimmendes Urteil über das Drama quittiert Lenz: *»Ich freue mich, [...] dass du mein Stück gerade von der Seite empfindest, auf der ich's empfunden wünschte, von der politischen.«* (Sturm und Drang, Erläuterungen..., a.a.O., S. 165).
Zu den Bearbeitungen der Stücke bis ins 20. Jahrhundert s. auch: Walter Hinck: Produktive Rezeption heute: Am Beispiel der sozialen Dramatik von J.M.R. Lenz und H.L. Wagner in: Walter Hinck (Hg): Sturm und Drang. Frankfurt am Main: Athenäum Verlag 1989. S. 257f.
Aufgabe 1: Das Thema des verführten Mädchens aus dem Volk und das Motiv des Kindesmords sind zentrale Themen des »Sturm und Drang«. Die Themen waren zum einen besonders gut geeignet, das Aufeinanderprallen der unterschiedlichen Moralauffassungen von Adel und Bürgertum sichtbar zu machen. Die Schändung und Verstoßung des bürgerlichen Mädchens, das in seiner Verzweiflung zum Kindesmord getrieben wird, mussten alle Bürger in ihrem Standesbewusstsein und ihrer Ehrauffassung treffen. Sie empfanden in aller Deutlichkeit die moralische Verkommenheit des Adels, demgegenüber sie sich umso mehr ihrer eigenen moralischen Überlegenheit bewusst wurden. Trotz der politischen Ohnmacht des Bürgertums wuchsen Empörung und Protest gegen die menschenfeindliche Verhaltensweise des Feudaladels. Zudem eignete sich das Thema des Kin-

desmordes zur Anklage einer überholten mittelalterlichen Justiz. Im Zusammenhang mit der ganz Europa umfassenden Bestrebung des Bürgertums um eine Strafrechtsreform muss auch die Bewegung für die mildere Bestrafung der Kindesmörderinnen angesehen werden. Kindesmord kam damals vergleichsweise häufig vor und veranlasste z.B. Pestalozzi zur Abfassung der Schrift »Über Gesetzgebung und Kindermord«. Für die fortschrittlichen Denker der Zeit lagen die Ursachen für das Verbrechen nicht in der sittlichen Verderbtheit der Frauen, sondern in den gesellschaftlichen Umständen, vor allem aber in der Furcht vor der öffentlichen Schande, der die unehelichen Mütter ausgesetzt waren. Das Häckerlingsstreuen, das Goethe in der Szene »Am Brunnen« in »Faust I« erwähnt, ist eine vergleichsweise harmlose Verhöhnung der nicht mehr unbescholtenen Braut, indem man ihr am Vorabend ihrer Hochzeit statt der Blumen gehacktes Stroh vor die Haustür und auf den Kirchweg streute. An vielen Orten wurden die jungen Frauen öffentlich ausgepeitscht, an anderen mit einer so hohen Geldstrafe belegt, die dem Jahreslohn eines Dienstmädchens entsprach und unter den Gerichtsbeamten verteilt wurde.

Konnte das Mädchen den Betrag nicht sofort entrichten, wurde es zur Schau mit einem eisernen Ring um den Hals gestellt oder es musste Straßen reinigen. An anderen Orten wurde den Mädchen das Haar abgeschnitten und sie wurden zum Gespött der Leute mit Trommeln herumgeführt. Oft wurde die Unglückliche auch einfach ins Gefängnis geworfen. Dazu kam die öffentliche Kirchenbuße. Unehelich geborene Kinder galten als rechtlos und wurden ihr Leben lang als Bankert aus der Gesellschaft ausgestoßen.

Das Motiv wurde bearbeitet von Bürger, Goethe, Lenz, Schiller und Wagner.

Literaturhinweise: Siegfried Birkner: Leben und Sterben der Kindesmörderin Susanne Margaretha Brandt. Nach den Prozessakten der Kaiserlichen Freien Reichsstadt Frankfurt am Main, den so genannten Criminalia 1771. Frankfurt a.M.: Suhrkamp Verlag 1973.

Heinz Dieter Weber: Kindesmord als tragische Handlung. In: Der Deutschunterricht, Jg. 28, Heft 2. Stuttgart: Klett 1976.

Möglicher Text des Flugblattes:

Mädchen, Frauen, Mütter!

Ihr werdet unterdrückt von euren Vätern, Ehemännern, Söhnen – gilt das weibliche Geschlecht nichts im Staat, in der Ehe, in der Familie?

Ihr werdet ausgenutzt von euren Vätern, Ehemännern, Söhnen – habt ihr kein Recht auf Selbstverwirklichung?

Ihr werdet dumm gehalten von euren Vätern, Ehemännern, Söhnen – habt ihr keinen eigenen Kopf und keinen Anspruch auf angemessene Ausbildung?

Ihr sollt den Kopf hinhalten für die Verfehlungen anderer – wollt ihr dies länger als euer Schicksal duldsam ertragen?

Ihr sollt in der Gesellschaft und in der Familie dafür büßen, dass ihr weiblich seid – seid ihr nicht auch Kinder Gottes, seid ihr nicht auch Menschen mit denselben unveräußerlichen Rechten auf Glück und Gerechtigkeit?

Wehrt euch, tut euch zusammen, kämpft!

Aufgabe 2: Die Väter Humbrecht und Wesener (ähnlich auch Miller in »Kabale und Liebe«) repräsentieren die strengen Erziehungsmaximen des Kleinbürgertums in Abgrenzung von der Immoralität des Adels; besonders die Töchter befinden sich in einem starken Abhängigkeitsverhältnis innerhalb der Familie. Vom 18. bis zum Ende des 19. Jahrhunderts werden die Konflikte der Familie vorrangig über das Väter-Töchter-Verhältnis abgehandelt. Der Vater besitzt weiterhin uneingeschränkte Autorität, er übt die »patria potestas«, die Hausgewalt, aus und sichert die ökonomische Basis seiner Familie. Im 18. Jahrhundert wird er nun auch der Liebe verpflichtet und soll »Herrschaft und Zärtlichkeit« in ausgleichender Balance halten, »*... aber das »bürgerliche Trauerspiel« weist unnachsichtig die Probleme in dieser neuen Vaterrolle auf: Der doppelten Anforderung von »Herrschaft und Zärtlichkeit« können die Väter in Extremsituationen nicht gerecht werden und ziehen sich dann auf die traditionelle väterliche Gewalt zurück. Wobei ein Charakteristikum dieser neuen »bürgerlichen« Väter ist, dass die Gewalt auch psychische Dimensionen gewinnt.*« (Helmut Scheuer: »Dein Bruder ist der schlechteste Sohn, werde du die beste Tochter!« Generationskonflikte in Friedrich Hebbels »bürgerlichem Trauerspiel« »Maria Magdalena« (1844) In: Der Deutschunterricht 5/00, Generationskonflikte, S. 29)

Die Gestaltung der Väter ist spießig-kleinbürgerlich: Im Familienkreise lassen sie sich von den soliden Ehrbegriffen des Bürgertums leiten, dem Adel gegenüber treten sie jedoch unterwürfig auf. Wie die naiven Mütter möchten auch die Väter ihren Töchtern zu gesellschaftlichem Aufstieg verhelfen. Die Väter, hier Handwerksmeister und Kaufmann, sind ängstlich darauf bedacht, ihre Bürgerehre, die eng gebunden ist an die Ehre der Töchter, zu hüten. Mit Geringschätzung blicken die Väter auf die lockeren Sitten (Bälle, Komödienbesuche) des Adels und sind stolz auf ihre bürgerliche Standeszugehörigkeit. In ihrer Werteeinstellung sind sie eher konservativ und verachten alles Neue. Sie verbieten ihren Töchtern grob und poltrig den Besuch von Bällen und Theater und weisen diese unmissverständlich darauf hin, dass sie gewillt sind, Verfehlungen der Töchter aufs Härteste zu ahnden, die Töchter des Hauses zu verweisen. Mit ihren übertriebenen Ehrbarkeitsanschauungen, ihrem aufbrausenden Charakter und ihrer Strenge treiben sie ihre Töchter immer mehr in die Enge und in Gewissenskonflikte und machen sich mitschuldig am sozialen Abstieg ihrer Töchter. Während Humbrecht bis zum Schluss stur bleibt und nicht einmal versucht, seine Tochter zu retten, zeigt die vierte Szene des fünften Aktes in Lenz' »Die Soldaten«, wie sehr der gestrenge Vater Wesener doch an seiner Tochter hängt und ihr in der tränenreichen und gefühlsüberladenen Wiedersehensszene verzeiht.

Aufgabe 3: **Wagner: Die Kindermörderin:** gestrichen werden könnten Z. 4–6 , Z. 14–17, Z. 21–26, Z. 42–46, Z. 48–75, Z. 92–103; **Lenz: Die Soldaten:** Z. 29–41, Z. 51–55.

Aufgabe 4: In seiner Schrift »Anmerkungen übers Theater« entwickelt Lenz die eigentliche Dramaturgie des »Sturm und Drang«, die sich gegen die aristotelische Regelpoetik wendet. An Stelle der »erschreckenden, jämmerlich berühmten Bulle von den drei Einheiten« will Lenz die poetische innere Einheit setzen. Ebenso heftig wendet er sich gegen die Auffassung, dass die Handlung im Drama das Wichtigste sei; er fordert den Vorrang der Charakterdarstellung. »Die Soldaten« spielen an mehr als zehn unterschiedlichen Handlungsorten, nur durch die beiden Hauptorte zusammen gehalten, zeitlich

erstreckt sich die Haupthandlung über mehr als 9 Monate. Die Akte erscheinen in Kurzszenenfolgen, die oft nicht mehr als einen Satz einer Figur enthalten, zerstückelt. Die Szenen gewinnen damit an Eigenständigkeit, fast wie im epischen Theater Brechts. Die Vielschichtigkeit des Lebens soll durch Augenblicksbilder, durch Ministationen dargestellt werden. Die auf S. 21 vorhandenen Szenen bedeuten die äußerste Abkehr von der Regelpoetik der Zeit.
Inszeniert werden könnten die Szenen mithilfe der Drehbühne oder dem parallelen Aufbau der Szenen auf der Bühne, wobei durch Beleuchtung jeweils, dem Augenblickscharakter der Szene entsprechend, eine der Szenen erhellt wird.

S. 24 Helmut Scheuer: Väter und Töchter

Aufgabe 1: Die väterliche Autorität legitimiert sich durch den Herrschergedanken. Vorbild hierfür ist die Hierarchie der göttlichen wie die der staatlichen Weltordnung. Immer ist eine Autorität an der Spitze eines Systems, in der Familie ist dies der pater familias, der für die Familie zu sorgen und sie zu beschützen hat. Frau und Kinder sowie das Gesinde sind seiner Fürsorge und Strenge unterstellt. Der Ausdruck »eigenartige Dialektik« bezieht sich auf das Spannungsverhältnis, das zwischen den philosophischen Forderungen der Aufklärung (Autonomie des Subjekts, Selbstverantwortung, freie Entfaltungsmöglichkeit des Menschen, Toleranz, Gleichheit aller Menschen) und dem Wertekanon der bürgerlichen Familie, den Erziehungsprinzipien der Väter (Anpassung, Unterordnung unter gesellschaftliche Normen wie Tugend und Tabuisierung von Sexualität, Gehorsam, Pflichten gegenüber den Vätern, Frömmigkeit, Verzicht auf Liebesbeziehungen außerhalb des eigenen Standes, Mitbestimmung des Vaters bei der Partnerwahl) besteht.
Folgende Faktoren tragen zur (Selbst-) Zerstörung der Töchter bei: Unterordnung unter die Wünsche des Vaters, Verzicht auf Sexualität, Gebot der Tugendhaftigkeit für die Ehre der Familie, Gehorsam vor Gott, Bewahrung der Keuschheit, Fremdbestimmung, unbewusstes Akzeptieren eines Fremdbildes, keine Entwicklungsmöglichkeiten, keine Identitätsausbildung, Negieren der eigenen Weiblichkeit.

Vernetzung

Zur Rolle der Frau / Frauenbilder / Konflikte junger Frauen mit ihren Eltern damals und heute s. SB S. 51, S. 84f., S. 90, S. 92f., S. 95, S. 104f., S. 107.

S. 25 Johann Anton Leisewitz: Julius von Tarent

Johann Anton Leisewitz wurde am 9.5.1752 in Hannover als Sohn eines Weinhändlers geboren. Dort besuchte er das Gymnasium. Im Oktober 1770 begann er an der Universität in Göttingen ein Studium der Rechtswissenschaft, das er Ostern 1774 erfolgreich abschloss. Während seiner Studienzeit schloss er Bekanntschaft mit Bürger, Hölty, Boie und anderen Mitgliedern des Göttinger Hains, in den er am 2.7.1774 (an Klopstocks Geburtstag) aufgenommen wurde. Nach dem Advokatenexamen ließ er sich Ende Oktober 1774 in Hannover als Anwalt nieder. 1775/76 verbrachte er im Literatenkreis des »Braunschweiger Parnaß«, zu dem auch Lessing zählte. Sondierungen um besser bezahlte Dienste führten ihn 1780 an die Höfe von Meiningen, Gotha und Weimar, wo er Goethe, Wieland und Herder kennen lernte. 1786 wurde er Erzieher des Braunschweiger Erbprinzen Karl Georg August, 1790 Hofrat, 1791 Kanonikus, 1801 Geheimer Justizrat, schließlich 1805 Präsident des Sanitätskollegiums. Seine letzten Lebensjahre standen ganz im Zeichen einer Reform des Armenwesens in Braunschweig, wo er 1806 starb.
Das Trauerspiel »Julius von Tarent« nimmt innerhalb der Periode des »Sturm und Drang« insofern eine Sonderstellung ein, als Leisewitz im Gegensatz zu Goethe, Klinger und Lenz an der Lessingschen Dramaturgie festhielt. Es wurde zum Lieblingsstück und Vorbild für den jungen Schiller.
Die Dramenausschnitte entstammen dem ersten Akt, in dem die unterschiedliche Weltauffassung und Diktion der beiden ungleichen Brüder deutlich werden. Aspermonte, Julius' älterer Freund, versucht vergeblich, zwischen den Brüdern zu vermitteln. Blanca wird von dem Fürsten, dem Vater von Guido und Julius, in ein Kloster geschickt, um den Bruderzwist zu beenden. Julius entsagt seiner Liebe zu Blanca entgegen dem Wunsch seines Vaters und seines Bruders nicht, dringt in das Kloster ein und will Blanca entführen. Guido erfährt von dem Plan und macht seine Ansprüche auf Blanca geltend. Guido tötet seinen Bruder nicht aus Eifersucht, sondern aus maßloser und sinnloser Wut, weil er sich in seiner Ehre und seinem Selbstwertgefühl beleidigt sieht. Blanca verfällt in Wahnsinn. Der Fürst verurteilt Guido als Brudermörder zum Tode und vollstreckt selbst das Urteil, womit er seine eigene Dynastie zerstört.

Aufgabe 1: Mögliche Merkmale des Charakterposters:
<u>Julius</u> (Erbprinz von Tarent):
»Was mir durch den Kopf geht«: *Uneingeschränkte Selbstentfaltung*
»Wovon ich überzeugt bin«: *Naturrecht (Blanca gegenüber)*
»Was mir am Herzen liegt«: *Freiheit der menschlichen Persönlichkeit*
»Was ich fühle und empfinde«: *echte Liebe (zu Blanca), empfindsame Gefühle in Übereinstimmung mit Blanca*
»Was mir im Magen liegt«: *die Konventionen meines Standes*
»Was mich belastet«: *dass ich nicht in Frieden und Harmonie leben kann*
»Was mich in Bewegung hält/setzt«: *meinem Titel zu entsagen und ein einfaches Leben, weit entfernt vom Hof, führen zu können*
»Wovor ich am liebsten weglaufen möchte«: *vor meinem Bruder Guido*
<u>Guido</u>:
»Was mir durch den Kopf geht«: *keinen Widerspruch meines Bruders zu dulden, meine Dominanz zu zeigen*
»Wovon ich überzeugt bin«: *von meiner fürstlichen Standesehre, dass Blanca kein Recht auf Selbstbestimmung hat*
»Was mir am Herzen liegt«: *meine Tatkraft, das Prinzip des Handelns als oberste gültige Norm*
»Was ich fühle und empfinde«: *Verachtung gegenüber Frauen, Verachtung gegenüber der Sensibilität und den philosophischen Neigungen meines Bruders Julius*
»Was mir im Magen liegt«: *dass Julius der Erstgeborene ist*
»Was ich gern anfasse«: *meinen Degen*
»Was mich in Bewegung hält/setzt«: *mein Stolz, mein Ehrgeiz, mein feudaler Anspruch auf Blanca*

Aufgabe 2: Möglicher Stichwortplan zu Gesprächsverlauf, Gesprächsführung und –positionen:

Zeile	Regieanweisung/ Text	Inhalt	Sprache	Wirkung
5–18	Ich kann hassen	Guido will klare Verhältnisse mit seinem Bruder; macht keinen Hehl aus seiner Abneigung ihm gegenüber	Schlüsselwort: Hass, direkt, Wiederholungen, bildhaft (Vergleiche)	Gebieterisches Wesen, drohend, egoistisch
	Lass uns davon aufhören/wenn nun aber kein Geschwür...		Bitte an den Bruder, einlenkend	Julius in untergeordneter Position, kommt kaum zu Wort, kompromissbereit
21–37	Bruder, du willst mir antworten. Gut, so lass mich erst reden...	Guido pocht auf seine alten und neuen Rechte auf Blanca; frauenverachtende Haltung	Betonung der eigenen Position: Ich, meine, Parenthesen dienen der Gleichsetzung: Guido – Tapferkeit – Blanca Imperative Rhetorische Frage Abwertende Charakterisierung des Bruders	Vormachtstellung Guidos deutlich: hat hohe Gesprächsanteile, ist arrogant und herrisch, ist von sich selbst überzeugt, stellt sich als Mann der Tat dar; unterschwellig weiterhin Drohung an Julius, ihm nicht zu nahe zu kommen, macht seinen Bruder lächerlich
	Deine Rechte - Aber Blanca selbst –			Kann sich nicht durchsetzen, macht immer wieder den Versuch einzulenken, ist dem auftrumpfenden Guido nicht gewachsen, verstummt fast
38–54	Gut, lass mir meine Rechte...	Deutliche Drohung, Blanca zufrieden zu lassen; Verhöhnung des empfindsamen Bruders	Bildhafte Ausdrucksweise, Begrifflichkeit der Empfindsamkeit, der Idylle, um seinen Bruder abzuwerten, ihn als weibisch und weinerlich darzustellen, ironisch, sarkastisch, monologisch	Die Beziehung der Brüder ist nicht zu kitten; der Hass und die Verachtung, die Hybris Guidos sind unüberwindliche Hindernisse für eine Verständigung; Julius' Einwand wird nicht gehört, man hat den Eindruck, als spreche Guido mit sich selbst, Regeln der Kommunikation außer Kraft gesetzt, Julius wird mundtot gemacht
	Bruder, ich höre, du willst...	Beendigung des Gesprächs durch Julius	Parataxe, Parenthese	Julius ist einsichtig und weiß, dass er mit Guido nicht reden kann, dass dieser ihm nicht zuhört; als der Klügere in dieser Situation bricht er aus taktischen Gründen das Gespräch ab, bevor sich Guido noch mehr in Rage redet

S. 28 Jakob Michael Reinhold Lenz: Der Hofmeister

Mit dem Drama greift Lenz ein pädagogisches Thema auf, indem er die gesellschaftlichen Erziehungsformen seiner Zeit darstellt an der Denunziation der sozialen Stellung eines Hofmeisters. Lenz selbst verfügte, wie viele seiner Dichterkollegen, über einschlägige Erfahrungen als Hofmeister, d.h. Erzieher adeliger Kinder als einziger Einnahmequelle, um sich sein Studium finanzieren zu können. Arnold von Knigge bemerkt in seinem berühmten Buch »Über den Umgang mit Menschen« (3. Aufl. 1790) über deren Lebensbedingungen: »*Es kann mir durch die Seele gehen, wenn ich den Hofmeister in manchem adeligen Hause demütig und stumm an der Tafel seiner gnädigen Herrschaft sitzen sehe, wo er es nicht wagt, sich in irgendein Gespräch zu mischen, [...] wenn sogar den ihm untergebenen Kindern von Eltern, Freunden und Bedienten, der Rang vor ihm gegeben wird...*« (zitiert nach: Karl S. Guthke: Nachwort in: J.M.R. Lenz: Der Hofmeister oder Vorteile der Privaterziehung. Stuttgart: Philipp Reclam jun. 1993. S. 100f.).

Die Haupthandlung spielt in der ostpreußischen Provinz Insterburg im Hause des Grundherren, Major von Berg, einem brutalen Kerl, der die preußische Kasernenhofmentalität verkörpert und mit seinem Sohn nur im Ton brachialer Gewalt redet: »... ich will dich peitschen, dass dir die Eingeweide krachen sollen, Tuckmäuser«.

Der Begriff »Vorteile« im Untertitel des Dramas ist ironisch gemeint; Lenz will die Nachteile adeliger Privaterziehung aufzeigen und für die öffentliche Schulerziehung werben. Kritik wird aber nicht nur am Adel geübt, sondern auch am Bürgertum, an der Person Friedrich Läuffers. Dieser, wie viele Hofmeister, ist nicht nur finanziell abhängig vom Adel, seinem Arbeitgeber, sondern erniedrigt sich durch die Rolle des gelehrten Lakaien, macht sich zum geistigen Krüppel und schluckt jede Beleidigung hinunter. Das pädagogische Thema wird nach der hier ausschnittsweise abgedruckten Eröffnungsszene des zweiten Aktes im weiteren Verlauf des Dramas kaum mehr behandelt.

Der geheime Rat, Bruder des Majors von Berg, fungiert als fortschrittlicher, aufgeklärter Adeliger als Sprachrohr des bürgerlichen Wertekanons. Er vertritt den Gedanken einer Reform des Erziehungswesens zugunsten einer öffentlichen Erziehung.

Aufgabe 1: 1. Der Posten des Hofmeisters ist ein Sklavendasein: Er ist abhängig vom Wohlwollen unbegabter Kinder/Schüler, abhängig vom Tagesablauf der adeligen Familie und den Launen seiner Arbeitgeber. Wenn er selbst keine Freiheit und Menschenrechte erfährt, kann er sie auch nicht lehren. 2. Seine materielle Abhängigkeit lässt ihn geistig verkümmern und kann zu keinen wünschenswerten Erziehungsergebnissen führen. 3. Die Hauslehrer sind selbst durch ihre Servilität Schuld daran, dass das öffentliche Schulwesen nicht floriert. 4. Im öffentlichen Schulwesen würde das Prinzip der Gleichheit der Stände und das Leistungsprinzip gelten, an dem auch die adeligen Söhne gemessen würden, sodass sie dünkelhaftes Verhalten eines privilegierten Standes gar nicht erst ausbilden würden.

Aufgabe 2: Ziele schulischer Erziehung heute: (unterstrichen sind die Ziele, die damals noch nicht galten oder gelten konnten) Gleichheitsgrundsatz Männer und Frauen, Chancengleichheit, Ausbildung von kognitiven, affektiven, individuellen, sozialen, kommunikativen und kooperativen Fähigkeiten, Kompetenzerweiterungen, Selbstständigkeit und Selbsttätigkeit, akzentuiertes wissenschaftliches Lernen, Systematisierung, Methodenbewusstsein, Leistungsprinzip, Konzentration, Ausdauer, Offenheit für interkulturelle Besonderheiten, Achtung der Menschenrechte, Toleranz, Solidarität....

Im Vergleich mit dem Dramenausschnitt sind folgende heutige Prinzipien angesprochen: Toleranz, Solidarität, Chancengleichheit (keine Erziehung als Privileg höherer Stände), Selbsttätigkeit, Leistungsprinzip.

Aufgabe 3: (24.12.) Werthers Vorgesetzter, der Gesandte, ist penibel und überkorrekt und kritisiert ihn ständig; Werther kann sich aber nicht gegen ihn auflehnen, da er als Bürgerlicher in einer untergeordneten Stellung ist. Er kann seine Fähigkeiten nicht angemessen einsetzen, seine Energien (»Aktivität«) verkümmern. Er kritisiert ebenso die Langweiligkeit seiner Mitmenschen, die sich am Adel orientieren, diesen nachäffen, sich sogar vor ihm »prostituieren«, ohne eigene Wertmaßstäbe zu entwickeln und (originelle) Ideen zu verwirklichen. Werther räumt die Notwendigkeit der Standesunterschiede zwar ein, aber nicht dort, wo sie ihn selbst in seiner freien Entfaltung hindern, z.B. um Karriere zu machen bzw. im gesellschaftlichen Umgang oder bei Liebesbeziehungen. (8.1.) Werther kritisiert die Hofetikette, die Schmeicheleien und Intrigen, um nach oben zu kommen und für die seine Mitmenschen ihre ganze Kraft opfern. Er ist der Ansicht, dass nicht Titel oder Rang einen Menschen auszeichnen, sondern nur seine individuelle Begabung und Fähigkeit, seine Einzigartigkeit. (17.2.) Wiederum kritisiert Werther die Umständlichkeit und Unfähigkeit seines Vorgesetzten, des Gesandten, der sich ständig über ihn ärgert und sich an höherer Stelle, bei Hof, über jenen beklagt. Werther zieht daher in Erwägung zu kündigen und kann nur durch einen Brief des Ministers an seinem Vorhaben gehindert werden kann. (15.3.) Dieser Brief zeigt deutlich, wie streng die Hierarchie innerhalb der ständischen Gesellschaft aufrecht erhalten wird: Werther wird bei einer Abendgesellschaft am Hof erst durch das Getuschel und Verhalten der Gäste ihm gegenüber, dann verbal darauf hingewiesen, dass er als Bürgerlicher (»Subalterner«) dort nichts zu suchen hat und er wird hinauskomplimentiert und damit unmissverständlich in seine Schranken gewiesen.

Ein Revolutionär ist jemand, der auf den (gewaltsamen) Umsturz der bestehenden politischen und sozialen Ordnung hinarbeitet. In diesem Sinn ist Werther kein Revolutionär, da er weder politisch aktiv ist noch sich mit einer Gruppe von Gleichgesinnten trifft und theoretische Schriften zur Veränderung der Gesellschaft ausarbeitet; auch hat er Angst vor zuviel Freiheit. Man könnte ihn als einen Rebellen bezeichnen, in dessen Innern es brodelt. Er kämpft allein gegen die von ihm empfundenen sozialen Ungerechtigkeiten an, die ihn beruflich und gesellschaftlich behindern, sodass er schließlich aus Enttäuschung und Frustration, fremdbestimmt zu sein und immer an von oben gesetzte und ihm nicht einsichtig erscheinende Grenzen zu stoßen, seine Stellung aufgibt und sich in die Natur und die Privatsphäre zurückzieht. Doch auch dort findet er nicht seine Selbstverwirklichung und stößt auf gesellschaftliche Konventionen, die er nicht zu akzeptieren bereit ist und an denen er schließlich u.a. zugrunde geht.

Aufgabe 4: Der Begriff bürgerlich wird nicht nur als soziologische Kategorie, als ständisch verstanden, sondern impliziert ein allgemein menschliches Tugend- und Wertebewusstsein, das auch von Figuren des Adels verkörpert werden kann. Aus der Kritik Werthers kann man im Umkehrschluss die Werte herausfiltern, die er für erstrebenswert und human erachtet: Großzügigkeit, Offenheit, Toleranz, Natürlichkeit im gesellschaftlichen Umgang miteinander, Selbstständigkeit, Ausbildung ganzheitlicher individuell-menschlicher Fähigkeiten, Entlohnungsprinzip nach der Leistung des Einzelnen...

Weiterführende Aspekte

Zum Thema »Hofmeister« s. LB S. 27 Arbeitsblatt.

Aufgabe 1: Vermutlich ist Herr Feder, der Verfasser dieses Textes, selbst Hofmeister, da er den Auftrag bekommen hat, einen Hofmeister für ein adeliges Haus in der Nachbarschaft zu suchen. Er ist allerdings schon älter und länger im Amt, da der Bewerber ihn sehr respektvoll, fast devot behandelt und er sich mit den Gepflogenheiten in einem adeligen Haushalt bestens auskennt. Die anfängliche Unterwürfigkeit des Bewerbers A. kann er gut nachvollziehen. Das Benehmen des Herrn A. am Tisch und dessen Kenntnisse kritisiert er allerdings als unangemessen und unzureichend, denn er weiß, was von einem Hofmeister erwartet wird.

Aufgabe 2: Wie oben schon angemerkt, bezieht der Autor in seiner Beschreibung die Position eines gut eingeführten, erfahrenen und respektierten Hofmeisters. Einerseits kann er sich gut einfühlen in die anfängliche Schüchternheit und Unbeholfenheit des Bewerbers, der sich nicht der Situation angemessen benehmen kann, weil er sie nicht kennt und eingeschüchtert ist von einem adeligen Haus. Er versucht ihm so gut es geht zu helfen. Aber es zeigt sich auch schon die Herablassung des Autors beim Betrachten des Kandidaten: Er kritisiert dessen Kotau, dessen Schmeicheleien, die er als »verschwendet« ansieht, bemängelt dessen Taktgefühl: »...wenn ich noch eine halbe Stunde mit ihm allein gewesen wäre, hätte er mir Brüderschaft angetragen«. Im zweiten Teil der Beschreibung, bei Tisch, wird er direkter und gehässiger: Er macht sich lustig über die Ungeschicklichkeit und die fehlenden Manieren des Bewerbers A., dessen mangelhafte französische Sprachkenntnisse, dessen ungebührliches Benehmen den Damen gegenüber, dessen unangemessenen Weingenuss, der ihn ausschweifende Reden führen lässt, was indirekt als Anmaßung gewertet wird. Wahrscheinlich will er erreichen, dass man diesen Bewerber nicht anstellt.

S. 30 Matthias Claudius: Kriegslied; Gottfried August Bürger: Der Bauer

Matthias Claudius wurde am 15.8.1740 in Reinfeld (Holstein) als Pfarrerssohn geboren. Er studierte Theologie und Jura. 1764/65 arbeitete er als Sekretär des Grafen Holstein, von 1768–1770 war er Mitarbeiter zweier Zeitungen in Hamburg, von 1771–1775 Herausgeber des »Wandsbecker Bothen«, dann auf Herders Vermittlung Oberlandeskommissar in Darmstadt. Seit 1777 arbeitete er als freier Schriftsteller in Wandsbeck. Matthias Claudius starb am 21.1.1815 in Hamburg.

Gottfried August Bürger wurde am 31.12.1747 in Molmerswende bei Quedlinburg als Pfarrerssohn geboren. Auf Initiative des Großvaters kam Bürger 1760–63 in das Pädagogium in Halle, anschließend bis 1766 auf die dortige Universität zum Theologie-Studium. Sein Interesse an poetischen Versuchen wurde u.a. durch Gleim gefördert. Ab 1768 studierte er Jura in Göttingen, dort lernte er Hölty, Leisewitz, Voß, die Brüder Stolberg und andere Mitglieder des 1772 gegründeten Hainbundes kennen. 1772 wurde er Amtmann in der Gerichtshalterstelle zu Alten-Gleichen bei Göttingen. Mit Unterstützung u.a. durch Georg Christoph Lichtenberg wurde er 1784 Privatdozent an der Göttinger Universität, wo er bis zu seinem Tode Vorlesungen und Übungen über Ästhetik, Stilistik, deutsche Sprache und Philosophie hielt. 1787 erhielt er die Ehrendoktorwürde, 1789 wurde er zum a.o. Professor ernannt, musste sich aber weiterhin unterordnen, da er keine feste Anstellung bekam. Gesellschaftlich isoliert starb er 1794 an Schwindsucht.

Aufgabe 1:

	Claudius	Bürger
Adressat	Die Krieg führenden und an den Kriegen schuldigen Fürsten	Fürst, Herr des Bauern
Perspektive	Die eines einfachen Menschen aus dem Volk, eines Soldaten, einer Soldatenwitwe, eines Bauern... in christlich-demütiger Haltung	Rollengedicht in der Form eines Monologs aus der Sicht eines erzürnten Bauern
Stil/Sprache	5 parallel gebaute, kurze vierzeilige Strophen, die (bis auf die 1. und 6.) von der Frage in Vers 6 abhängen und in Konditionalsätzen (Konjunktiv II) die schrecklichen Traumvisionen als Anklagen des lyrischen Ichs schildern; Kreuzreim; Metrum: Jambus, aber Wechsel von fünfhebigen und dreihebigenVersen; einfache Umgangssprache (s. dreifache Wiederholung der Eingangsformel, V. 1,4) dem lyrischen Ich angemessen; direkte Anrede »Gottes Engel« in V. 1, doppelter Imperativ in V. 2f., refrainartige Wdh. in V. 4f. und 32f. der flehentlichen Bitte um Schuldlosigkeit und pers. Distanz zum Krieg; wenige rhetorische Mittel: Rhetorische Frage in V. 6, Alliteration und Dreischritt in V. 9, 25, Hendiadyoin in V. 8, 14, Wdh. und Dreischritt und asyndetische Reihung in V. 18f., Periphrase in V 29: steht für die Adeligen, Fürsten = die Schuldigen. Klimax in der Anklage: weinen (V. 11), mir fluchen (V. 15f.), wehklagen (V. 22)	6 ungereimte, dreiversige Strophen (Terzinen, für politische Lyrik wegen der Kürze besonders geeignet). Die ersten 3 Strophen beginnen mit anaphorischer Eingangsfrage (rhetorisch) und enthalten die Anklage; die drei letzten Strophen Rechtfertigungen des Bauern; Inversion und Zeugma (V. 2, 3), Parallelismen in V. 1,4,7; V 13f., refrainartige Srophenabschlüsse in V. 12, 15 mit Chiasmus; Wortwiederholungen in V. 5,8,10; V. 15; V. 16f.; Interjektion in V. 16, Ellipse in V. 18; einfache Sprache, dem lyrischen Ich angemessen, interessante Wortwahl: ironischer Zusatz im Untertitel »durchlauchtig«, weitere Archaismen: ungebleut (V. 5), Klau V. 6); Neologismen: zerrollen (V. 2), entatmen (V. 9); sich drastisch steigernde Verben bzw. Partizipien: zerrollen, zerschlagen, haun, treiben, zertreten, verschlingen, rauben. Der Fürst wird durch die ihm zugeordneten Verben als animalisch wie seine Tiere (vgl. auch V. 11) gekennzeichnet. Antithese in V. 17. Fachvokabular aus dem bäuerlichen Umfeld: Wagenrad, Saat, Forst, Egge, Pflug, Erntetag.

Nur relativ wenige Lyriker haben in der Periode des »Sturm und Drang« kritisch zu der politischen und gesellschaftlichen Situation ihrer Zeit Stellung bezogen. Die so genannte Erlebnislyrik herrschte vor, die den subjektiven Ausdruck eigenen Fühlens und Erlebens in Form und Inhalt thematisierte und sich im Widerspruch befand zu traditionellen Formen, vor allem in der Liebeslyrik. Hier wurde den emanzipatorischen Autonomiebewegungen des Individuums Rechnung getragen. Weitere Gründe für das Fehlen politisch kritischer Lyrik (außer Schubart) mögen darin liegen, dass die jungen Dichter, die der bürgerlichen Intelligenzia angehörten, die Missstände und Zwänge des einfachen Volkes nicht gut genug kannten. Auch mag die territoriale Zersplitterung Deutschlands mit unterschiedlichsten Rechtsverhältnissen dazu geführt haben, dass je nach Interesse und Aufgeklärtheit des Fürsten die Literatur und Künste eine sehr unterschiedliche Bewertung erfuhren.

Aufgabe 2: Ursachen für die Missstände: 1. Schlesische Kriege (1740–42, 1744–45), Siebenjähriger Krieg (1756–63), Bayrischer Erbfolgekrieg 1778/79. 2. Jagdrechte der Adeligen, bei ihren Jagden auch über Grund und Boden der Bauern zu verfügen und diese als Jagdtreiber zu verpflichten. 3. Überkommene Legitimation der Fürstenherrschaft als Gottesgnadentum. 4. Teilweise noch geltende Leibeigenschaft der Bauern.

Mögliche Beschwerdeliste:
- Hegemonialstreben der Fürsten zu Lasten der einfachen Leute;
- Armut und Zerstörung / Verwüstung der unmittelbaren Umgebung und der Lebensgrundlagen des Volkes durch den Krieg, durch die Rekrutierung der Soldaten, durch Seuchen;
- Willkürherrschaft von despotischen Fürsten (z.B. Carl Eugen von Württemberg);
- Infragestellen der fürstlichen Legitimierung;
- Behandlung der Bauern schlechter als das Vieh;
- Ausbeutung der Bauern als billige Arbeitskräfte;
- Verantwortungslosigkeit des Fürsten gegenüber seinen Untertanen (s. sog. Fürstenspiegel, den Friedrich der II. von Preußen seinem Neffen Carl Eugen von Württemberg widmete).

Aufgabe 3: Im Gegensatz zu anderen Kriegsliedern des 18. Jahrhunderts (z.B. von Gleim, E. v. Kleist), die das Soldatenleben und Friedrich II. verherrlichen, ist Claudius Kriegslied ein Anti-Kriegslied. Es schildert die schrecklichen Auswirkungen des Krieges zur damaligen Zeit auf die unteren Volksschichten, die unmittelbar betroffen waren, wie die Soldaten, die Kriegswitwen, die Familienangehörigen, die Waisen und Kriegsversehrten, die Hungernden. Die schlichten, aber dennoch eindringlichen Bilder fokussieren in einer Gesellschaftskritik den eigentlichen »Kriegsverbrecher«, den Fürsten, dessen Insignien in V. 29f. anstelle von Namen oder Titeln genannt werden.

Bei Emanuel Geibel (z.B. im »Türmerlied«) wird systemaffirmativ gearbeitet: Die Männer sollen sich bewaffnen und gegen den Erbfeind Frankreich ins Feld ziehen. Hier wird ein Krieg als unvermeidlich, als patriotische Pflichterfüllung gesehen. Kritisch gegenüber einem drohenden Krieg, aber eher als Zivilisationskritik denn als Systemkritik zu verstehen, stellt Georg Heym in seinem berühmten Gedicht »Der Krieg« (1911) diesen als dämonenhafte Personifizierung dar. Dieser macht in einer sich steigernden Kette von Zerstörungen grausamster Art, die von Heym mithilfe dynamisch-expressiver Verben drastisch beschrieben werden, eine Stadt, die mit Gomorrha gleichgesetzt wird und damit das Zerstörungswerk des Krieges rechtfertigt, völlig dem Erdboden gleich.

Es liegen also je nach Zeithintergrund und Intention sowie Möglichkeiten der Autoren unterschiedliche Akzentuierungen des Krieges vor: Krieg als Fürstenwillkür oder Schicksal, Krieg als patriotische Pflicht, Krieg als Dämonisierung oder Mystifikation als Ausdruck einer Zivilisationskritik.

Aufgabe 4: Dichtung ist immer historisch gebunden an die jeweilige Situation, auf die sie antwortet und auf die sie wirken will. Politische Dichtung ist jede Dichtung, die bewusst in der Absicht konzipiert wird, auf gesellschaftliche Verhältnisse bewahrend oder verändernd einzuwirken. Entscheidendes Merkmal ist nicht die ästhetische Form, sondern die politische Aussage. Der Grad der Verschlüsselung politischer Dichtung ist von den gesellschaftlichen Zuständen (z.B. Zensur) abhängig.

Funktion	Wirkung
einfache Form: kurze Liedstrophen oder Terzinen;	schnell zu verbreiten und zu lesen oder zu vertonen;
einfache, leicht verständliche Sprache	alle Schichten des Volkes können erreicht werden;
Bildhaftigkeit, Redewendungen, Refrains oder Bibelanspielungen, Wiederholungen; schnelle und leichte Verbreitungsmöglichkeit (z. B. im Vormärz: alle Texte über 20 Seiten unterlagen der Zensur)	Eindringlichkeit, Einprägsamkeit; Identifikationsmöglichkeit; Ansprache/Erreichbarkeit vieler; Entgehen der Zensur

Sprache der Empfindsamkeit – Naturschwärmerei

Grundidee

Das Unterkapitel thematisiert die enge epochale Verbindung und Verzahnung von »Sturm und Drang« und »Empfindsamkeit«, die sich sowohl sprachlich als auch begrifflich festmachen lässt. Hier lässt sich auch gut ein Rekurs auf Goethes »Sesenheimer Lieder«, die so genannte Erlebnislyrik, herstellen. Anhand der Auszüge aus Goethes »Die Leiden des jungen Werthers« können die Auffassung der Natur als Spiegelbild der Seele und der Pantheismus-Gedanke, der ja auch im »Faust« nachzuweisen ist, verdeutlicht werden. Die auf den Einstiegsseiten des Themenheftes angesprochenen Leitbegriffe der Zeit können rekapituliert und erweitert werden. Zudem kann die Textsorte »Briefroman« als eine der bedeutendsten literarischen Gattungen im Europa des 18. Jahrhunderts erarbeitet werden. Über die Thematisierung der Textsorte »Briefroman« lassen sich Verbindungslinien zur Empfindsamkeit in der englischen Literatur (Richardson, Sterne) sowie zur französischen Literatur (Rousseau) ziehen und man kann das Naturverständnis im gesamteuropäischen Kontext der Zeit erarbeiten.

S. 31 Johann Wolfgang von Goethe: Ganymed

Zur Biografie Goethes s. S. 8 dieses Lehrerbandes. Ganymed ist wie Prometheus eine Figur der griechischen Mythologie: Ganymed ist der schönste Jüngling, wird vom Adler des Zeus geraubt, um den Göttern des Olymp als Mundschenk zu dienen. In den Metamorphosen des Ovid wird von der Liebe des Göttervaters Zeus zu dem schönen Ganymed berichtet. Der Übergang vom Irdischen zum Göttlichen wird in dem Motiv der Liebe dargestellt.

Aufgabe 1: Form: Hymne; Thema: Aufgehen Ganymeds in der allumfassenden göttlichen Liebe (Natur), Vereinigung von Schöpfer und Geschöpf, »Allliebender Vater« (V. 32). Dreiteilung des Gedichts in drei unterschiedliche lange Strophen mit freien Rhythmen, mit doppelversigen Übergängen, die die Funktion der Verbindung, Überleitung und des Resümees haben. Der Dreiteilung entspricht die innere und äußere Bewegung der Natur (Frühling, Geliebter, V. 3) und der des lyrischen Ichs (Ganymed).

1. Str.: Das lyrische Ich ist passiv, »erduldet« die Aktivität der es umgebenden Natur (rings um mich, anglühen, V. 2; drängen, V. 5; lyrisches Ich drückt Wunsch aus: Dass ich dich fassen möchte, V. 9).

2. Str.: körperliche Nähe zwischen lyrischem Ich und Natur, wobei immer noch die Natur – in vielen Einzelbildern des Mikrokosmos dargestellt – der aktivere Part ist (Ich: liegt, V. 12; schmachtet, V. 12, es sehnt und verzehrt sich nach dem Geliebten, Steigerung zur 1. Str.; Natur: drängt, V. 14; kühlt, V. 15; ruft nach mir, V. 18). Lyrisches Ich bekennt Bereitschaft zur Vereinigung: ich komme (Präsens, Wiederholung), V. 20.

3. Str.: Erfüllung der Liebessehnsucht: Die Natur wird ergänzt/erweitert durch die Sphäre des Überirdischen, versinnbildlicht durch die Wolken als Zwischenbereich von Erde und Himmel, Elementar-Materiellem und Transzendentem. Lyrisches Ich strebt hinauf: aufwärts, V. 28; während sich die Wolken hinunter bemühen: abwärts, V. 24; neigen, V. 25. Die Gesamtbewegung geht von der Horizontalen zur Vertikalen (ohne Endpunkt), zur körperlich-geistigen Verschmelzung des Ichs mit der allumfassenden göttlichen Natur/Liebe, von der Sehnsucht zur Erfüllung der Vereinigung mit der Personifizierung des Göttlichen, dem »allliebenden« Vater. (Pantheismus)

Der Wortschatz ist der der Empfindsamkeit: übersteigerte Gefühlssprache (glühen, tausendfach, Herz, ewig, heilig, unendlich, lieblich, Nachtigall, sehnende Liebe...), jubelnde Stimmung, Glückseuphorie, quasi-erotisches Liebeserleben. Rhetorische Mittel, die den Enthusiasmus des Erlebnisses unterstreichen: Exklamationen, Interjektionen, Hyperbeln, Adjektivhäufung.

Aufgabe 2:

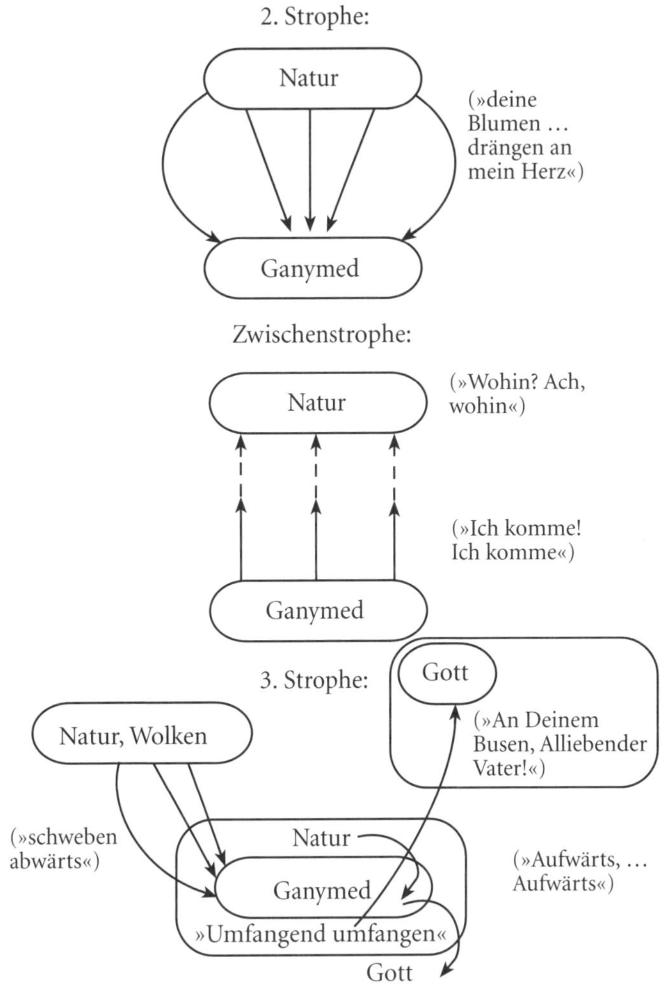

Aufgabe 3: Komplementärgedichte (wahrscheinlich kurz hintereinander entstanden), da sie die beiden Pole des Menschen, die Verselbstung (Prometheus) und die Entselbstung (Ganymed) darstellen. Dem rebellischen Aufbegehren des Prometheus, der sich autonom und in hybrider Anmaßung über alle Grenzen hinwegsetzt, sich als Schöpfer / Genie den Göttern gleich und damit ihnen entgegensetzt, wird die Rückkehr des Menschen in Gestalt des Ganymed zum Ursprung allen Seins, zur allumfassenden göttlichen Liebe, zum Eins-Werden von Irdischem und Göttlichem gegenübergestellt. Ganymed fehlt völlig die revoltierende Haltung des Prometheus, der sich ja gerade absetzen will von dem überirdischen Bereich der Götter und den des Irdischen für sich reklamiert.

Gemeinsamkeiten bestehen einerseits im Rückgriff auf die griechische Mythologie, andererseits in der Sprengung der Form. Inhaltlich geht es beiden Figuren um die Beziehung zu den Göttern/Gott.

S. 33 Friedrich Schiller: Das Lied der Amalia

Mit dem Lied der Amalia beginnt der 3. Akt der »Räuber«. Franz von Moor möchte Amalia, die Jugendliebe seines Bruders Karl, für sich gewinnen und bedrängt sie. Diese aber durchschaut das Intrigenspiel Franzens, widersetzt sich seinen Annäherungsversuchen und bleibt Karl, nach dem sie sich sehnt, treu. Im Anschluss an das Lied folgt ein Dialog Amalias mit Franz, in dem sie sich als kämpferisch erweist: Als dieser sie sexuell bedrängt, ohrfeigt sie ihn.

- *Aufgabe 1:* Syntax: Inversion (V. 1f.), um die Schönheit herauszustellen; bildliche Sprache, Vergleiche (V. 3,4); Parenthesen (V. 5,7,10); Interjektionen (V. 5, 10); Dreischritt (V. 14); ausdrucksstarke Verben (V. 6,7,9, 4. Strophe). Semantik: schwärmerisches, gefühlvolles Vokabular mit Schlüsselbegriffen, auch aus dem religiösen Bereich stammend: Engel, Wonne, himmlisch, Herz, paradiesisch, Harmonie, Seele, Liebende....
- *Aufgabe 2:* Die Treue und Größe ihrer Liebe wird in einfühlsamen, Karl geradezu vergötternden Worten, in emphatischer Sprache ausgedrückt. Sie erweist sich damit als Schwärmerin, ausgestattet mit hoher Sensibilität und großem Gefühlsreichtum, als Vertreterin der Empfindsamkeit, während Karls drastisches, kämpferisches, auf die eigene Kraft pochendes Vokabular zwar auch emotional ist, er aber den Menschen der Tat, den Aspekt der Selbsttätigkeit verkörpert, während sie doch eher passiv liebend und leidend erscheint.
- *Aufgabe 3:* Möglicher Monolog Amalias (Schülertext): *Karl hat mich von jeher durch sein strahlendes Aussehen, seinen optimistisch-liebevollen Blick fasziniert. Ganz gefangen genommen haben mich sein stürmisches, draufgängerisches Verhalten; wenn er mich umarmte, hatte ich immer das Gefühl, den Boden unter den Füßen zu verlieren, die Welt um mich herum zu vergessen, so leidenschaftlich waren seine Küsse. Mir brauste es in den Ohren und wurde beinah schwarz vor Augen, ein ungemein starkes und berauschendes Glücksgefühl überkam mich in seinen Armen. Es ist mir unbegreiflich, dass ich das nun alles nie mehr erleben werde, jetzt, da er tot ist; nie wieder werde ich jemanden so uneingeschränkt und hemmungslos lieben können.*

S. 34 Johann Wolfgang von Goethe: Die Leiden des jungen Werthers

- *Aufgabe 1:* Die Besonderheit des Goetheschen Briefromans im Gegensatz zu seinen europäischen Vorbildern besteht darin, dass die Position des Subjektiven insofern radikalisiert wird, als dass Werther monologisch schreibt, d.h., es sind keine Antwortbriefe Wilhelms abgedruckt. Wilhelms Briefe dienen lediglich implizit als Stichwortgeber für Werthers Antwortschreiben. Dadurch wird Werthers Perspektive verabsolutiert; der Eindruck von Werthers zunehmender Isolation und Kommunikationslosigkeit verstärkt sich. Diesen Eindruck der Verabsolutierung der Subjektivität versucht Goethe zu relativieren, indem er einen fiktiven Herausgeber zwischenschaltet und somit Öffentlichkeit und vermeintliche Objektivität herstellt.
- *Aufgabe 2:* <u>21. Juni</u>: Höchstes Glücksgefühl in der Provinz/Natur: Beobachtung des Mikrokosmos, subjektives Gotteserlebnis, Natur als sinnlicher Ausdruck der Schöpfung. Werther nimmt alle Natureindrücke exzessiv und intensiv wahr und will in der Natur aufgehen (Diastole). Die Natur ruft die elementare Überwältigung des Gefühls hervor, gleichzeitig wird ihm im Angesicht der Natur seine eigene Vergänglichkeit und Nichtigkeit bewusst. <u>18. August/3. November</u>: Umkehrung des volle(n) warme(n) Gefühl(s) seines Herzens: Natur als Bedrohung, Ungeheuer, Abgrund, offenes Grab... Angstgefühle, Rückzug ins Innere, Leiden am Verlust der erlebten Wonnegefühle, die die Natur bei ihm hervorrief, er fühlt sich wie erloschen, tot. (Systole). Die Natur ist nur Dekoration, Kulisse: Sie wird in ihrer Eigenständigkeit reduziert zur Widerspiegelung seiner inneren Befindlichkeit. Die Natur ist Spiegel seiner Seele.
  Wertherstil: Bilder, Personifizierungen, Vergleiche, Hyperbeln, Diminutive, Adjektive; Hypotaxe, Parenthesen, Interjektionen, Ellipsen, Parallelismen, rhetorische Fragen... emphatische, emotionsgeladene Sprache, enge Interdependenz von Form und Inhalt.
- *Aufgabe 3:* Schwärmerische Begeisterung (Sprache der Empfindsamkeit) für die Erscheinungen der Natur, Gegenwart des Allmächtigen wird deutlich, Überhöhung der erotischen Wirkung der Natur (Vgl. mit Geliebten), dasselbe Wortmaterial, religiös pathetisch, durch die häufige Verwendung der Possessivpronomen steht die seelische Disposition des Ichs im Zentrum der Betrachtung: Es erliegt den überwältigenden Natureindrücken. Einheit von Sprache und Gefühl.
- *Aufgabe 3:* Pantheismus: (von griech. pan = alles, und theos = Gott), Lehre, nach der das Seiende und Gott eine Einheit bilden, die Welt (das All) und Gott nicht voneinander getrennt werden können (Gegensatz: Theismus). Mit Pantheismus werden verschiedene, oft widersprüchliche Positionen bezeichnet. Der Pantheismus kann grob in zwei Richtungen eingeteilt werden: 1. Lehre, dass Gott das Wirkliche selbst ist; die Welt besteht nur aus Manifestationen (Attributen oder Emanationen) Gottes als der einzigen Substanz. 2. Lehre, nach der die Welt (die Natur) das Wirkliche ist; Gott ist nichts anderes als die Ganzheit (die Summe) des Seienden. Der Pantheismus lässt sich in dieser Prägung als naturalistisch bezeichnen (weil für ihn alles, was ist, Natur ist, d. h. die Natur als die umfassende Wirklichkeit) oder als materialistisch (insofern dieses Wirkliche für ihn materieller Natur ist; Beispiele sind Holbach und Diderot). 3. In einem gewöhnlichen, philosophisch aber unklaren Sinn heißt Pantheismus, dass die Natur beseelt und Gott in allem ist.
- *Aufgabe 4:* s. Komplementärgedichte: Prometheus und Ganymed; s. Werthers rebellierendes Aufbegehren gegen gesellschaftliche Missstände (Sturm und Drang) und seine gefühlsbeladene Sprache (Empfindsamkeit); s. die Figuren und Sprache der Amalia und Karl von Moor.

Vernetzung

Briefe s. SB S. 52f. und S. 87.

Rückblicke und Ausblicke

Grundidee

Im Unterkapitel »Rückblicke und Ausblicke« wird einerseits – am Beispiel des »Sturm und Drang« – die Fragwürdigkeit literarischer Periodisierung mithilfe theoretischer Texte problematisiert. Andererseits wird versucht, die Bedeutung dieser Epoche bis in die Gegenwart hinein sichtbar zu machen, indem zwei Auszüge aus der Gegenwartsliteratur als Beispiel vorgestellt werden, die bereits bekannte Motive in veränderter Form aufnehmen. Hier kann ein Bogen geschlagen werden zu der These, dass sich die Literatur immer wieder, unabhängig von Zeit und Moden, bestimmter literarischer Figuren, Motive und Konflikte annimmt, diese gleichsam einen

Urfundus literarischer Auseinandersetzung bilden und zeitlos sind, dass sich die Darstellungsformen und -weisen jedoch den Zeitbedürfnissen entsprechend ändern.

S. 37 Walter Hinck: Zur Problematik der Periodisierung
S. 38 Klaus W. Scherpe: »Aufklärung« oder »Sturm und Drang«: eine falsch gestellte Frage

Aufgabe 1: Möglicher Konspekt beider Texte (Hinck und Scherpe): Die Sturm-und-Drang-Periode ist aus gesamteuropäischer Sicht der Epoche der Aufklärung zuzuordnen, wird jedoch bei der Periodisierung der deutschen Literaturgeschichte als eigenständige literarische Strömung begriffen. Jedoch ist damit keinesfalls ein Antagonismus von Vernunft versus Gefühl festzuschreiben, zumal die Epochenbezeichnung nachträglich im 19. Jahrhundert getroffen und in der Literaturgeschichte aus Gründen der jeweiligen Rezeptionsgeschichte unterschiedlich akzentuiert und eingeordnet wurde und somit als eine Übergangsphase betrachtet werden kann. Am Beispiel des Werthers wird deutlich, dass der »Sturm und Drang« keinesfalls als eine Gegenbewegung zur Aufklärung aufgefasst werden kann, denn Werther selbst vereinigt Empfindung und Reflexion, Sensibilität und Erkenntnisvermögen, subjektives Schwärmen und Objektivierungsvermögen, er ist der »vernünftige Träumer« par excellence.

Entstehung von Epochenbegriffen: aus der Retrospektive, von der Wirkungs- und Rezeptionsgeschichte der Werke ausgehend, jeweils der literaturgeschichtlichen Schwerpunktsetzung der Zeit entsprechend. Funktion: Übersichtlichkeit, schnelle Einordnung, Vergleichbarkeit mit anderen Epochen, Typisierung von formalen, gattungspoetologischen und inhaltlichen Aspekten, Zuordnungsmöglichkeiten zu den anderen bildenden Künsten.

S. 39 Patrick Süskind: Das Parfum

Patrick Süskind wurde am 26.3.1949 als Sohn eines Schriftstellers in Ambach am Starnberger See geboren. Nach dem Abitur studierte er von 1968 – 1974 Geschichte in München. Bekannt als Schriftsteller wurde er 1980 mit dem Einakter »Der Kontrabaß« (uraufgeführt 1981). Einen Welterfolg brachte sein Debütroman »Das Parfum« 1985, der mittlerweile in mehr als zwei Dutzend Übersetzungen vorliegt und schon Ende 1985 über 400 000 mal verkauft wurde. 1987 erschien die Erzählung »Die Taube«, 1991 die Erzählung »Die Geschichte des Herrn Sommer«. Mitte der 80er Jahre trat Süskind auch als Drehbuchautor bzw. Mitautor zweier erfolgreicher TV-Serien in Erscheinung: »Monaco Franze« und »Kir Royal«. Mittlerweile wurden etliche Drehbücher Süskinds verfilmt, zu denen auch der erfolgreiche Kinofilm »Rossini« (1997) gehört. Biografisches ist über den Autor nur spärlich zu erfahren; wie kaum ein anderer verweigert er sich dem Literaturbetrieb, lehnte auch bereits Preisverleihungen wie den Gutenberg- oder den FAZ-Literaturpreis ab. Auffällig an Süskinds Titelgestalten ist, dass sie menschenscheu sind und äußerst zurückgezogen leben.

In dem Roman »Das Parfum«, der im 18. Jahrhundert in Frankreich zur Zeit Ludwigs des XV. spielt, geht es – wie der Untertitel »Die Geschichte eines Mörders« nahe legt – um die fiktive Lebensgeschichte des Außenseiters Jean-Baptiste Grenouille, der aus ärmlichsten sozialen Verhältnissen stammt und auf Grund seiner genialen olfaktorischen Fähigkeiten, die er fast als Autodidakt ausbildet, zum größten Parfumeur aller Zeiten aufsteigt. Da er selbst keinen Eigengeruch und damit keine unverwechselbare Identität besitzt und deshalb von allen Menschen abgelehnt und verstoßen wird, kreiert er seinen eigenen Geruch, indem er mehr als zwanzig junge Mädchen umbringt und sich deren Geruch zu eigen macht, dem die Menschen hilflos ausgeliefert sind.

Grenouille wird zwar der Morde überführt, am Tag seiner Hinrichtung (und hier – im III. Teil des Romans – ist die ausgewählte Textstelle zu kontextuieren) jedoch täuscht er die Volksmenge mit einem betörenden Parfum, sodass alle Menschen ihm verfallen und er freigelassen wird. Seinen Triumph über die verführbaren Menschen kann er nicht genießen, weil er weiß, dass sein eigener Duft nur eine Maske ist, ein Täuschungsmanöver, mit dem er Menschen manipulieren kann, er aber eigentlich keinen Geruch hat und die Menschen ihn nicht wegen seiner selbst lieben. Er kehrt an den Ort seiner Geburt, nach Paris, zurück und wird »aus Liebe« aufgefressen.

Aufgabe 1: Süskind wählt die Erzählhaltung eines auktorialen Erzählers, eine vor-moderne Erzählhaltung. Was anscheinend aus der Innensicht Grenouilles erzählt wird, legt ihm der allwissende Erzähler in den Mund, denn Grenouille ist ein in seiner Entwicklung retardierter, eindimensionaler Mensch, dem es an Wissen, Sensibilität, an sprachlichen Ausdrucksmöglichkeiten mangelt, um ein so differenziertes Bild von sich selbst zu zeichnen (vgl. Z. 5f.). Weitere Erzählerkommentare finden sich in Z. 4, 11, 15f., 20f., 31f.

Die so genannte Postmoderne (in Anlehnung an: Funkkolleg Literarische Moderne, Europäische Literatur im 19. und 20. Jahrhundert, Studienbrief 10, hrsg. vom Deutschen Institut für Fernstudien an der Universität Tübingen, das wissenschaftliche Team: Rolf Grimminger, Jörn Stückrath, Jurij Murasov, Beltz Verlag 1994, Studieneinheit 30, S. 4f.), der dieser Roman zugerechnet wird, ist ein unscharfer Begriff, der in den 80er Jahren auch in Deutschland zu einem inflationär gebrauchten Modewort geworden ist. Im postmodernen Denken spielen Begriffe wie Differenz, Vielfalt, Zerstreuung eine große Rolle. Totalitätsperspektiven und Metaerzählungen haben ihre Allgemeingültigkeit, die bindenden Leitbegriffe verloren, postmodern wäre stattdessen der Blick für das Besondere, Lokale und Regionale, für Diskontinuitäten. Für ein solches Denken haben die französischen Philosophen Deleuze und Guattari das Bild des Rhizoms gefunden. Ein Rhizom (ursprünglich ein unterirdischer Wurzelstock) steht für Verästelung, Labyrinth, für das Vielfältige und Gemischte. Kritiker nennen »postmodern« den oberflächlichen Umgang mit der Tradition nach dem Motto des »anything goes«. So wenig wie es »die« Moderne gibt, (der Begriff Postmoderne impliziert ja einen Bezug zur Moderne), so wenig gibt es »die« Postmoderne, allenfalls postmoderne Konstellationen und Formen in der Architektur, der Malerei, der Musik und der Literatur, geprägt von verschiedenen theoretischen Ansätzen. Gemeinsam ist höchstens die Voraussetzung, dass sich die ästhetischen Ansätze der Moderne erschöpft haben. Der Verlust von Einheit, Überschaubarkeit und Kausalität wird nicht mehr wie in der Moderne als existenzielle Krise, als Schock erfahren, sondern bejaht und produktiv genutzt für eine nicht begrenzte Offenheit, den Kunstwerken ist eine Tendenz zum Fragmentarischen, Diskontinuierlichen und zur Heterogenität, zu Stilmischungen und Intertextualität immanent. Häufig rücken Reflexionen über den Schreibprozess ins Zentrum der Werke als Mittel, um aufzuzeigen, wie Texte gemacht sind und damit einen Blick auf die Traditionen zu eröffnen. Die Spiegelung von Texten in den Texten als einem typischen Kennzeichen postmoderner Literaturen zeigt die Vielfalt von Literatur und für den versierten Leser deutlich ein zu durchschauendes Spiel des Autors mit Versatzstücken. Nach Umberto Eco ist das postmoderne Erzählen *»geprägt von Ironie, metasprachlichem Spiel, Maskerade hoch zwei. Es beginnt, historisch gesehen, genau da, wo die (moderne) Vorstellung von einem Ende und einer Krise der Kunst umschlägt in den Willen, die traditionellen (und im Sinne der Moderne »verbrauchten«) Mittel in reflektorischer, ironischer Absicht wieder zu verwenden. Der Leser weiß – und wird vom Erzähler immer wieder daran erinnert – dass er aktiver Mitspieler in einem Textgeschehen ist.«* (Funkkolleg Literarische Moderne, a.a.O., S. 17). Dieses Schreibverfahren lässt durch die vielfältigen Möglichkeiten des Kombinierens und Parodierens von Stilen, Gattungen, Figuren und Motiven zahlreiche Lesarten eines Textes zu. So kann man den Roman »Das Parfum« lesen als einen Kriminalroman, eine historische Biografie, ein Sachbuch, einen Entwicklungs- und Bildungsroman, einen Künstler- oder Genieroman; das Titelbild der gebundenen Ausgabe suggeriert durch die Darstellung der nackten Nymphe in Zusammenhang mit des Assoziationen zu »Parfum« als einem sexuellen Stimulus auch die Lesart eines erotischen Romans.

Für Süskind und auch andere postmoderne Romane (z.B. »Schlafes Bruder« von Robert Schneider) sind folgende sprachliche Mittel typisch, die sich auch in der abgedruckten Textstelle finden: detaillierte Beschreibungen, Häufung von Adjektiven, oft in der Form von Superlativen und Dreischritten sowie Klimax, Parallelismen im Satzbau, Wiederholungen, Parenthesen, Parataxen und Hypotaxen, Ellipsen.

Aufgabe 2: zynischer, die Menschen verachtender Triumphator, Ausgestoßener, Scheusal. Göttergleich, größer als Prometheus, göttliche Aura, sein eigener Gott, herrlicher als Gott, der Große Grenouille. Ekel, Hass vor / auf die Menschen, innere Befriedigung nur im Hassen und Gehasstwerden.

Prometheus	Grenouille
Original-Genie: wirklicher Schöpfer der Menschen, für die Menschen, sozial; Schöpfer einer realen Welt; Auflehnung gegen die Götter/Autoritäten; eigene Normen und Werte (Autonomiegedanke; Abgrenzung)	dekadentes Genie: schafft nur Duft-Maske; Schöpfer für sich selbst; Zerstörer von Menschen (Morde), asozial; Schöpfer einer visionären Welt; keine Auflehnung; keine Normen und Werte, amoralisch

Weiterführende Aspekte

Arbeitsblatt zu Robert Schneider »Schlafes Bruder« LB S. 28.

Aufgabe 1: (zu »Schlafes Bruder«)
- kein liebevolles Verhältnis zwischen Vater und Sohn;
- Kind wird durch etwas Magisches in der Natur angezogen;
- unglaubliches Hörvermögen (»absolutes Gehör«);
- enge Seelenverwandtschaft mit dem Universum, Eins-Sein mit der Natur, die er lebendig in sich spürt (Pantheismus-Gedanke);
- tiefe Religiosität;
- sensible Beziehung zu einem magischen Ort, dem Stein.

Aufgabe 2: In literarischen Texten kann ein Leitmotiv nicht nur durch die Wiederholung eines Wortes bzw. einer Wortfolge oder der Ableitungen eines Wortes bestimmt sein, sondern auch durch Wortfelder, die in einem semantischen Zusammenhang stehen. Leitmotive strukturieren einen Text und haben durch ihre Wiederholung und Verknüpfung eine bestimmte Konnotation, die zur Charakterisierung von Personen dient und gedankliche Verbindungen im Text herstellt.

In den vier ausgewählten Textstellen wird immer wieder auf diesen Stein verwiesen, dem am Ende des ersten Textausschnitts durch die Personifizierung »der Stein rief« eine fast übernatürliche Wirkung zukommt, der sich der Protagonist nicht entziehen kann: »Elias musste hinunter«. Das Leitmotiv des Steins vereinigt in sich zwei Aspekte: Er ist Elias' eigentliche Heimat, »mein Ort«, der Ort, an dem das Hör-Wunder begonnen hat und an dem Elias den Tod findet. Er besitzt fast mythische Kraft, »so als hätte vor grauer Zeit Gott selbst einen Schritt auf diese Welt getan«. Er hört auf zu existieren nach Elias' Tod. Zudem liegt er in der Emmer, dem Bergbach, der für den Roman eine wichtige Rolle spielt. Das Motiv des Wassers (und auch das des Feuers, denn der Ort Eschberg wird mehrmals von einem alles vernichtenden Feuer heimgesucht) und der des »wasserverschliffenen Steins« sind eng miteinander verknüpft. Im Wasser beginnt Elias' neues Leben (Wasser als Element der Reinigung und Neuwerdung), Wasser rettet das Leben der Eschberger, Wasser ist beständig und lebensspendend, im Wasser endet auch Elias' Leben.

Aufgabe 3: Der Erzähler: Er ist allwissend, omnipräsent im Roman. Erzählduktus des 19. Jahrhunderts. Er verfügt souverän über die Geschichte. Schon auf der ersten Seite des Romans wird deutlich, wie zielgerichtet er erzählt: *»Die Welt dieses Menschen und den Lauf seines elenden Lebens wollen wir beschreiben.«* Er tritt in verschiedenen Rollen auf: als Chronist, als Moralist, als Regisseur, als Vertrauter des Lesers. Die Figur des auktorialen Erzählers ist – ähnlich wie in Süskinds Roman – beide Romane werden der Postmoderne zugerechnet – zu Ende des 20. Jahrhundert offenbar nur noch als Spiel, als Rolle möglich. Auch der Roman »Schlafes Bruder« hat verschiedene Lesarten: als Dorfgeschichte, als Heimatroman, als Künstler- oder Genieroman, als Liebesroman, als Heiligenroman. Ebenso wie der Roman »Das Parfum« enthält er zahlreiche Intertexte, die thematische und sprachliche Gestaltung ist ähnlich wie bei Süskind.

Aufgabe 4: Die Natur (Berge, Feuer, Wasser und Stein) spielt für die Menschen des österreichischen Dorfes eine existenzielle Rolle, denn sie sind nicht nur direkt von ihr abhängig, sondern werden von ihr bedroht (drei verheerende Brände erlebt das Dorf). Von dem Naturidealismus des Sturm und Drang ist die Darstellung der Natur in diesem Roman weit entfernt: Die Natur dient als Kulisse, als leitmotivisches Instrumentarium, um das Gerüst der Erzählung zu stützen. Nur der Protagonist Elias hat eine Seelenverbindung zu der Natur, was in seiner Beziehung zu dem wasserverschliffenen Stein deutlich wird.

S. 40 Thomas Brussig: Helden wie wir

Thomas Brussig wurde 1965 in Ostberlin geboren und zählt zu der Generation der in die DDR »Hineingeborenen«. Er studierte nach der Wiedervereinigung von 1990-1993 Soziologie und Dramaturgie an der Filmhochschule Potsdam-Babelsberg. »Helden wie wir«1995 (verfilmt 1999), Drehbuchpreis der Bundesregierung; »Am kürzeren Ende der Sonnenallee« 1999, verfilmt von Leander Haußmann nach dem Drehbuch von Thomas Brussig 1999, sog. »Kultfilm«. In beiden Romanen geht es um eine Kindheit bzw. Jugend in der DDR der 70er und 80er Jahre, die als ein kleinbürgerliches Spießerland voller Stasi-Aktivitäten und Aktivisten gezeigt wird, die teils grotesk parodiert, teils liebevoll karikiert wird.
Klaus Uhltzscht wird 1968 geboren. In der Retrospektive erzählt er sein Leben, relativ linear. Wie sein Vater arbeitet auch er für die Stasi und kann endlich finanziell unabhängig von seinen Eltern werden. Durch die Stasi wird er kriminell.

Aufgabe 1: Seine Erziehung ist geprägt von seinen überaus unterschiedlichen Eltern. »*Die Mutter, ein Muster aseptischer Perfektion und strengster Selbstdisziplin, drückt Klaus den Stempel weltfremder Musterhaftigkeit auf. Der Vater, ein liebloses Ekel, gibt ihm blühende Minderwertigkeitskomplexe mit auf den Weg.*« (Marion Löhndorf: »Wer hat die Mauer umgeschmissen?« In: NZZ vom 10.10.1995). Während der Vater nie mit ihm direkt redet (Z. 7f.), ihn nicht beachtet (Z. 26f.), ihn lediglich autoritär bevormundet und unterdrückt, ist die Mutter eine richtige Glucke, die ihn umsorgt und überbehütet, ihn ständig kontrolliert, verbessert und nie in Ruhe lässt (Z. 24). Sie wird zu einer Übermutter für Klaus (Z. 40f.), der sich nie von ihr lösen kann und dessen Beziehungen zu Frauen kläglich scheitern, auch deshalb, weil Sexualität in der Familie tabuisiert wird, seine Aufklärung erhält er durch Gleichaltrige in Ferienlagern, die ihn als »Totensonntagsfick« titulieren. So entwickeln sich bei ihm sexuelle Perversionen, Minderwertigkeitskomplexe und Größenwahn, er ist charakterlich deformiert. Er selbst bezeichnet sich als »zerrissen« (Z. 42f.), fühlt sich »dreckig« (Z. 57f.), sieht seine Entwicklung trotzdem aus der Distanz mit gewisser Ironie (Z. 58-Ende). Die Sprache des Ich-Erzählers ist drastisch und direkt, umgangssprachlich; er verwendet viele rhetorische Fragen, um sich selbst zu vergewissern, zeigt Ironie und Sarkasmus (deutlich auch durch viele Ausrufezeichen).

Aufgabe 2: Der Generationskonflikt steht im Mittelpunkt: Die Sozialisationsbedingungen einer bestimmten Zeit (aufgewachsen in der DDR) beeinflussen entscheidend den Werdegang des Protagonisten, der jedoch im Gegensatz zu den Söhnen der Sturm-und-Drang-Dramen nicht gegen seine Eltern rebelliert, sich nicht zu Wehr setzt. Vater und Mutter sind absolut gesetzte und respektierte Autoritätspersonen und Klaus lernt nie, selbst Entscheidungen zu treffen, die ihm von Eltern und der Stasi abgenommen werden. Er ist nicht autonom, sondern ständig unwissend und überfordert. Sein Mangel an Selbstwertgefühl (er bezeichnet sich selbst als »Flachschwimmer, Toilettenverstopfer, Sachenverlierer« und »schlechtinformiertester Mensch«) und die wenig einfühlsame Mutter, die ihn sanft, und damit nicht angreifbar, terrorisiert, verhindern eine rebellierende Auseinanderssetzung mit der älteren Generation.

Aufgabe 3: Nützliche Internetadressen für die Recherche:
www.filminstitut.de/dframe12.htm
www.uni-stuttgart.de/koki/kino/index.htm
www.bildung.hessen.de/mversuch/tv-weiser
www.filmberichte.de
www.moviedata.de
An dieser Stelle ist auch hinzuweisen auf die Aktualität der Autoritätskonflikte der 68er Generation. Der gerade erschienene Spielfilm (Start: 1.2.2001) »Die innere Sicherheit« von Christian Petzold behandelt das Leben des ehemaligen Terroristenpaares Clara und Hans im Untergrund in Portugal, erzählt aus der Perspektive ihrer jetzt 15-jährigen Tochter, die nie zur Schule gegangen und immer allein ist. Die Eltern sind kurz davor, sich eine halbwegs legale Identität irgendwo in Brasilien zusammenzubasteln, als durch eine Unaufmerksamkeit alles zusammenbricht. Noch einmal müssen sie fliehen, und ihre Flucht führt sie nach Deutschland. Um ein Leben außerhalb der Norm und um die Sehnsucht nach Normalität geht es in diesem Film.
Der Debütroman »Rosenfest« (erschienen im Februar 2001) von Leander Scholz thematisiert die Beziehung von Gudrun Ensslin und Andreas Baader. In der Frankfurter Rundschau hat der Autor kürzlich verraten, worüber der Roman keine rechte Klarheit schaffen kann: seine Intentionen. Dieses auf die einsamen Helden zentrierte Geschichtsbild«, »das Epos der 68er«, sei in den achtziger Jahren dominant gewesen – für ihn und seine Generation. Daraus und im Rückblick aufs eigene Geburtsjahr sei die Idee des Romans entstanden.
Die wesentlichen Stationen der Handlung sind: die Berliner Anti-Schah-Demo, die Frankfurter Kaufhausbrandstiftung, Flucht nach Paris zur Stippvisite im 68er Mai, dann Flucht nach Italien, Ferienstimmung. Zwischendrin gibt es immer wieder Rückblenden auf Andreas' traumatisierende Strichererfahrungen. Von Italien geht es dann mit echter Gewaltbereitschaft zurück nach Deutschland. Bei Springer explodieren Bomben und die RAF-Mitglieder werden verhaftet. Direkt oder indirekt hat die RAF-Thematik schon in etlichen Romanen Niederschlag gefunden: unter anderem bei F. C. Delius, Christian Geissler, Peter-Jürgen Boock und Rainald Goetz.

S. 42 Klaus Michael Bogdal: Verschwindet der Generationenkonflikt?

Aufgabe 1: 1. Die Protagonisten haben keine Berührungspunkte mehr mit ihren Eltern. 2. Das traditionelle Generationenkonzept gilt nicht mehr: Es ist abgelöst worden von einem Milieukonzept einander benachbarter Gruppen mit unterschiedlichen kulturellen Ausprägungen und Lebensstilen. 3. Jugendlichkeit verliert ihr Unterscheidungsmerkmal als sozio-biologisches Altersmodell für die 12-20-Jährigen, da sie in allen Generationen als anzustrebende Kategorie gilt. 4. Pluralisierung und Durchlässigkeit der Lebensstile in allen Generationen führt zu einer Verringerung des Konfliktpotenzials. Mögliche weitere Gründe: 5. Weitreichende

Emanzipationsbestrebungen der Frauen und Enttabuisierung von Sexualität lassen keine Konflikte zwischen Müttern und Vätern mit ihren Töchtern mehr entstehen. 6. Die Auflösung traditioneller Familienkonzepte sowie die Erziehungsmaxime des »laissez faire« schaffen Konfliktpotenzial ab. 7. Globalisierungstendenzen bewirken Nivellierungen hinsichtlich spezifischer kultureller Anforderungsprofile an Jugendliche.

Aufgabe 2: Argumente für die These:
- Versuch der Veränderung der Spielräume für individuelle Lebensentwürfe;
- Auseinandersetzung und Reibung mit traditionellen Moral- und Wertvorstellungen und der Hierarchie der gesellschaftlichen Autoritäten;
- Abgrenzung von anderen Gruppen und Identifikation mit der eigenen Lebensaltersgruppe;
- Ausbildung eigener Wertvorstellungen und Positionen;
- Konkurrenzverhalten erproben und aushalten;
- Lernen von Selbstkontrolle und sozialer Disziplinierung;
- Ausbildung eigener ästhetischer Konzepte.

Arbeiten mit den Modulen

S. 14 Projektideen

In vielen Städten gibt es Theaterpädagogen, die als Bindeglieder von Schule und Städtischen Bühnen fungieren und Schüler in den Prozess einer Inszenierung begleitend einführen. Sie sind auch bereit, in die Schulen zu kommen und auf Wunsch mit Schülern Sprechübungen zu machen, Szenen dramaturgisch umzusetzen etc. Besonders gelungen wäre eine Zusammenarbeit, wenn gerade ein Stück des »Sturm und Drang« am Theater aufgeführt werden soll.

Auch könnte das Projekt neben der Ausstellung einen Themenabend vorbereiten, an dem Gedichte rezitiert werden, Standbilder gebaut und Ausschnitte aus den Dramen, die thematisch miteinander verbunden sind, aufgeführt werden. Der Kostümfundus der Stadttheater stellt gern geeignete Kostüme und Requisiten zur Verfügung. Literaturhinweise: s. Lese-Tipps S. 25.

Über die Fachgrenzen...

Gestaltung eines Projekts in Zusammenarbeit mit den Fremdsprachen: »Der Briefroman in der europäischen Literatur des 18. Jahrhunderts«. Mögliche Aufgabenstellung: Suchen Sie dazu entsprechende Texte und wählen Sie geeignete Passagen, die Sie zu einem kleinen Reader zusammenstellen oder auf einem Themenabend mit Kostümen und Musik der damaligen Zeit vorlesen können.

Untersuchen Sie die vorliegenden Briefromane (s. MZ SB S. 36) hinsichtlich des Beziehungsgeflechts Autor-Herausgeber-Ich-Erzähler-Adressat-Leser.

<u>Literaturhinweise</u>:
England: Samuel Richardson: Pamela (1740), Clarissa (1747/8) und Sir Charles Crandison (1753) ;
Frankreich: J.J.Rousseau: Nouvelle Héloïse (1759) und Ch. De Laclos: Les liaisons dangéreuses (1782) ;
Italien: Foscolo: Jacopo Ortis (1798);
Deutschland: J.W.v.Goethe: Die Leiden des jungen Werthers (1774) und S. von La Roche: Die Geschichte des Fräuleins von Sternheim (1771).

S. 43 Klausurtraining

Aufgabe 1: s. Aufgabe 3 und 4, S. 17/18. Auflehnung gegen die starren Regeln beim Schreiben/Formulieren (Regelpoetik der Aufklärung), die das Genie einengen, nicht natürlich sind. Auflehnung gegen die Ständeklausel, die Ausrichtung des Bürgertums auf die Umgangsformen des Adels, das »Nachäffen« des Adels. Auflehnung gegen die Akzeptanz der gesellschaftlichen Hierarchie, gegen das Karrierestreben und die Einschmeicheleien. Auflehnung gegen die Amoralität des Adels und des aufstrebenden Bürgertums (List, Intrigen), um die eigene Stellung zu sichern.

Aufgabe 2: Möglicher Antwortbrief Wilhelms (Schülertext):
Mein geliebter Freund,
deine Mutter und ich sind dankbar für jeden Brief, den du uns sendest, sei er auch noch so kurz. In letzter Zeit jedoch haben deine Briefe diesen resignierten und jammernden Unterton, der uns sehr beunruhigt. Hast du nicht unglaubliches Glück gehabt, eine Stellung bei dem weltoffenen Grafen C. zu finden, der dir zugetan und dein Fürsprecher ist? Nur wenige können sich so glücklich schätzen, bei einem solchen Mann angestellt zu sein! Wir haben dich nicht auf diesen Posten gedrängt, du allein hast immer wieder davon geredet, dass du tätig sein und deinen Geist beflügeln möchtest. Wir wissen, dass du die Subordination nicht liebst, aber es geht nun nicht alles nach deinem Kopf in der Welt. Überall wirst du dich unterordnen müssen, auch dein Graf C. ist dem Fürsten und dem König verpflichtet. Du hast doch alle Handlungsspielräume, die du dir nur wünschen kannst: Du wirst von ihm und anderen geachtet, du wirst eingeladen, du befindest dich in ausgesuchter Gesellschaft und lernst interessante Menschen kennen, wie du selbst schreibst. Er überträgt dir wichtige Angelegenheiten, auch wenn du nicht immer frei entscheiden kannst, glaub mir, Lieber, wer kann das schon? Du hast deine Freizeit, in der du deine Leidenschaften und Bedürfnisse mit Malen und Schreiben ausleben kannst. Du schreibst ja selbst, du könntest das beste und glücklichste Leben führen, wenn du nicht so ein Tor wärst. Recht hast du: Ein Tor bist du! Genieße deine Position, schluck den Ärger hinunter, du kannst die Welt nicht ändern, richte dich in ihr ein und mach es dir darin recht gemütlich. Keine Klagen mehr an uns, ich bitte dich! Dein dich inniglich liebender Wilhelm.

Klausurtraining LB S. 29

Aufgabe 1: Franz ist der Rationalist, der kalt und strategisch vorgeht. Er stebt uneingeschränkte Macht an, will gewaltsam ausrotten, was ihn einengt. Er intrigiert, um Karl bei seinem Vater unbeliebt zu machen und um selbst die Herrschaft als Zweitgeborener übernehmen zu können. Für seinen Vater fühlt er kein Mitleid, er zeigt keine Loyalität gegenüber Bruder und Vater, lediglich Neid und Missgunst. Er fühlt sich von der Natur benachteiligt auf Grund seiner Hässlichkeit; fühlt sich dementsprechend von seinen Eltern zurückgesetzt, die Karl vorgezogen haben. Er vertraut auf die Kraft seines Verstandes und seines Willens und sieht darin ein Mittel, die Ungerechtigkeit der Natur auszugleichen. Er lässt nichts neben sich gelten, nur das Gesetz seiner eigenen Tatkraft, das er absolut setzt. Hierbei scheut er nicht vor Bösartigkeit, Kalkül und Grausamkeit zurück. Er kann keine Liebe empfinden, da er sich selbst als ungeliebt erlebt hat.

Bevor der Zuschauer Karl selbst kennen lernt, wird er aus der Perspektive seines Bruder Franz geschildert. Dieser geht dabei kontrastiv vor: Den Tugenden Karls, die früher alle lobten (Genie, Sinn für Ästhetik, Empfindsamkeit, Ehrlichkeit, Mut, Ehrgeiz) stellt er dessen Entwicklung gegenüber, indem er die o.g. Schlüsselbegriffe wieder aufnimmt und sie gleichsam antithetisch in ihrer negativen Ausprägung darstellt und verspottet (Vatersöhnchen, herrliche Früchte, Frechheit, Weichheit für Koketten, empfindsam für Prostituierte, schlimmer als Diebe und Straßenräuber). Alle Wesenszüge Karls, die zu großer Hoffnung Anlass gaben, werden umformuliert, sodass sich ein abstoßendes Bild Karls ergibt. Franz' Sprache ist gekennzeichnet durch ausdrucksstarke Bilder (viele wertende Adjektive), die kalkuliert sind, um den Kontrast zwischen früher und heute stärker zu verdeutlichen: durch Hyperbeln, Doppellungen, Dreischritte, Emphasen, Interjektionen, viele rhetorische Fragen, durch Ironie und Sarkasmus. Hierin gleicht er den Helden des Sturm und Drang. Verglichen mit anderen Dramen des Sturm und Drang (»Die Zwillinge«, »Julius von Tarent«) offenbart sich der typische Bruderzwist zweier ungleicher Brüder, der die Struktur des Dramas bedingt.

Aufgabe 2: Mögliche Transformation *Das ist nun aus ihm geworden, Vater: Seine Ehrlichkeit erweist sich als Intrigantentum und Heuchelei, seine Sensibilität als Gefühlsduselei und Verruchtheit, seine Stärke als Egozentrik, sein angebliches Genie als Korruptheit und Verbrechertum. Einen solchen Sohn wirst du niemals akzeptieren, Vater. Ha, es wäre doch gelacht, wenn mir mein Erfindungsreichtum und meine Cleverness nicht genutzt hätten, um Karl vor dem Vater zu diskreditieren. Nichts ist mehr mit dem verhätschelten Lieblingssohn! – Es ist nur recht und billig, wenn ich meinen Platz behaupte, schließlich bin ich von der Natur stiefmütterlich behandelt worden und nie ist mir die gleiche Liebe zuteil geworden wie Karl. Ich hole mir nur das zurück, was mir zusteht. Jeder muss auf seine Weise versuchen, sein Recht durchzusetzen und das Recht ist nun mal auf der Seite des Stärkeren. Wer nichts wagt, der nichts gewinnt, und wenn es mit Gewalt sein muss.*

Facharbeitsthemen

- Die Darstellung des Vater-Tochter-Konflikts in Hebbels Drama »Maria Magdalena« im Vergleich zu bekannten Dramen des Sturm und Drang.
- Das Leben als Dichterin in der Gesellschaft im ausgehenden 18. Jahrhundert am Beispiel von Sophie La Roche (s. hierzu: Renate Feyl »Die profanen Stunden des Glücks«).
- Die Werther-Mode in der zweiten Hälfte des 18. Jahrhunderts.
- Untersuchung zur Rezeption von Goethes Briefroman »Die Leiden des jungen Werthers« im Roman von Ulrich Plenzdorf »Die neuen Leiden des jungen W.«.

Lese-Tipps und Literaturhinweise

Sekundärliteratur

a) Theater allgemein

- Gronemeier, Andrea: Theater. Schnellkurs. Köln: Du Mont 1995; guter und griffiger Überblick über die Geschichte des Dramas und des Theaters von der Antike bis heute; Exkurs zum Film und der politischen Wirkung von Theater. Glossar und Bibliografie. Viele interessante Bilder und Fotos. (L+S)
- Scheller, Ingo: Wir machen unsere Inszenierungen selber (I). Szenische Interpretationen von Dramentexten. Theorie und Verfahren zum erfahrungsbezogenen Interpretieren im Umgang mit Literatur und Alltagsgeschichte(n). Oldenburg: Universität Oldenburg 1993; gute Tipps zum Theaterspielen, auch klassischer Stücke. (L)
- Theaterlexikon, hrsg. von Lothar Schwab/Richard Weber, Bielefeld: Cornelsen/Skriptor Verlag 1995; gutes Nachschlagewerk der wichtigsten Fachtermini. (L+S)
- Waldmann, Günther: Produktiver Umgang mit dem Drama. Baltmannsweiler: Schneider Verlag Hohengehren 1999; Entwerfen und Gestalten dramatischer Spieltexte, Umformungen von Prosa und Lyrik in dramatische Texte, szenische Erarbeitungen, Dramentheorie. (L)

b) Sturm und Drang

- Der Deutschunterricht 1/1994. Literatur und Lebenswelt: Familie. Velber: Friedrich Verlag 1994; Konflikte im bürgerlichen Drama des 18. und 19. Jahrhunderts, gute Bibliographie. (L)
- Deutsche Literaturgeschichte Band 2, Ernst und Erika von Borries: Aufklärung und Empfindsamkeit, Sturm und Drang. München: dtv 1991; verständlich geschriebene Literaturgeschichte mit Hintergrundinformationen zur gesellschaftspolitischen Situation der Zeit; Einteilung nach Gattungen; viele Textbeispiele. Sehr gut geeignet für Schüler. (L+S)
- Hinck, Walter (Hg): Sturm und Drang, Athenäum Studienbücher Literaturwissenschaft. Frankfurt: Athenäum Verlag GmbH 1989; eine ausführliche und detaillierte Einführung in die Epoche. Eine Anthologie verschiedenster Aufsätze und Interpretationsansätze zu Fragen der Gattungspoetologie, der Periodisierung, Goethes Lyrik, moderner Rezeption. (L)
- Nachwort zu: F.M. Klinger: Sturm und Drang. Stuttgart: Philipp Reclam jun. 1998.
- Nachwort zu: F.M. Klinger: Die Zwillinge. Stuttgart: Philipp Reclam jun. 1995.
- Nachwort zu: J.A. Leisewitz: Julius von Tarent. Stuttgart: Philipp Reclam jun. 1995.
  Die ausführlichen Texte geben einen sehr detaillierten Überblick und Einblick in epochentypische Themen, Aufführungen, Dichterbiografien, Interpretationsansätze zu den jeweiligen Dramen und Vergleiche mit themenverwandten Dramen der Zeit. (L+S)
- Scherpe, Klaus R.: Werther und Wertherwirkung. Zum Syndrom bürgerlicher Gesellschaftsordnung im 18. Jahrhundert. Essen: Akademische Verlagsanstalt Athenaion 1969; von einer kritischen linken Position her eine umfassende Interpretation des Werther mit Schwerpunktsetzung auf Werthers gesellschaftlich-politisch bedingtes Scheitern. (L)

c) Sturm und Drang heute

- Der Deutschunterricht 5/2000, Generationskonflikte. Velber Friedrich Verlag 2000. Generationskonflikte bei Goethe, Moritz, Lenz, Kleist, Hebbel, Kafka, Maron, Migutsch und der Popliteratur der 90er Jahre. (L)

Jahreszahlen	Epochen	Dichter und ihre Werke	Kulturelle u. historische Ereignisse
1730	Aufklärung	Gottsched: Versuch einer kritischen Dichtkunst (1730) Lessing: Hamburgische Dramaturgie (1768) Lessing: Emilia Galotti (1772)	1734 Bach: Weihnachtsoratorium 1743 Tod Vivaldis
1740	Empfindsamkeit	Pyra/Lange: Freundschaftliche Lieder Klopstock: Der Messias (1748 – 1773) Sophie La Roche: Die Geschichte des Frl. v. Sternheim (1771) Sternheim (1771) Göttinger Hain (1772)	ab 1740 Maria Theresia in Österreich-Ungarn ab 1740 Friedrich der II. von Preußen 1740 – 45 1. u. 2. Schlesischer Krieg 1756 – 1763 Siebenjähriger Krieg 1748 Montesquieu: Vom Geist der Gesetze
1750			1750 Tod Joh. Seb. Bach
1760	Sturm und Drang	Herder: Fragmente (1768)	1762 Rousseau: Contrat social ab 1762 Katharina die Große, Zarin von Rußland
1770		Goethe: Rede zum Shakespeares Tag (1771) Goethe: Urfaust (1771) Goethe: Von deutscher Baukunst (1772) Goethe: Götz v. Berlichingen (1773) Bürger: Der Bauer (1773) Goethe: Die Leiden des jungen Werthers (1774) Goethe: Prometheus u. Ganymed (1774) Lenz: Der Hofmeister (1774) Leisewitz: Julius v. Tarent (1775) Lenz: Die Soldaten (1776) Klinger: Sturm und Drang (1776) Klinger: Die Kindermörderin (1776) Klinger: Die Zwillinge (1776)	1770 Herder und Goethe in Straßburg 1776 Herder und Goethe in Weimar . . .
1780		Claudius: Kriegslied (1782) Schiller: Die Räuber (1782) Schiller: Kabale und Liebe (1784)	
1780	Klassik	Goethe: Egmont (1787)	

1805

J.G.H. Feder: Bewerbung

J.G.H. Feder beschreibt im Jahre 1774 einen Bewerber um eine Hofmeisterstelle.

Eine solche Erscheinung hatten wir wenige Tage darauf bei uns. Ich weiß nicht wie ein gewisser allererst von der Universität zurückgekommener Herr A. die Nachricht bekommen hatte, dass ich einen Hofmeister für ein adeliges Haus in unserer Nachbarschaft suchte. Kurz, er kam nach S. Er mochte sich wohl vorgenommen haben. mit allem Anstande zu erscheinen. Denn er war so steif aufgeputzt wie an einem Ehrentage. An Komplimenten ließ er es gewiss auch nicht fehlen. Sobald er mich aus der Stube ihm entgegenkommen sah, bückte er sich bis auf die Erde, warf, ohne mich anzusehen, vielerlei untertänig und gnädig durcheinander und machte mir mit seiner Höflichkeit Mühe genug, bis ich ihn in die Stube brachte. Die gute Miene und der seidene Rock des Grafen machten ihn noch ehrerbietiger. Excellenz, und was ihm sonst für Titulaturen einfielen, wurden verschwendet. Der gute Graf, der so etwas noch nicht gesehen hatte und zur Sittsamkeit gewöhnt war. wusste nicht, wie er seine Höflichkeiten genug erwidern sollte, kam selbst in Verlegenheit darüber und ging erschrocken und beschämt darüber zur Stube hinaus. Ich tat alles, was ich nur tun konnte, um diesem guten Menschen es leichter zu machen. Anfangs schien es unmöglich zu sein, und nach einer halben Stunde war es mir fast gelungen. Denn sobald er die Furcht abgelegt hatte, wurde er sogleich so vertraut, dass er ohne den geringsten Anlass meinerseits sich erkundigte, wie stark meine Besoldung wäre, was ich und wo ich studiert hätte, ob ich Tabak rauchte. Ja, ich glaube, wenn ich noch eine halbe Stunde mit ihm allein gewesen wäre, er hätte mir Brüderschaft angetragen. – Man ging zur Tafel. Zum Unglück für A. war sie diesmal wegen einiger Fremden zahlreich. Er stutzte sehr und wusste nicht, was er machen sollte. Auf eine sehr ungeschickte Art nahm er seinen Platz ein. Aufgerichtet zu sitzen, schien seinem Körper etwas Unmögliches zu sein. Den Löffel fasste er so plump an, dass er ihn über die Hälfte mit der Hand bedeckte; viele Male ließ er Messer und Gabel fallen; seine Nachbarn waren immer in Gefahr, von ihm gestoßen oder beschmutzt, und die Gläser umgeschmissen zu werden. Selten wagte er jemand anzusehen, außer mit ziemlich freien Blicken Frauenzimmer. Man fragte ihn deutsch, ob er französisch spräche. Sogleich fing er an zu parlieren auf eine Art, davon allen, die die Sprache halb verstunden, die Ohren wehe taten. Auf die Frage, was er studiert hatte, schien er anfangs alle Kollegia, die er gehört hatte, hernennen zu wollen: Man ließ ihm aber nicht so viel Zeit. und er konnte nur noch versichern, dass er außer Theologie hauptsächlich Sprachen und Philosophie vorzüglich getrieben hätte. Einige Gäste ließen sich mit ihm in eine Unterredung vom akademischen Leben ein. Anfangs wollte er ausweichen. Als er aber glaubte, dass ihnen ernst wäre, und der Wein in beherzt gemacht hatte, stattete er hiervon als Kenner weitläufige Berichte ab.

(Zitiert nach: Hans Heinrich Gerth: Die Struktursituation der bürgerlichen Intelligenz im ausgehenden 18. Jahrhundert. In: Ulrich Herrmann (Hrsg.): Die Bildung des Bürgers – Die Formierung der bürgerlichen Gesellschaft und die Gebildeten im 18. Jahrhundert. Weinheim / Basel: Beltz Verlag 1982. S. 357.)

- Bestimmen Sie die gesellschaftliche Stellung des Autors J.G.H. Feder.
- Welche Verhaltensweisen des Bewerbers um eine Hofmeisterstelle hebt der Autor in seinem Bericht besonders hervor? Welche Perspektive kommt in seiner Wortwahl zum Ausdruck?
- Formulieren Sie in einem Brief an einen Freund die Vorstellung in dem adeligen Haus aus der Sicht des Bewerbers, Herrn A.
- Diskutieren Sie die Möglichkeiten des sozialen Aufstiegs eines Bürgerlichen durch Bildung. Beziehen Sie Ihre Kenntnisse über das Drama »Der Hofmeister« und die Kritik des jungen Werther mit ein.

Robert Schneider: Schlafes Bruder

Anlässlich dieser Ausforstung der Emmer durfte Elias den Vater begleiten. Und dort entdeckte das Kind jenen Ort, genauer gesagt jenen wasserverschliffenen Stein, der ihn auf so unheimliche Art und Weise anzog. Seff war damals aufgefallen, wie das Kind beim Sanden und Schlammen plötzlich innehielt, das Köpfchen nervös von der einen auf die andere Seite warf, als müsste es angestrengt zuhören. Dann stieg und kletterte das Kind gehetzt durchs Unterholz, als würde es von einer unbekannten Macht gerufen. Wie es schließlich alles ihm Erreichbare an Mund und Ohren führte, Schlamm, Kiesel, Käfer, Salamander, Gräser und faulende Blätter, rief Seff es beim Namen, ihm zu bedeuten, dass es ja nicht allein in dieser Wildnis sei. Daraufhin erschrak das Kind so entsetzlich, dass es laut zu weinen anfing und sich lange nicht mehr trösten lassen wollte. Auch wich es keinen Fußbreit mehr von einem bestimmten Steinvorsprung, und Seff musste den Jungen mit Gewalt vom Stein zerren und unter seinen Arm zwingen. Aufgrund dieser Beobachtung dürfen wir behaupten, dass das Wunder den Elias nicht wie ein Blitz aus offenem Himmel getroffen hat, sondern sich mählich, ja beinahe menschlich ankündigte.

Der Stein rief. Elias musste hinunter. [...]

Je näher Elias zum wasserverschliffenen Stein kam, je unruhiger ging sein Herzschlagen. Es war ihm, als würde allmählich das Geräusch seiner Schritte, sein Atem, das Wispern des Harsches, das Ächzen im Waldholz, das Raunen des Wassers unter dem Eis der Emmer, ja als würde alles um ihn herum anschwellen und immer lauter und mächtiger tönen. Als Elias endlich den Steinvorsprung erklettert hatte, hörte er, dass von seinem Herzen ein Donner ausging. Er muss etwas von dem Kommenden geahnt haben, denn er fing plötzlich an zu singen. Dann geschah das Wunder. An diesem Nachmittag hörte der fünfjährige Elias das Universum tönen. [...]

Der Wald begann sich zu lichten. Hie und da wuchs an sonnigen Uferstellen junges Schilf. Die Emmer spiegelte das satte Grün des Mischwaldes, und das Wasser roch nach dem Schnee des Kugelbergs, woher die Emmer ihren Ursprung nahm. Übers Jahr hatte der Bergbach verschiedentlich neue Kurven gezogen. Den neuen Verlauf beobachtete Elias mit sichtlicher Traurigkeit. Wo er noch im Sommer an einer bestimmten Uferböschung gesessen hatte, dort würde er nie mehr in seinem Leben sitzen können, weil der Bach dort nicht mehr vorbeifloss. Der unablässige Wechsel des Bachlaufs gab ihm ein Gefühl für das Vergängliche, gab ihm das Gefühl seiner eigenen Lebenszeit.

»Siehst du den großen, glatten Stein dort?«, fragte er Elsbeth, die sich eben eine günstige Möglichkeit für das Übersetzen des Baches suchte.

»Wo?«, fragte sie achtlos, tat einen misslungenen Sprung und stand mit einem Schuh im Wasser. Sie stieß einen kurzen, rohen Fluch aus, griff nach den Weidenruten und rettete sich ans Ufer. Elias hatte den Philipp geschultert und übersetzte die Emmer gezielt und sicher.

»Dort oben ist mein Ort!«, rief er mit beinahe preisender Stimme. Philipp auf seinen Schultern tat bei diesen Worten ein leises gutturales Gellen, denn er spürte die Freude im Herzen des Bruders.

Der wasserverschliffene Stein lag unbeweglich und majestätisch wie eh und je. Er glich einer riesigen, versteinten Fußsohle, so als hätte vor grauer Zeit Gott selbst einen Schritt auf diese Welt getan. [...]

»Was hat es mit diesem Stein auf sich?«, tippte ihm Elsbeth nun schon zum zweiten Mal an die Schulter. Und Elias erwachte und hub an zu erzählen. »Von diesem Ort geht eine sonderliche Kraft aus. Ist immer schon ausgegangen. Schon als Kind hat mich dieser Stein gerufen. Ich habe gehorcht, bin von der Bettstatt aufgestanden und hierher gekommen. Ich weiß es ganz gewiss, dass der Stein lebt. Und immer, wenn ich traurig war, hat er mich getröstet. Du wirst mich wohl für irrsinnig halten, liebe Elsbeth«, sagte er unsicher, »aber ich glaube, dass man von diesem Punkt in den Himmel kömmt. Dass alle Menschen unseres Dorfes, wenn sie gestorben, hier herabsteigen müssen und warten, bis der Herrgott ihnen die Wolken aufschließt.«

(Aus: Robert Schneider: Schlafes Bruder. Leipzig: Reclam Verlag 1994. S. 32, 107f.)

- Was erfährt der Leser über Elias Alder, dem Protagonisten des Romans?
- Der Stein ist ein Leitmotiv des Romans. Begründen Sie, warum das so ist. Welche Funktion übernehmen Leitmotive in der Literatur?
- Der Roman stammt von 1992. Welche Erzählhaltung, welcher Erzählduktus liegen vor? Gibt es Gemeinsamkeiten mit dem Roman »Das Parfum«?
- Welche Rolle kommt der Natur in diesen Textauszügen zu? Vergleichen Sie sie mit dem Naturidealismus des Sturm und Drang.

Friedrich Schiller: Die Räuber

Erster Akt. Erste Szene
Franken. Saal im Moorischen Schloß. FRANZ. DER ALTE MOOR.

Zu Beginn des Dramas fängt Franz einen Brief seines Bruders Karl ab, der seinen Vater um Vergebung bittet. Stattdessen erzählt Franz dem alten Moor, Karl werde steckbrieflich gesucht, weil er sich strafbar gemacht habe. Aus Enttäuschung und aus Angst, seine Reputation zu verlieren, sagt sich der Vater von seinem Lieblingssohn Karl los.

FRANZ: [...] Das ist es ja, was ich eben sagte. Der feurige Geist, der in dem Buben lodert, sagtet Ihr immer, der ihn für jeden Reiz von Größe und Schönheit so empfindlich macht; diese Offenheit, die seine Seele auf dem Auge spiegelt, diese Weichheit des Gefühls, die ihn bei jedem Leiden in weinende Sympathie dahinschmelzt, dieser männliche Mut, der ihn auf den Wipfel hundertjähriger Eichen treibet, und über Gräben und Pallisaden und reißende Flüsse jagt, dieser kindische Ehrgeiz, dieser unüberwindliche Starrsinn, und alle diese schönen glänzenden Tugenden, die im Vatersöhnchen keimten, werden ihn dereinst zu einem warmen Freund eines Freundes, zu einem trefflichen Bürger, zu einem Helden, zu einem großen, großen Manne machen – seht Ihr's nun, Vater! – Der feurige Geist hat sich entwickelt, ausgebreitet, herrliche Früchte hat er getragen. Seht diese Offenheit, wie hübsch sie sich zur Frechheit herumgedreht hat, seht diese Weichheit, wie zärtlich sie für Koketten girret, wie so empfindsam für die Reize einer Phryne[1]! Seht dieses feurige Genie, wie es das Öl seines Lebens in sechs Jährchen so rein weggebrannt hat, dass er bei lebendigem Leibe umgeht, und da kommen die Leute und sind so unverschämt und sagen: c'est l'amour qui a fait ça[2]! Ah! Seht doch diesen kühnen, unternehmenden Kopf, wie er Pläne schmiedet und ausführt, vor denen die Heldentaten eines Cartouches[3] und Howards[4] verschwinden. [...]
Tröste dich, Alter du wirst ihn nimmer an diese Brust drücken, der Weg dazu ist ihm verrammelt wie der Himmel der Hölle – Er war aus deinen Armen gerissen, ehe du wusstest, dass du es wollen könntest – da müsst ich ein erbärmlicher Stümper sein, wenn ichs nicht einmal so weit gebracht hätte, einen Sohn vom Herzen des Vaters loszulösen, und wenn er mit ehernen Banden daran geklammert wäre – Ich hab einen magischen Kreis von Flüchen um dich gezogen, den er nicht überspringen soll – Glück zu, Franz! Weg ist das Schoßkind – [...] Ich habe große Rechte, über die Natur ungehalten zu sein, und bei meiner Ehre! ich will sie geltend machen. – Warum bin ich nicht der erste aus Mutterleib gekrochen? Warum nicht der einzige? Warum musste sie mir diese Bürde von Hässlichkeit aufladen? Gerade mir? Nicht anders, als ob sie bei meiner Geburt einen Rest gesetzt[5] hätte. Warum gerade mir die Lappländersnase? Gerade mir dieses Mohrenmaul? Diese Hottentottenaugen? Wirklich, ich glaube sie hat von allen Menschensorten das Scheußliche auf einen Haufen geworfen und mich daraus gebacken. Mord und Tod! Wer hat ihr die Vollmacht gegeben, jenem dieses zu verleihen und mir vorzuenthalten? Könnte ihr jemand darum hofieren, eh er entstund? Oder sie beleidigen, eh er selbst wurde? Warum ging sie so parteilich zu Werke? Nein! Nein! Ich tu ihr Unrecht. Gab sie uns doch Erfindungsgeist mit, setzte uns nackt und armselig ans Ufer dieses großen Ozeans Welt – Schwimme, wer schwimmen kann, und wer zu plump ist, geh unter! Sie gab mir nichts mit; wozu ich mich machen will, das ist nun meine Sache. Jeder hat gleiches Recht zum Größten und Kleinsten, Anspruch wird an Anspruch, Trieb an Trieb und Kraft an Kraft zernichtet. Das Recht wohnt beim Überwältiger, und die Schranken unserer Kraft sind unsere Gesetze. [...]
Frisch also! Mutig ans Werk! – Ich will alles um mich her ausrotten, was mich einschränkt, dass ich nicht Herr bin. Herr muss ich sein, dass ich das mit Gewalt ertrotze, wozu mir die Liebenswürdigkeit gebricht. *(Ab.)*

(Aus: Friedrich Schiller: Die Räuber. Stuttgart: Philipp Reclam jun. S. 11f.)

- Analysieren Sie den Monolog Franz von Moors inhaltlich und sprachlich: Welche Aspekte charakterisieren seine Weltanschauung und die Beziehung zu seinem Bruder Karl? Stellen Sie Bezüge zu anderen Ihnen bekannten Dramenauszügen des Sturm und Drang her.

- Fertigen Sie eine Strichfassung an. Aktualisieren Sie die zentralen Aussagen Franz', indem Sie sie in unsere heutige Zeit übertragen.

[1] griechische Hetäre, gehobene Prostituierte, 4. Jh. v. Chr.
[2] Das hat die Liebe gemacht!
[3] französischer Bandenführer, Dieb (1693–1721)
[4] englischer Straßenräuber (gest. 1651)
[5] sich übernommen, verausgabt hätte

Reisen – Selbsterfahrung, Selbstverwirklichung und Flucht

Grundidee

Das unstete Nomadenleben ist eine der frühesten menschlichen Erfahrungen, die Sesshaftigkeit hat sich dagegen erst später entwickelt. Durch die Jahrhunderte hin hat das Reisen immer wieder große Bedeutung gehabt und auch literarisch seinen Niederschlag gefunden, vom Gilgamesch-Epos und der Odyssee über die Berichte von Kreuzzügen und Pilgerreisen im Mittelalter, den Reisetagebüchern von Marco Polo und Christoph Kolumbus, den Berichten über die Bildungsreisen im 17. und 18. Jahrhundert bis hin zu den Trampfahrten der Beat Generation und den ethnologischen Reiseberichten eines Bruce Chatwin. Natürlich hat sich der Zweck und der Charakter des Reisens im Lauf der Zeit gewandelt. In unserer Gesellschaft dominiert das touristische Reisen und es ist zu einer allgemeinen Erfahrung geworden. Von der Individual- bis zur Pauschalreise ist heute alles verfügbar. Daher kann bei diesem Thema an Erlebnisse aus der Lebenswelt der Schülerinnen und Schüler angeknüpft werden. Zudem thematisieren Reiseerlebnisse immer wieder neu das Verhältnis von Individuum und Gesellschaft. Wenn der Kosmos des Vertrauten verlassen wird, macht das Individuum zumeist einen Wandlungsprozess durch. »*Die tief verwurzelte Vorstellung, wonach Reisen eine Erfahrung ist, die den Charakter des Reisenden auf die Probe stellt und vervollkommnet, klingt in dem deutschen Adjektiv bewandert an, das heute so viel wie »kenntnisreich«, »gut unterrichtet«, »klug« bedeutet, ursprünglich jedoch (d.h. in Texten aus dem 15. Jh.) jemanden bezeichnete, der viel gereist war*«. (Eric Leed: Die Erfahrung der Ferne. Reisen von Gilgamesch bis zum Tourismus unserer Tage. Aus dem Engl. von Hans-H. Harbort. Frankfurt/M; New York: Campus Verlag 1993, S. 20) Jede Reise konfrontiert die Reisenden sodann mit unterschiedlichen Graden von Unvertrautheit, Andersartigkeit und Fremdheit. Was daraus wird, ist jedoch offen, denn »*die Folgen der Begegnung von Menschen unterschiedlicher Sprache, Kultur, Religion sind nicht berechenbar. Reisen kann bilden, zur Erweiterung des Horizontes, zum Abbau von Vorurteilen führen; es kann auch Animositäten verstärken und nationale Vorurteile schüren.*« (Norbert Ohler: Reisen im Mittelalter. 2. Aufl. Düsseldorf / Zürich: Artemis und Winkler 2001. S. 425) Bei einer Reise in fremde Länder muss die Umwelt, müssen die Werte und Regeln des Zusammenlebens, muss das Verhältnis zwischen Individuum und Gesellschaft jedenfalls neu erkundet und bestimmt werden. Dies wirkt auch noch bei der Heimkehr nach, denn »*Reisende standen schon immer in dem Ruf, Fabeldichter, Aufschneider und Erfinder zu sein. In dieser Ambivalenz, die den Erzählungen von Reisenden eignet, liegt vielleicht der Ursprung der fiction – einer Erzählung, die weder wahr noch unwahr, aber durchaus glaubhaft ist.*« (Leed, a.a.O., S. 122) Durch die Erfahrungen in der Fremde wird Selbstverständliches fraglich und Vertrautes problematisch. Das Unterrichtsvorhaben »Reisen – Selbsterfahrung, Selbstverwirklichung und Flucht« nimmt im ersten Unterkapitel Bezug auf die in den Richtlinien Deutsch für die Sek. II geforderte Behandlung von Epochenumbrüchen, indem es hier das Sehnsuchtsziel Italien in der Zeit um 1800 thematisiert. Damals wurde, in exemplarischer Weise durch Goethe, die Vorstellung der klassischen, bürgerlichen Bildungsreise geprägt. Dass diese Vorstellung bis in die Gegenwart nachwirkt, wird durch die Einbeziehung von Texten der Gegenwartsliteratur belegt. Auch die Bedeutung des Reisens für die Romantiker mit dem dort dominierenden Gefühl des Fernwehs wird behandelt. Dem ersten Schwerpunkt des Unterkapitels, Umgang mit Texten und Medien, entspricht die Erweiterung des methodischen Repertoires um Verfahren zur Texterschließung und Informationserschließung und -vermittlung bei Bildimpulsen. Der zweite Schwerpunkt, Reflexion über Sprache, wird durch entsprechende Aufgabenstellungen und Arbeitsanweisungen berücksichtigt. Das zweite Unterkapitel, in dem unter dem Titel »Begegnungen, Entdeckungen, Fluchten« Grunderfahrungen des Reisens vorgestellt werden, trägt besonders der Forderung der Richtlinien nach der Behandlung unterschiedlicher Textsorten Rechnung. Von der Sciencefiction über den Essay zu einer außergewöhnlichen Stadt, über Reiseerlebnisse im Zug, einem Interview zu einem Buch mit einer Reisethematik, bis hin zum Gedicht werden hier in unterschiedlichen Texten besondere Reiseentdeckungen und -erfahrungen thematisiert. Der erste Schwerpunkt für dieses Unterkapitel, Umgang mit Texten und Medien, wird durch die hier neu eingeführten und angewendeten Methoden der Texterschließung über eine Begriffsanalyse und die PC-gestützte Textanalyse akzentuiert. Das dritte Unterkapitel beschäftigt sich dann thematisch einerseits mit der technischen Entwicklung des Reisens und der damit einhergehenden Veränderung der Wahrnehmung, andererseits mit der Wahrnehmung einer fremden Kultur durch einen Reiseschriftsteller. Hier ist die Forderung der Richtlinien nach der Behandlung von Sachtexten berücksichtigt worden. In dem Text von Wolfgang Schivelbusch geht es um die Wandlungen des Reisens und der Wahrnehmung durch die Eisenbahn, bei Attilio Brilli um die entsprechenden Umwälzungen durch die Nutzung des Automobils, zu Bruce Chatwin gibt es einen Auszug aus einer Reportage. Methodisch wird hier neu auf die Analyse eines längeren Sachtextes, aber auch auf die Besonderheiten des Essays und des Kurzporträts eingegangen.

Informationen und Interpretationsansätze

Die Einstiegsseite ermöglicht mit Bildimpulsen eine erste Annäherung an das Thema, wobei die methodischen Hinweise zur Arbeit mit Bildimpulsen zur Gestaltung eines eigenen Textes genutzt werden sollten.

Das Gemälde von **Lovis Corinth** (1858–1925) mit dem Titel »Der Luzerner See am Nachmittag« eignet sich gut dazu, um es zu befragen. Der erste Eindruck, den das Bild erzeugt, ist ein Gefühl der Kühle. Dies lässt sich zurückführen auf die Blautöne, aus denen das Bild fast vollständig besteht. Nur einige wenige Flecken in gelborange und rot bilden einen farblichen Kontrast. Das Bild gibt den Natureindruck wieder, die Blautöne reflektieren die Kühle des Wassers und der Luft. Gleichzeitig erzeugt Blau in einem Bild den Eindruck, dass etwas Sichtbares sich weiter entfernt befindet, hier wird die Ferne der verschneiten Berge im Hintergrund betont. Im Vordergrund des Bildes ist der See zu sehen, in dem sich Land und Himmel spiegeln, der Mittelgrund ist bestimmt durch die z-förmige Uferlinie und das rasch zu einer Gebirgskette aufsteigende Land mit schneebedeckten Gebirgen im Hintergrund, deren Konturen sich mit denen von Wolkenformationen vermischen. Die Kühle des Bildes würde eher zum Morgen oder zum Abend passen, während man mit dem Nachmittag eine eher liebliche Naturstimmung assoziiert.

Die Befragung des Bildes könnte münden in ein Gespräch darüber, ob es reizvoll sein könnte, eine solche Landschaft zu erkunden.

Das Bild von **Paul Delvaux** (1897–1994), der zu den belgischen Surrealisten gehört, ist eher geeignet für das Verfahren »Bildern Worte geben«. So könnte nach neuen Überschriften gesucht (z. B. Abschied, Hoffnungslosigkeit, vergebliches Warten, das Geheimnis der Nacht etc.) oder zu Bildausschnitten assoziiert werden (z. B. zum Paar: Er will ihr seinen Arbeitsplatz zeigen; sie erwarten einen Verwandten; sie sind auf einem nächtlichen Spaziergang an diesen Ort gelangt. Zur Frau in Weiß: sie ist eine verlassene Geliebte, ein Schutzengel, ein erotischer Gedanke). Ebenso möglich wäre es, die angenommene Entstehungsgeschichte des Bildes zu erzählen (z.B. ein Paar, das am Abend vor seiner Abreise nach Amerika auf dem Bahnhof über die gemeinsame Zukunft spricht. Die Frau in Weiß stellt das Symbol der erhofften Freiheiten und neuen Möglichkeiten dar.) Hier ist ebenso möglich, sich in eine der Personen des Bildes hineinzuversetzen und eine entsprechende Erzählung zu gestalten (Mit Bildern identifizieren).

Weiterführende Aspekte

- Malen einer Traumlandschaft unter fast ausschließlicher Verwendung von Blautönen;
- Beschreiben einer Traumreise in diese Landschaft.

Sehnsuchtsziel Italien um 1800

Grundidee

Was bis weit ins 18. Jahrhundert als Grand Tour zur Ausbildung des Adligen gehörte, eine Reise durch Europa bis nach Italien, wird im Epochenumbruch des 18. Jahrhunderts, unter dem Vorzeichen zunehmender Mobilität, auch für das bürgerliche Individuum in wachsendem Maße erreichbar. Italien war für viele deutsche Künstler und Gelehrte das Sehnsuchtsziel, begünstigt von einem milden Klima, überglänzt von der großen antiken Vergangenheit und reich an Kunstschätzen. Ein Land, in das sie gern reisten und das dabei nicht so fern lag, dass es nur mit der Seele gesucht werden konnte. Für Deutschland ist Goethe der paradigmatische Italienreisende, auf dessen Reise Bezug genommen wird bis in die Gegenwart.

S. 46 Joseph von Eichendorff: Sehnsucht

Joseph von Eichendorff, der am 10. März 1788 auf Schloss Lubowitz bei Ratibor in Oberschlesien geboren wurde, gehört zu den bedeutendsten Dichtern der Romantik. Nach seiner Kindheit im geselligen, altadligen Herrenhaus in Lubowitz und einer streng katholischen Erziehung studierte Eichendorff Jura. In den Jahren seiner Ausbildung lernte er viele bedeutende Persönlichkeiten der Romantik kennen, nahm an den Befreiungskriegen teil und wurde Beamter im Dienste Preußens. In Italien ist Eichendorff nie gewesen, sein Italienbild beruht auf literarischen Vorlagen.

Aufgabe 2: 1. Strophe: Es-Zeile (Z. 1), Ich-Zeilen (Z. 2–8) mit Reflexion der eigenen Situation am Fenster, Einsamkeit, optische und akustische Eindrücke, Wünsche und Gedanken, – Sie-Zeilen (Z. 9–24), 2. Strophe: In Gedanken Begleitung von zwei Wanderern, ihr Lied, Natureindrücke, 3. Strophe: Hineinträumen in das Lied der Wanderer, das Motive der Liebessehnsucht (Mädchen am Fenster, der Lauten Klang) und des Sehnens nach den großen Zeiten der Vergangenheit enthält.

In der ersten Strophe ist das lyrische Ich einsam am Fenster, das die Schwelle zur Außenwelt darstellt und sehnt sich nach Verwandlung und Bewegung. In der zweiten und dritten Strophe wird die Einsamkeit des Ichs gleichsam aufgehoben in der Gemeinschaft der wandernden Gesellen, die, jenseits der Schwelle, die Sehnsucht nach der Ferne ausleben in einer Landschaft, die ihre Vorbilder nicht verleugnet, denn die Bilder der Gärten, der dämmernden Lauben, der Marmorstatuen und der über steile Felsen stürzenden Wasser erinnern sichtbar und hörbar an Mignons Lied »Kennst du das Land, wo die Zitronen blühn« aus dem dritten Buch von Goethes Roman *Wilhelm Meisters Lehrjahre:*

Kennst du das Haus? auf Säulen ruht sein Dach,
Es glänzt der Saal, es schimmert das Gemach,
Und Marmorbilder stehn und sehn mich an [...]

und schließlich das *Sehnsucht nach Italien* überschriebene Kapitel zu Beginn von Wackenroders und Tiecks Roman *Herzensergießungen eines kunstliebenden Klosterbruders.* (Wolfgang Frühwald: Die Poesie und der poetische Mensch. Zu Eichendorffs Gedicht *Sehnsucht.* In: Gedichte und Interpretationen, Bd. 3. Klassik und

Romantik. Hrsg. v. Wulf Segebrecht. Stuttgart: Reclam Verlag 1984. S. 381, 382)
Verwendetes Wortmaterial:

1. Strophe	
golden	Sterne
einsam	ich
weiter	Ferne
stillen	Land
entbrennte	Herz
prächtigen	Sommernacht

⇒ Kontrast zwischen innerer und äußerer Situation

2. Strophe	
zwei junge	Gesellen
singen	sie
stille	Gegend
schwindelnden	Felsenschlüften
rauschen sacht	Wälder
stürzen	Quellen

⇒ Einklang zwischen Menschen und ungezähmter Natur

3. Strophe	
sangen	sie
verwildern	Gärten
dämmernden	Lauben
im Monden-schein	Palästen
verschlafen rauschen	Brunnen
erwacht prächtigen	Lauten Klang Sommernacht

⇒ Einklang zwischen Menschen, Natur und Kultur (in Form von Musik und Überresten einer großen Zeit), Übergänge zwischen Natur und Kultur (Gärten verwildern)

Weiterführende Aspekte

- Eine Fortsetzung des Gedichts schreiben: Was geschieht nach der dritten Strophe? Entweder produktionsorientiert als vierte Strophe, als Beginn einer Erzählung oder analytisch als theoretisch denkbare Konsequenzen aus den vorhandenen Strophen.
- Einen Tagebucheintrag erstellen, der sowohl vom Bild als auch vom Text Impulse aufnimmt.

Vernetzung

Die Bedeutung des Reisens in der Romantik (siehe dazu auch S. 50 des Themenheftes).

S. 46 Caspar David Friedrich: Frau am Fenster (Ausschnitt)

Caspar David Friedrich (1774–1840) war Maler und Zeichner. Er ist mit seinen religiös-symbolhaften Naturgemälden einer der bedeutendsten Vertreter der deutschen Romantik. Auf dem Bild ist eine Frau in einem Zimmer zu sehen, die aus dem geöffneten Fenster blickt und dem Betrachter dabei den Rücken zuwendet. Diese Rückenfigur ist eine bei Caspar David Friedrich häufig zu findende Ansicht, die dem Menschen seine Individualität, sein Antlitz, verweigert. Gleichzeitig wirkt die Frau isoliert von dem, was sie betrachtet. Sie befindet sich in einer Schwellensituation. Das Fenster eröffnet, anders als eine Tür, jedoch nur den Blick, erlaubt nicht direkt hinauszutreten. Was die Frau sieht, bleibt verborgen, sichtbar ist nur ihre Hinwendung zu diesem Verborgenen.

S. 47 Johann Wolfgang von Goethe: An den Freundeskreis in Weimar

Johann Wolfgang von Goethe (geb. am 28.8.1749, gest. 22. 3. 1832) reist am 3. 9. 1786 heimlich von Karlsbad aus nach Italien, am 29. Oktober 1786 trifft er in Rom ein und erst am 18.6.1788 kehrt er nach Weimar zurück. Siehe dazu auch die biografischen Angaben zu Goethe auf S. 8.

Aufgabe 1: Gründe für Goethes Ortswahl: Hauptstadt der alten Welt (Z. 1), Träume meiner Jugend (Z. 7), die ersten erinnerten Kupferbilder (Z. 8), sinnliches Volk, über das viel geredet und geschrieben wurde (Z. 17, 18), Besuch der merkwürdigsten Ruinen (Z. 30ff).

Aufgabe 2: Goethes persönliche Motive: Er hat in den letzten drei Jahren kaum etwas gedichtet, das Regierungsgeschäft in Weimar ist langweilig geworden, die Geliebte, Frau von Stein, ist schwierig und auch die wissenschaftlichen Ambitionen Goethes finden keine Resonanz. Daher ist seine Reise nach Italien eine Art Flucht vor der Situation in Weimar.

S. 48 Hans-Josef Ortheil: Goethes Ankunft in Rom
S. 49 Rolf Dieter Brinkmann: Rom, Blicke

Hans-Josef Ortheil, geb. 1951 in Köln, erhielt für seinen Debütroman »Fermer« den aspekte-Literaturpreis. Er veröffentlichte neben einigen Essaybänden noch weitere Romane, darunter auch eine Trilogie, zu der »Faustinas Küsse« ebenso gehört wie »Das Licht der Lagune« und »Die Nacht des Don Juan«, in denen ein Dichter (Goethe), ein Maler (Turner, siehe auch die Abb. auf S. 72 des Themenheftes) und ein Musiker (Mozart) die Zentralfiguren darstellen. In diesen Romanen geht es um tatsächliche Begebenheiten, die zum Anlass genommen werden, um Leerstellen des geschichtlich Überlieferten fiktiv auszugestalten und so historische Sachverhalte und Fiktion zu verbinden.

Rolf Dieter Brinkmann, geboren am 16.4.1940 in Vechta, kommt am 23.4.1975 nach seinem Auftritt auf einem internationalen Lyrikertreffen in Cambridge/England bei einem Autounfall in London ums Leben. Er schrieb u.a. den Roman »Keiner weiß mehr«, die Anthologie »Acid«, den Briefband »Rom, Blicke« und den Gedichtband »Westwärts 1 & 2«. In »Rom, Blicke« sind Briefe, Aufzeichnungen, Bilder, Stadtpläne und andere Materialien miteinander collagiert.

Aufgabe 1:
- personale Erzählhaltung, wobei das Geschehen und die eigene Befindlichkeit dabei aus der beobachtenden Perspektive von Beri geschildert wird (Innenperspektive);
- der ankommende Goethe tritt in theatralischer Pose »als Liebhaber und Freund« der »ganzen Stadt Rom« (Z. 8) auf, der sich, unbewusst, mit den Wachen eine kleine komische Verfolgungsjagd liefert.

Aufgabe 2: Historische Fakten sind Goethes Aufenthalt in Rom unter dem Pseudonym Filippo Miller, er gibt sich dort als Maler aus, wohnt bei dem Maler Tischbein am

Corso (Ortheil, S. 32, 33), trifft sich mit Carl Philipp Moritz, dem Autor des Anton Reiser (Ortheil, S. 59–61) und mit einem Mann mit Namen Meyer, einem Schweizer, der ihm Informationen in Kunstfragen liefert (Ortheil, S. 42–44). Goethe hat eine Liebschaft mit einer Frau, die er Faustina nennt und er wird tatsächlich eine Weile überwacht und für einen Spion gehalten. Die Person des Giovanni Beri, seine Freundin Rosina alias Faustina und die Überwachung Goethes durch Beri sind fiktionale Ausgestaltungen von Goethes Romaufenthalt durch Ortheil.

Aufgabe 3: Ein möglicher Beginn für einen Paralleltext: *Albert wartete in der Bahnhofshalle auf einen Bekannten seiner Eltern, den er von der Bahn abholen sollte, und beobachtete deshalb aufmerksam die aussteigenden Passagiere. Er konnte ihn aber inmitten all dieser erschlafften Reisenden nicht erspähen. Stattdessen fiel ihm ein Ankömmling auf, der es gar nicht sonderlich eilig zu haben schien den Bahnhof zu verlassen. Obwohl er von der Fahrt müde sein musste, schaute er sich neugierig um und schien gerade von düsteren, schäbigen Ecken angezogen zu werden. Sein Gesichtsausdruck zeigte dann eine seltsame Mischung aus Schadenfreude und Zufriedenheit. Obwohl er einige Male von zielstrebigen Reisenden angerempelt wurde, zog er einen schon teilweise beschriebenen Notizblock hervor und kritzelte schnell ein paar neue Zeilen hinzu…*

Vernetzung

Zum Thema Biografische Romane s. auch SB S. 99.

S. 49 J. H. W. Tischbein: Goethe in der Campagna

Tischbein (1751–1829) hatte mit Unterbrechungen bereits mehrere Jahre in Italien gelebt, zunächst zu Studienzwecken, später als Maler, als Goethe ihn in Rom besuchte und bei ihm logierte. Er wohnte in Rom mit befreundeten Malern im Haus Nummer 18 in der Via del Corso und Goethe gab sich bei seinem Romaufenthalt auch als Maler aus. Das berühmte Bild Tischbeins »Goethe in der Campagna di Roma« zeigt den Dichter in ruhender Pose auf Steinquadern aus antiker Zeit. Rechts im Mittelgrund sind Teile eines Frieses zu erkennen und Ruinen im Hintergrund. Es ist *»das erste Bildnis eines Weltbürgers; im Geiste der Aufklärung wurde Bildung als Macht empfunden, der Gebildete in der Pose des Mächtigen dargestellt. Tischbeins Bild wirkte als Vorbild weiter – es bestimmte maßgebend die bildhafte Vorstellung, die sich die Nation von ihrem größten Dichter machte, bis heute.«* (Aus: Kindlers Malerei Lexikon. © 1987 by Kindler Verlag GmbH, München)

S. 50 Joseph von Eichendorff: Aus dem Leben eines Taugenichts

Zur Vita von Eichendorff s. LB S. 31. Die Novelle »Aus dem Leben eines Taugenichts« erzählt von einem jungen Mann, der aus einem Dorf in Österreich nach Italien aufbricht und sich unterwegs verliebt. Der Taugenichts bringt dabei in seiner ganzen Existenzweise die romantische Weltsicht zum Ausdruck mit den Motiven des Fernwehs, der Liebessehnsucht, der Verbundenheit mit der Natur und ihrer religiösen Überhöhung. Der Taugenichts verliert seine Geliebte aus den Augen und reist ihr gen Italien nach. Erst die Rückkehr in die Heimat bringt schließlich die Vereinigung mit der Geliebten.

Aufgabe 1: Vorstellungen, die der Taugenichts mit dem Reisen verbindet: Gefühlsbewegungen (Sehnsucht, Freude und große Erwartungen), Lockung der Ferne (Landstraßen, die sich über das schimmernde Land hinausschwingen), Freiheit (Vogel, der aus seinem Käfig ausreißt), Italien als »Sehnsuchtsziel«, Naturerlebnisse (jubilierende Lärchen, grüne Berge usw.), Befreiung von Alltagsarbeit, »Reichtümer«, die binden, werden eingetauscht gegen eine Armut, die frei und beweglich macht.

Aufgabe 2: Moderne Taugenichtse sind z. B. die Hippies der sechziger Jahre, Aussteiger aus der Gesellschaft wie z.B. Ole Reuter in der Novelle »Netzkarte« von Sten Nadolny.

Weiterführende Aspekte

Motivvergleich: Klausurtraining zu Sten Nadolny: »Netzkarte« s. LB S. 45.

S. 51 Annegret Pelz: Frauen als Reisende

Annegret Pelz (geb. 1953) ist eine Literaturwissenschaftlerin, die sich besonders mit der Reiseliteratur von Frauen beschäftigt hat.

Aufgabe: Die Verbesserung des Verkehrswesens, d.h. der Ausbau von Straßen seit dem 16. Jahrhundert und von Eisenbahnstrecken seit dem 19. Jahrhundert, ermöglicht es zunehmend auch Frauen zu reisen, die sich unter der besonderen Bedingung zu bewegen haben, dass sie ihren häuslichen Rahmen mitführen. Sie werden dadurch gleichzeitig geschützt und eingegrenzt (vgl. mit dem Taugenichts, der sich ohne Habe leichter bewegt).

Vernetzung

Zum Thema »Ungleichstellung von Mann und Frau« s. SB S. 84f.

S. 53 Friederike Brun: Rom; Wilhelm von Humboldt: Die Wirkung Roms

Friederike Brun (1765–1835), geb. Münter, war die Tochter eines protestantischen Pfarrers und stammte aus der Nähe Gothas. Sie war mit einem dänischen »Konferenzrat« verheiratet, mit dem sie durch Europa reiste. Sie lebte mehrere Jahre in Rom.

Wilhelm Freiherr von Humboldt (1767–1835) wurde in Potsdam als Bruder des Naturwissenschaftlers Alexander von Humboldt geboren. Er studierte Rechtswissenschaften an den Universitäten von Frankfurt an der Oder, Göttingen, Weimar und Jena. Während und nach den Napoleonischen Kriegen stand er im preußischen Staatsdienst und reformierte als Erziehungsminister das preußische Schul- und Universitätswesen. Er gründete 1810 in Berlin eine Universität, die nach ihm benannt wurde. Von 1810 bis 1815 war Humboldt Botschafter in Wien und nahm am Wiener Kongress teil. Später war er Gesandter in London.

Aufgabe 1: Friederike Brun beschreibt einen Besuch des Forum Romanum und verwendet Hochwertadjektive mit religiösem Bezug, um Wertschätzung und Bedeutung des Altertums auszudrücken mit den korrespondierenden Gefühlen der Wehmut, Sehnsucht und des ehrfürchtigen Schauderns. Die Realität der Gegenwart wird, mit Ausnahme der Natur, mit Geringschätzung beschrieben.

Humboldts Text ist reflexiv, ein Produkt des Nachdenkens, wie es schon in der ersten Zeile gesagt wird. Er postuliert eine durch den unmittelbaren Eindruck erzeugte Hochschätzung der Vergangenheit und ihrer kennzeichnenden Merkmale. In den antithetischen Wen-

	Gefühlsausdrücke	Wertschätzung	Geringschätzung
Friederike Brun	leise schauernd (Z. 1), Wehmut (Z. 10), mein Herz sich hinsehnt (Z. 19), ein inneres Beben (Z. 21), vollströmenden Quell seiner Gefühle (Z. 24)	geweihten Boden (Z. 1, 2), heilige Schatten (Z. 4), alte heilige Forum (Z. 9)	in einzelnen Riesenmassen zerrissen (Z. 10, 11), ungeheurer Schutthaufen (Z. 12), verstörte Ameisen (Z. 12, 13)
	Resultate des Nachdenkens	**Wertschätzung**	**Geringschätzung**
W. von Humboldt	mehr noch als zu empfinden, selbst anzuschauen (Z. 5, 6); Eindruck subjektiv (Z. 8); nicht bloß der empfindelnde Gedanke (Z. 8, 9), ein gewaltsames Hinreißen (Z. 9, 10); nur mit der Fantasie Teil zu nehmen (Z. 15)	Ort, in dem sich das ganze Altertum in Eins zusammenzieht (Z. 3, 4); Größe und Einfachheit der Gestalten (Z. 17); Reichtum der Vegetation (Z. 18); Bestimmtheit der Umrisse (Z. 19); Schönheit der Farben (Z. 20); durchgängige Klarheit (Z. 20); edler und erhabener angesehene Vergangenheit (Z. 11)	zwei gleich schreckliche Dinge: – campagna di Roma anbauen (Z. 27, 28) – Rom zu einer polizierten Stadt machen (Z. 28)

dungen »göttliche Anarchie« und »himmlische Wüstenei« beschreibt er, wie diese archaische Größe in die Gegenwart hineinragt. Siehe dazu auch die oben stehende Tabelle.

Aufgabe 2: Bei Friederike Brun wird die Rolle der Fantasie bereits in der scheuen und zurückhaltenden Weise ihres Auftretens deutlich, denn diese ist begründet durch die Annahme der Anwesenheit von heiligen »Schatten« (Z. 4) und ihres leisen Wehens (siehe Z. 5) um die Personen. Humboldt stellt sich die Vergangenheit nicht in einer personifizierten Anwesenheit vor. Er ist jedoch der Auffassung, dass Rom, als der ausgezeichnete Ort, an dem sich »das ganze Altertum in Eins zusammenzieht« (Z. 3, 4), nur von »allem Gemeinen getrennt« (Z. 23) »aus der Ferne« (Z. 23), also aus der Fantasie heraus, richtig erfassen lässt. Jeder Rekonstruktionsversuch ist in seinen Augen damit sinnlos.

S. 54 Johanna Wieland: Diese unstillbare Sehnsucht

Johanna Wieland studierte in Hamburg Literatur- und in Florenz Kunstgeschichte und ist Redakteurin der Zeitschrift Geo.

Aufgabe 1: Der Text beschreibt das Schicksal des Kellners Klaus Müller, den die Italiensehnsucht aus der DDR des Jahres 1988 hat flüchten lassen. Auch wenn Italien mittlerweile ein »*Allerwelts-Arkadien*« ist, das Geschick Müllers und seines literarischen Doppelgängers bei Delius belegen die weiterhin existente Italiensehnsucht. Im Stil einer Reportage wird Müllers Reisebeginn im Präsens beschrieben, als sei es ein aktuelles Geschehen. Eingefügt sind seine Italienträume im Präteritum und seine Erwartungen im Futur (Z. 2–7). Das Geschehen um den Italienreisenden Müller wird dann durch einen Exkurs über die historischen Italienreisen deutscher Künstler und Gelehrter und deren Italienfantasien unterbrochen (Z. 15–27), an den sich ernüchternde Reflexionen Enzensbergers über die Realität der Gegenwart anschließen (Z. 27–30). Danach wird die Geschichte Müllers in ihren dramatischen Aspekten erzählt, zunächst in einer Rückblende, dann in ihrem weiteren Verlauf (Z. 34–57). Eingeflochten ist hier der Hinweis auf Müllers Lektüre, über das mitgeführte Buch von Seume ist eine Verbindung hergestellt zu den historischen Italienreisenden. Müller und Seume werden im Hinblick auf ihre draufgängerische Reise parallelisiert und am Schluss des Textes, nachdem die Italiensehnsucht Müllers im realen Leben gestillt ist, wird noch beschrieben, wie sie in einer weiteren literarischen Parallelgestalt weiterlebt (Z. 57–61). Durch die Unterbrechungen des Berichts wird die Spannung gesteigert und durch die Verbindung mit den Reisen der Künstler und Gelehrten der vergangenen Zeiten erfolgt eine Überhöhung und Aufladung dieser konkreten Reise mit Bedeutung. Jeder weitere Italienreisende rückt damit auch ein in diese Tradition und hat somit Anteil an der »unstillbaren Sehnsucht«, ungeachtet der Realität solcher Reisen.

Realität	Träume	literarisch-künstlerische Tradition
Fassaden (Z. 8), farblos (Z. 9), Betontristesse (Z. 10), vogelnestgleiche Balkone (Z. 8), graues Dämmerlicht (Z. 9), abweisende Morgengesichter (Z. 12), Gleichgültigkeit der Lautsprecherstimme (Z. 13)	Ruinen unter flaumig rosafarbenem Morgenhimmel (Z. 4), majestätische Urbs (Z. 6, 7)	von freyerem Leben, höherer Existenz, Leichtigkeit, Grazie (Z. 17), Arkadien (Z. 19), Ursprungsort der europäischen Kultur (Z. 23)

Aufgabe 2: Précis: Der Text enthält – ohne Überschrift – 723 Wörter, gekürzt auf 1/3 müssten es also etwa 241 Worte werden:
Klaus Müller will die Sonne über Latium aufgehen sehen, so steigt er in den Zug nach Süden. Ruinen hatte er sich immer vorgestellt, Ruinen unter einem flaumig rosafarbenen Morgenhimmel, weites Land, hier und da ein einsamer

Baum. Tischbein!, dachte er, Goethe! ... Jetzt sitzt er am Fenster, und die ersten Bilder der Metropole fliegen als Schatten über die Scheiben: Fassaden, vogelnestgleiche Balkone, farblos im grauen Dämmerlicht, zum Verwechseln ähnlich. Er wundert sich über die Gleichgültigkeit der Lautsprecherstimme: Stazione Termini. ROMA.
ROMA: AMOR. Der Name der Stadt das Spiegelbild des Wortes Liebe. Und Romliebe seit 200 Jahren ein Herzenszustand für deutsche Künstler, Gelehrte und Jedermanns. Auch ich in Arkadien! Zauberformel! Im 18. und hinein ins 19. Jahrhundert fliegt die Fantasie nach Süden: Italien ist die weite Welt, Rom deren Metropole.
Mag sein, dass Italien heute unser Allerwelts-Arkadien ist. Für Klaus Müller jedoch ist das Land, die Stadt immer noch ein Zufluchtsort für Träume. Müller im Rostock von 1988 ist ein traumäugiger Narr mit einer fixen Idee: Er will fort, um zurückzukehren. Geflohen in einer Oktobernacht über die Ostsee, mit dem Buch Seumes in der Tasche, wird er bei seiner Rückkehr von DDR-Grenzorganen verhaftet. Müllers Doppelgänger jedoch träumt unbeirrbar weiter von Rom. Er heißt Paul Gompitz, ist Kellner wie Müller und der Held in Delius' Erzählung Der Spaziergang von Rostock nach Syrakus. Und wie Seume den Kellner Müller, wird der Kellner Gompitz andere zur Sehnsucht verführen: Ich! Bin! Jetzt! Hier! Stazione Termini. ROMA.

Aufgabe 3: Mögliche Aspekte als Mind-Map gesammelt:

Vernetzung
Motiv der Sehnsucht s. SB S. 46.

Begegnungen, Entdeckungen, Fluchten

Grundidee

Kern jeder bedeutsamen Reise waren wichtige Grunderfahrungen, wie z.B. Begegnungen, Entdeckungen oder Fluchten. Sie konnten das Motiv für eine Reise sein oder sich auch als Resultat einer Reise ergeben. In vielen Texten, die sich mit dem Reisen beschäftigen, lassen sich solche Grunderfahrungen finden. Wichtige Begegnungen ereignen sich zwischen Odysseus und dem Kyklopen in der »Odyssee«, zwischen dem Hochstapler Felix Krull und Professor Kuckuck in Thomas Manns Roman »Bekenntnisse des Hochstaplers Felix Krull« auf der Bahnfahrt Krulls nach Lissabon und zwischen Walter Faber und Sabeth in Max Frischs Roman »Homo faber«. Jede dieser Begegnungen verändert das weitere Schicksal des Reisenden, Odysseus Irrfahrt verlängert sich, Felix Krull wird in Lissabon in die Familie Kuckucks eingeführt, Walter Faber beginnt eine Liebesbeziehung mit seiner eigenen Tochter. Entdeckungen machen Gregor in Anderschs »Sansibar oder der letzte Grund«, der Ingenieur Wagner in Uwe Timms Roman »Der Schlangenbaum« und der junge Engländer Richard in Alex Garlands »Der Strand«. Gregor entdeckt die Figur des lesenden Klosterschülers und dessen Bedeutung, die ihn selbst befreit von Dogmen und absoluten Lehren. Der Ingenieur Wagner entdeckt die Wirklichkeit der Lebensumstände in einem Land Lateinamerikas, was ihm zu einer Neuordnung seines Lebens verhilft und Richard macht die Entdeckung eines verborgenen, paradiesähnlichen Strandes, dessen Charakter sich jedoch mit der Zeit ändert. Fluchten werden beschrieben in Anna Seghers »Das siebte Kreuz«, in Isaac B. Singers »Verloren in Amerika« und in Frank McCourts »Die Asche meiner Mutter«. In Anna Seghers Roman wird die Flucht aus einem KZ im nationalsozialistischen Deutschland beschrieben, bei Singer ist es die Flucht eines Juden aus Polen vor den Nazis, bei McCourt die Flucht vor Armut und Elend in Irland. Einige solcher Grunderfahrungen des Reisens werden hier in einer Anzahl unterschiedlicher Textsorten präsentiert. Im Sciencefiction-Text des polnischen Autors Lem geht es um eine Selbstbegegnung, im Essay von Ingeborg Bachmann finden sich Entdeckungen aus Gegenwart und Vergangenheit, in den Romanauszügen von Marten t'Haart und Thomas Mann werden Reiseerfahrungen im Zug thematisiert, im Gedicht von Gottfried Benn geht es um die Frage, wo das so dringend Gesuchte zu finden ist und in der Kurzgeschichte von Karin Kusterer reflektiert die Protagonistin Fluchtmöglichkeiten aus dem Alltag.

S. 57 Stanislaw Lem: Sterntagebücher

Stanislaw Lem, geboren am 12.9.1921 in Lwów in Polen, ist einer der bedeutendsten Sciencefiction-Autoren der Gegenwart. Neben einer Anzahl von Sciencefiction-Romanen, wie z.B. »Solaris«, hat er auch eine ganze Reihe von Erzählungen und eine Theorie der Sciencefiction-Literatur verfasst. Die Sterntagebücher sind ein Erzählungszyklus über die Erlebnisse des Weltraumfahrers Ijon Tichy, eine Art kosmischen Münchhausens.

Aufgabe 1: Es gibt verschiedene mögliche Erklärungen für die Selbstbegegnung des Reisenden in einem Sciencefiction-Text: Traum- oder Wahnvorstellungen, ein technisch erzeugtes Bild eines Doppelgängers, eine Art Holografie. In dem Text von Lem wird die Selbstbegegnung durch einen Zeitsprung ermöglicht. Das Raum-Zeit-Kontinuum hat hier eine Art Knick, dadurch begegnet sich der Pilot Pirx mehrfach selbst. Dies bietet die Chance, einige Varianten der Selbstbegegnung durchzuspielen. Je nach der gewählten Erklärung für den Doppelgänger werden die Fortsetzungen sich mit dem eigenen psychischen Zustand (Traum- oder Wahnvorstellungen), mit einem eigenwilligen Computer, der sein Spiel mit einem Menschen treibt (technisch erzeugtes Bild eines Doppelgängers) oder mit dem, was als Wirklichkeit vorausgesetzt wird (Anomalie des Raum-Zeit-Kontinuums) befassen.

Aufgabe 2:

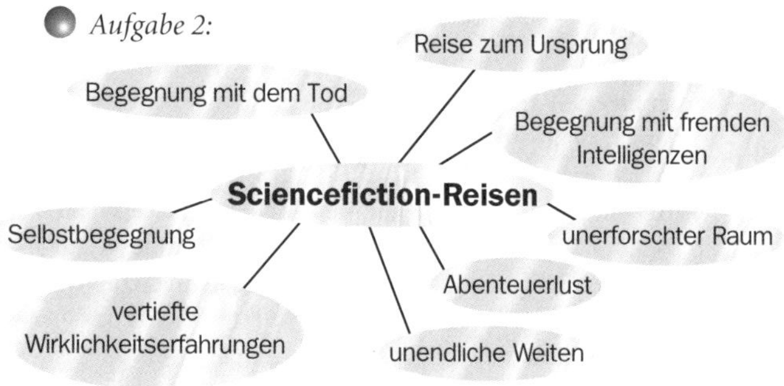

In der Regel spielt das Reisen in der Sciencefiction eine enorme Rolle. Zunächst deshalb, weil durch Reisen immer schon neue Erfahrungen und Erlebnisse gewonnen werden konnten, aber auch, weil nun mithilfe von fantastischen technischen Geräten alle Grenzen fallen, was exemplarisch an den Titeln von Jules Verne zu beobachten ist: »Von der Erde zum Mond«, »Reise um die Welt in 80 Tagen«, »Zwanzigtausend Meilen unter den Meeren«. In der Sciencefiction-Literatur gibt es aber nicht nur räumliche Reisen, sondern auch Zeitreisen. Auf diese Weise wird eine umfassende Entgrenzung vorstellbarer Erfahrungen und Erlebnisse möglich, die Begegnung mit dem »Ganz Anderen«.

Sciencefiction-Literatur:

- Louis-Sébastian Mercier: *Das Jahr 2440. Ein Traum aller Träume.* Merciers französischer Roman von 1771 enthält die Vorstellung von verwirklichter Aufklärung. Das Handlungsgerüst bildet ein Traum. Der Erzähler erwacht mitten im Paris des Jahres 2440 und macht sich auf zu einer Wanderung durch die Straßen und Plätze der Metropole: Man lebt vernünftig, fleißig, sparsam, friedlich, grundehrlich und sehr ernst. Armeen und Prostitution sind abgeschafft, die Bastille ist längst abgerissen; universelle Gastfreundschaft ersetzt Restaurant und Kneipe; das Theater ist ausschließlich »moralische Anstalt«; Physiker und Astronomen sind die Priester und Katecheten der von allen geachteten Vernunftreligion.
- H.G. Wells: *Die Zeitmaschine.* Die Geschichte eines Wissenschaftlers, dem es gelingt, mithilfe einer Maschine in der Zeit vorwärts und rückwärts zu reisen und der letztlich im Jahre 802701 hängen bleibt. Er findet dort eine Zwei-Klassen-Gesellschaft vor, allmächtige Morlocks und scheinbar glückliche, aber völlig unterjochte Eloi. Wells prangert in seinem Buch von 1895 soziale Missstände an.
- Stanislaw Lem: *Solaris.* Der Planet Solaris wird von einer Raumstation umkreist, in der seit vielen Jahren Forscher das Geheimnis des Planeten zu ergründen suchen. Nun ist der Wissenschaftler Kelvin von der Erde hergeschickt worden, um nach seinen Kollegen auf Solaris zu sehen. Aber niemand steht zu seinem Empfang bereit. Als er vorsichtig in die Station vordringt, stößt er auf Anzeichen von Chaos und Auflösung. Die zwei Besatzungsmitglieder verhalten sich merkwürdig, wirken verstört. In den kahlen Gängen tauchen Gestalten auf, die aus einem Traum zu stammen scheinen. Kelvin begegnet seiner verstorbenen Frau. Handelt es sich um Realität oder Wahnvorstellungen? Allmählich erkennt er, dass die Menschen hier nicht mehr forschen und experimentieren, sondern selbst erforscht und zum Objekt von Experimenten gemacht werden. Der Ozean des Planeten scheint ein einziges großes Individuum zu sein, mit dem es nun gilt Kontakt aufzunehmen.
- Philip K. Dick: *UBIK.* Joe Chip und seine Kollegen von Runciter Associates hatten eine schwierige Mondmission zu erfüllen, doch etwas ging schief. Jetzt befinden sie sich in einer merkwürdigen Realität mit eigenartigen Phänomenen. Erst nach und nach wird deutlich, dass alle Beteiligten einen Unfall erlitten, der für sie tödlich geendet hätte, wenn man sie nicht rechtzeitig in einen tiefgekühlten Zustand versetzt hätte. In diesem Zustand werden ihre Gehirnfunktionen aufrecht erhalten, indem ihnen eine Pseudorealität vorgegaukelt wird.

Sciencefiction-Filme:

- *2001: Odyssee im Weltall.* Auf einem Roman des Sciencefiction-Autors Arthur C. Clarke beruhender Film von Stanley Kubrick, der als einer der Klassiker des Genres gilt. Die Entdeckung eines rätselhaften schwarzen Monolithen, der von einer überlegenen Intelligenz zu künden scheint. Um mit dieser Intelligenz Kontakt aufzunehmen, wird das Raumschiff Discovery mit dem Supercomputer HAL 9000 an Bord ausgesandt. Der Computer verselbstständigt sich jedoch und wendet sich gegen die eigene Besatzung des Raumschiffs.
- *2010 – Das Jahr in dem wir Kontakt aufnehmen.* Fortsetzung von »2001: Odyssee im Weltall«. Der Film setzt ein mit dem Start einer amerikanisch-sowjetischen Mission, um den Grund des Versagens des verlassenen Raumschiffs Discovery zu erforschen. An der Discovery angekommen, müssen die Astronauten das Versagen des berüchtigten Bordcomputers HAL 9000 untersuchen. Außerdem müssen sie die Bedeutung von unzähligen mysteriösen schwarzen Monolithen ergründen, die sich auf Jupiter versammeln. Währenddessen befindet sich die Erde am Rande eines nuklearen Krieges. Die Erscheinung eines toten Astronauten der Discovery scheint wiederholt zu versprechen, dass »etwas Wundervolles« passieren wird.
- *Matrix.* Ein mit vielen Elementen aus Mythos und Religion versetzter Sciecefiction-Film. In einer nicht allzu fernen Zukunft lebt ein junger Mann namens Neo in einer gesichtslosen Großstadt. Er arbeitet als Programmierer einer Software-Firma, betätigt sich jedoch nachts als Computer-Hacker, der auf der Suche nach Informationen über die Wirklichkeit ist, in der er lebt. Eines Nachts tritt schließlich die mysteriöse Trinity in sein Leben und stellt ihm jenen Mann vor, auf den er, ohne es zu wissen, gewartet hat: Morpheus. Mit der Hilfe von Morpheus reist Neo in die reale Welt, denn er lebte bislang nur in einer von Maschinen erzeugten Scheinrealität. Neo ist der Auserwählte, der der Scheinwelt und ihren Agenten den Kampf ansagen soll. Morpheus und seine Leuten bereiten Neo auf den alles entscheidenden Kampf vor.

S. 59 Ingeborg Bachmann: Was ich in Rom sah und hörte

Ingeborg Bachmann (1926 – 1973) wurde in Klagenfurt geboren, studierte Germanistik, Philosophie und Psychologie in Innsbruck, Graz und Wien. Sie promovierte 1950 über den Philosophen Heidegger, unternahm Reisen nach Paris und London und arbeitete als Rundfunkredakteurin. 1953 nahm sie an einer Tagung der Gruppe

47 teil und wurde als Lyrikerin entdeckt. Seither lebte sie als freie Schriftstellerin. Zu ihren Werken gehören Gedichte, Erzählungen, Hörspiele, Essays sowie der Roman »Malina«. Ingeborg Bachmann starb am 17.10.1973 in Rom.

Erläuterungen zum Text des Essays:
Tiburina (Z. 9) = Insel im Tiber
Noialtri (Z. 10) = wir anderen
Chiesa granne divozzione poca (Z. 19) = Die Kirche, die große Hingebung der Geringen.
Palazzo Cenci (Z. 22) = Palast der Familie Cenci
Beatrice (Z. 22) = Beatrice Cenci (1577–1599), römische Adlige, die der Überlieferung nach von ihrem Vater nach ihrer zweiten Heirat gefangen gehalten wurde. Er unternahm ihr gegenüber gewalttätige, inzestuöse Annäherungsversuche, woraufhin sie ihn zusammen mit ihrer Stiefmutter und ihrem Bruder am 9. September 1598 ermordete. In einem Gerichtsverfahren gestand sie ihre Schuld unter der Folter und wurde 1599 enthauptet. Ihr Schicksal fand Eingang in die Kunst.
Ghetto (Z. 28) = Das alte Judenviertel zwischen Kapitol, Tiber und Largo Torre Argentina.
Versöhnungsfest (Z. 29) = Jom Kippur, das Versöhnungsfest, der höchste Feiertag des jüdischen Kalenders.
Geschichte der Deportation der Juden aus Rom (Z. 31–33) = Im Oktober 1943 fuhren Lastwagen am Portico d´Ottavia vor und die Nazis deportierten 2091 römische Juden, von denen nur 15 die KZs überlebten.
Giordano Bruno (Z. 39) = (1548–1600), Philosoph und Dichter der italienischen Renaissance, von der Inquisition auf dem Campo dei Fiori auf dem Scheiterhaufen verbrannt. Er war Anhänger der Theorie des Kopernikus, nach der die Erde um die Sonne kreist, und setzte dem Glauben den Zweifel und die Freiheit der Philosophie entgegen. Eine der Gedankenfreiheit geweihte Statue erinnert seit dem Ende des 19. Jahrhunderts auf dem Campo dei Fiori an Brunos Martyrium.
Briganten (Z. 63)= Straßenräuber
Goldener Schnitt (Z. 66) = Das ist in der Mathematik eine geometrische Proportion, in der das Verhältnis der längeren Teilstrecke zur Gesamtstrecke gleich dem Verhältnis der kürzeren Teilstrecke zur längeren Teilstrecke ist. Die Renaissanceschriftsteller sprachen auch von der göttlichen Proportion. Eine berühmte Veranschaulichung stammt von Leonardo da Vinci.
Kopf der heiligen Agnes (Z. 78) = Christliche Jungfrau und Märtyrerin aus dem 4. Jahrhundert, von der die Legende erzählt, dass sie ein hübsches römisches Mädchen gewesen sei, die einige Freier zurückgewiesen habe, woraufhin sie als Christin angezeigt und zur Strafe zur Prostitution gezwungen worden sei. Bei ihrer Hinrichtung soll sie erst zwölf oder dreizehn Jahre alt gewesen sein. Verschiedene Überlieferungen geben an, sie sei enthauptet, verbrannt oder erhängt worden. Über ihrem Grab wurde um 350 eine Kirche erbaut.
Segen urbi et orbi (Z. 80) = Ostersegen des Papstes, der der Stadt und dem Erdkreis gilt.
Geschlechter Corsini und Pignatelli, Ruspoli und Odescalchi, Farnese und Barberini, Aldobrandini (Z. 81, 82) = römische Adelsgeschlechter
die Wölfin (Z. 88) = Die Stadtgründer Roms, Romulus und Remus, wurden nach der Legende am Tiber zurückgelassen und von einer Wölfin aufgenommen, die sie säugte und großzog.
S.P.Q.R. (Z. 90) = Senatus Populusque Romanus (Senat und Volk von Rom)
Sinnbilder Fisch, Pfau und Taube, Anker und Kreuz (Z. 100) = christliche Symbole in den Katakomben.
Protestantischer Friedhof (Z. 111) = romantischer Friedhof, auf dem John Keats und Percey Shelley, Goethes Sohn August und der kleine Sohn von Humboldt begraben liegen.
Testaccio (Z. 111) = der Hügel Monte Testaccio (lat. testa = Scherbe), der aus den Scherben von vielen Millionen zerschlagener Amphoren und Krügen aufgeschüttet wurde.
Aurelianischen Mauer (Z. 113, 114) = Sie diente der Verteidigung Roms bis zum 20. 9. 1870, als mit moderner Artillerie eine Bresche in die Mauer geschossen wurde. Große Teile der Mauer und auch viele der Tore sind heute noch erhalten.
Keats (Z. 117) = Keats, John (1795–1821), englischer Dichter, Repräsentant der englischen Romantik. Keats war an Tuberkulose erkrankt und ging auf Anweisung seines Arztes, der ihm empfohlen hatte, den Winter im warmen Klima zu verbringen, im Herbst 1820 nach Rom, wo er am 23. Februar 1821 starb. Er hatte als seine Grabinschrift den folgenden Vers bestimmt: Here lies one whose name was writ in water.
Shelley (Z. 117) = Shelley, Percy Bysshe (1792–1822), englischer Dichter, Vertreter der literarischen Romantik innerhalb der englischen Literatur.
August von Goethe (Z. 118) = Sohn Goethes mit Christiane Vulpius, der auf einer Italienreise 1830 in Rom gestorben ist.

Aufgabe 1: Ingeborg Bachmann beginnt ihre Absätze im ersten Teil des Textes mit der Formel: »In Rom sah ich...«, die etwas später auch variiert wird. Danach folgen zunächst Beschreibungen von etwas Sichtbarem: – der Tiber und Umgebung (Z. 1–13), – die Peterskirche (Z. 14–21), – der Palazzo Cenci (Z. 22–27), – das Ghetto (Z. 28–38), – der Campo dei Fiori (Z. 39–47), – in einer römischen Bar (Z. 48–54), – die großen Villen (Z. 55–59), – Roms Straßen (Z. 60–67). Zunehmend werden in die Beschreibung des Sichtbaren historische Informationen eingeflochten, so z.B. über das Ghetto und über den Campo dei Fiori. Das unmittelbare Hören und Sehen wird so um die Dimension der Geschichte und der vergangenen Begebenheiten erweitert. Der Ausgangspunkt ist immer das Seh- und Hörbare, dann folgen die Informationen über die nicht mehr sichtbare Historie oder auch Reflexionen, wie in den weiteren Absätzen, in denen die Eingangsformeln nun ihre wörtliche Bedeutung verloren haben: – dass jeder sich sein Haus baut, wie es ihm gefällt (Z. 68–74), – dass alles einen Namen hat (Z. 75–88), – dass wer »Rom« sagt, noch die Welt nennt (Z. 89–94), – was unter der Erde liegt (Z. 95–110). Der letzte Absatz enthält über die historischen Reminiszenzen und Reflexionen hinaus auch die Emotion über soviel Tod und Vergänglichkeit: – In Rom habe ich in der Früh vom Protestantischen Friedhof zum Testaccio hinübergesehen und meinen Kummer dazugeworfen (Z. 111–125). Der letzte Satz beginnt mit der Formel: »Ich hörte.« (Z. 124) und reflektiert das Verhältnis des Sichtbaren zum Unsichtbaren, das in der Zeit geschehen ist. Wenn es »in der Welt mehr Zeit als Verstand gibt« (Z. 124, 125), könnte das bedeuten, dass der Verstand nicht in der Lage ist, den ganzen

Umfang der historischen Ereignisse zu erfassen oder dass eben so viel geschehen ist, ohne dass darin Verstand gewaltet hätte. Der zweite Teil des Satzes legt wohl die letzte Deutung nahe, denn wenn »uns die Augen zum Sehen gegeben sind«, dann ist das auch ein Appell, in einem nicht nur optischen Sinn auf das zu schauen, was uns die Zeugnisse aus der Zeit verraten.

Vernetzung

Andere Texte über Rom im Schülerband s. S. 47–49 und S. 52–55.

S. 62 Marten t'Haart: Bahnfahren

Maarten 't Hart ist ein niederländischer Schriftsteller, der am 25. November 1944 in Maassluis bei Rotterdam geboren wurde und in einer streng calvinistischen Familie aufwuchs. Er studierte Verhaltensforschung in Leiden; nach einer kurzen Tätigkeit als Biologielehrer kehrte er an die Universität zurück und promovierte 1978. Seit 1971 veröffentlicht der Einzelgänger der niederländischen Literatur Romane, in denen er die Erfahrungen seiner von Religion und Einsamkeit geprägten Kindheit und das Thema latenter Homosexualität verarbeitet. In Deutschland wurde 't Haart besonders mit dem Roman »Das Wüten der ganzen Welt« bekannt, der sich auch international als Bestseller erwies. In dem Buch wird die Geschichte eines Mannes erzählt, der versucht, seine Herkunft und die eigenartigen Begebenheiten seiner Kindheit und Jugend aufzuklären und der dabei auch einem rätselhaften Mord auf die Spur kommt. Neben weiteren Romanen, wie »Ein Schwarm Regenbrachvögel«, der auch verfilmt wurde, »Die Netzflickerin« und »Die schwarzen Vögel« hat t'Haart auch autobiografische Texte, Erzählungen und Essays verfasst.

Aufgabe 1: Zunächst ist eine Sammlung von einschlägigen Zitaten erforderlich, die die Atmosphäre der Zugfahrt beschreiben. Diese Zitate sollten auch auf ihre formale Gesaltung hin untersucht werden. Die Konnotationen, die Leser mit diesen Zitaten verbinden, werden dann den Erzählerkommentaren gegenübergestellt. Aus dem Vergleich der Konnotationen der Leser mit denen des Ich-Erzählers ergibt sich der Ansatz für eine Deutung der Textstelle, s. unten stehende Tabelle.

Aufgabe 2: Es werden sehr intensiv die Sinneswahrnehmungen beschrieben: *akustische Eindrücke* (siehe oben), *optische Wahrnehmungen:* »im Licht der Sparlampen« (Z. 75), »wenn die trübseligen Glühbirnen im Gang aufleuchteten« (Z. 80, 81), »als löse sich die Welt da draußen in eine graue Dämmerung auf« (Z. 82, 83), »die glänzenden Feuertreppen« (Z. 84), »ein blitzendes Dachfenster« (Z. 85), »Wenn es ganz dunkel geworden war« (Z. 86), »dann sah man nur noch ein endloses, graues Halbdunkel« (Z. 90), *Gerüche:* »diesen typischen Geruch der Dritter-Klasse-Wagen« (Z. 58, 59), »einen Geruch, dessen hauptsächliche Bestandteile Zigarettenrauch und Schmieröl waren« (Z. 60, 61), »jener intensive Eisenbahngeruch« (Z. 68, 69), *Temperaturempfindungen:* »Dort war es warm und still.« (Z. 29, 30), »in diesen warmen Zügen« (Z. 75). Gerade die Wärme steht im Kontrast zu der vorher empfundenen Kälte, die ja sogar zu Erfrierungen geführt hatte (siehe Z. 7). Die Wärme ist

Mögliche Konnotationen von Lesern	Zitate	Konnotationen des Ich-Erzählers
Gefühl von Monotonie	»das regelmäßige Geräusch des fahrenden Zugs« (Z. 24, 25)	Es machte »mein Gedächtnis für die Vokabelreihen empfänglicher« (Z. 25)
laut, unangenehm zugig	»Züge mit knarrenden Gepäckablagen und klappernden Zwischentüren« (Z. 42, 43) ➔ Doppelung	»Wie gern würde ich wieder eine Fahrt in einem solch alten Zug machen.« (Z. 52, 53)
störend trübe Beleuchtung	»Sparlämpchen« (Z. 50/51)	
bedrohlich, laut	»Knirschen und Knarren und das Rumpeln der Räder« (Z. 55, 56) ➔ Alliterationen	»klappernden, glückseligen Pilgerfahrten« (Z. 64)
stickige, verbrauchte, unangenehme Luft	»Zigarettenrauch und Schmieröl« (Z. 61) ➔ Aufzählung	
störende, nervende Geräusche	»bei den summenden, manchmal seufzenden Gasöfen« (Z. 77, 78) ➔ Alliteration, Personifikation	
unzureichende, trübe Beleuchtung	»trübseligen Glühbirnen« (Z. 80, 81)	»als löse sich die Welt da draußen in eine graue Dämmerung auf« (Z. 82, 83) »Nie mehr würde ich ankommen, nichts konnte mir mehr etwas anhaben« (Z. 87, 88)
Konnotationen: laut, störend, bedrohlich, unangenehm		Konnotationen: Wärme, Geborgenheit, Vertrautheit, Sicherheit, Gemütlichkeit
Deutung: Der Ich-Erzähler empfindet die eher unangenehmen, störenden Begleitumstände des Reisens in den alten Zügen ganz anders, nämlich Geborgenheit, Wärme, Vertrautheit und Sicherheit vermittelnd, weil er sonst in seinem Leben davon wenig erfährt. Er begrüßt sogar die trübe Beleuchtung, weil sie wenigstens den Eindruck vermittelt, dass die übrige Welt ausgelöscht ist.		

aber auch in einem übertragenen Sinne zu verstehen, denn der Protagonist fühlt sich in der Eisenbahn geborgen, was sich auch in dem Empfinden einer unendlich gedehnten Zeit ausdrückt: »Doch während des Fahrens war es, als würde die Zeit selbst aufhören zu sein« (Z. 95, 96). Diese Auflösung der Zeit und damit der normalen Wahrnehmung hängt auch zusammen mit dem optischen Versinken der Außenwelt in »ein endloses, graues Halbdunkel« (Z. 90). Gleichzeitig steht die Auflösung der Zeit im Kontrast zu den genau festgelegten Ankunfts- und Abfahrtszeiten (siehe Z. 91–95). Die Kombination beider Zeitwahrnehmungen führt dann zu der Vorstellung eines sich immer wieder in gleicher Weise wiederholenden Geschehens, die »ewige Wiederkehr« (Z. 101) in den Worten Nietzsches. Im Bewusstsein des Ich-Erzählers ist damit die immerwährende und sich immer wiederholende Eisenbahnfahrt der ideale Fluchtort vor den Ansprüchen und Bedrohungen der Welt und alle Wahrnehmungen haben Anteil an der Konstituierung dieses räumlichen und zeitlichen Verstecks.

Vernetzung

Zur Geschichte der Eisenbahnfahrt und der Wahrnehmung s. SB S. 70.

Weiterführende Aspekte

Arbeitsblatt: Julia Franck: Zugfahrt s. LB S. 44.

Aufgabe: Die Motive der Ich-Erzählerin: Sie genießt es, »Zeit ohne Raum zu haben« (Z. 8), d.h. »weder hier noch dort und trotzdem Zeit« (Z. 8, 9); sie kann »unbeobachtet faulenzen« (Z. 9) und »umherlaufen« (Z. 9), sie hofft auf eine »Reisebekanntschaft« (Z. 16), einen, den sie »lieben kann« (Z. 27). Ist Liebe aber nicht möglich, dann »scheint Abneigung [...] die einzige Möglichkeit« (Z. 28), so lauten die abergläubischen Vorstellungen, die sie beherrschen. Begriffsanalyse s. auch unten stehende Tabelle.

S. 65 Thomas Mann: Waggon 3. Klasse

Thomas Mann (1875–1955) ist einer der bedeutendsten Vertreter der deutschen Literatur des 20. Jahrhunderts. Er war der Sohn einer wohlhabenden, alteingesessenen Lübecker Kaufmannsfamilie. Nach dem Tod des Vaters im Jahre 1894 übersiedelte die Familie nach München. In den Jahren 1896 – 1898 hielt sich Thomas Mann zusammen mit seinem Bruder, dem Schriftsteller Heinrich Mann, in Italien (Rom und Palestrina) auf. Nach einer Mitarbeit an der satirischen Zeitschrift Simplizissimus und der Publikation erster Erzählungen gelang Thomas Mann 1901 mit dem Roman »Buddenbrooks. Verfall einer Familie« der Durchbruch als Schriftsteller. Zu seinen weiteren Werken gehören Romane, wie »Der Zauberberg«, »Doktor Faustus«, die Josephs-Romane (»Die Geschichten Jakobs«, 1933; »Der junge Joseph«, 1934; »Joseph in Ägypten«, 1936; »Joseph, der Ernährer«, 1943) und »Lotte in Weimar«, außerdem Novellen, wie z.B. »Mario und der Zauberer« und »Der Tod in Venedig«, und Reden, Essays und Tagebücher. Thomas Mann wurde 1929 mit dem Literaturnobelpreis ausgezeichnet. 1936 bekannte sich Thomas Mann gegen Nazi-Deutschland. Er wurde ausgebürgert und übersiedelte 1938 in die USA. Im Jahre 1952 verlegte er seinen Wohnsitz in die Schweiz, wo er den ersten Teil der »Bekenntnisse des Hochstaplers Felix Krull« schrieb, eines Romans, der unvollendet blieb.

In dem Roman »Bekenntnisse des Hochstaplers Felix Krull« wird die Entwicklung und der Aufstieg des jungen Felix Krull beschrieben, dessen Vater bereits eine Neigung zur Hochstapelei hatte, die der Sohn fortführt und perfektioniert. Da der Vater Konkurs gemacht und Selbstmord begangen hat, müssen sich Mutter und Sohn ökonomisch allein über Wasser halten. Felix hilft seiner Mutter zunächst in der neu eröffneten Pension, erhält durch die Verbindungen seines Paten Schimmelpreester dann jedoch die Möglichkeit, eine Stellung in einem guten Hotel in Paris anzutreten. Der Textauszug beschreibt die Bahnfahrt nach Paris, bei der der junge Krull noch in der dritten Klasse reisen muss.

Aufgabe: Der Ich-Erzähler bemüht sich zunächst um eine gewählte (»der Herbst die Blätter löst«, Z. 1, 2; »die Weltverbindungen meines Paten«, Z. 2, 3) und bescheidene Ausdrucksweise (deren Pension sich »einer gewissen bescheidenen Blüte erfreute«, Z. 5; »seine wenige, in einem Köfferchen verstaute Habe,« Z. 6, 7), doch angesichts seiner Reisesituation zeigt sich schnell, dass dies nur eine bewusst angenommene sprachliche Attitüde

Mögliche Konnotationen von Lesern	Zitate	Konnotationen des Ich-Erzählers
unangenehme, störende Person	»mit viel Anstrengung, unter der er schnauft und ungeduldig mit sich selber spricht« (Z. 29, 30), »einen fast kahlen Kopf entblößt, von dem nur einige Haarsträhnen kreuz und quer in die Luft stehen« (Z. 32, 33), »großen knochigen Händen« (Z. 36), »riecht nach einem Waschpulver« (Z. 39), »hat [...] ein Eau de Toilette oder ähnliches verwendet, das ganz nach Toilette und weniger nach Wasser riecht« (Z. 40, 41)	»Ich will sehen« (Z. 35)
abstoßende Wirkung	»die Arme hängen ihm schlaff vom Körper« (Z. 47), »guckt, die linke Pupille zuckt, an der Brille vorbei« (Z. 49, 50)	»habe keinen Grund, sein Lächeln zu erwidern und sehe daher aus dem Fenster« (Z. 51)
lächerlicher Eindruck	»krümmt seinen Rücken sonderbar nach vorn« (Z. 60), »die ergrauenden Haare zu kämmen, behutsam, Strich für Strich« (Z. 61, 62), »langen dünnen Strähnen von vorn liegen über der Glatze« (Z. 61, 62)	»ich lächle zurück, weil ich ihn lustig finde« (Z. 64, 65)

war. Bei der Beschreibung der Mitreisenden wird dies sofort deutlich (»bis zum Trübsinn belangloser Mitreisender geringen Schlages«, Z. 10, 11; »menschlichen Kroppzeugs«, Z. 24), nur die Kinder, »obgleich sie zeitweise plärrten, ja brüllten« (Z. 13, 14), werden von dieser Geringschätzung ausgenommen, denn »nur in zartestem Alter sind sie erträglich« (Z. 29, 30). An den Kindern erprobt Krull sein Talent zur Nachahmung, sie lallten ihm »etwas vor, was ich ihnen, merkwürdigerweise zu ihrer großen Ergötzung, ganz ebenso erwiderte« (Z. 18, 19) und was ihm »einen und den anderen wohlwollenden Blick« (Z. 21) einbringt, was ihm schmeichelt und was er gerade deshalb so bestreitet. Die geringschätzige Beurteilung der Erwachsenen wird durch die Argumente zu ihrer Verteidigung (siehe Z. 25–28) eigentlich nur verstärkt, gleichzeitig benutzt Krull diese Argumentation, um sich aufzuwerten (siehe Z. 28–29). Die Reisesituation ist ihm also einerseits unerträglich, weil er sie von den Mitreisenden her als unzumutbar für sich und seine sensible Konstitution empfindet, andererseits nutzt er sie als Bühne, um sich aufzuwerten und Sympathie und Aufmerksamkeit zu gewinnen. Der letzte Abschnitt des Textes, in dem er von der Fahrkarte, die »einwandfrei in Ordnung« (Z. 33) ist, darauf schließt, dass also auch er selbst »so einwandfrei in Ordnung war« (Z. 34), zeigt deutlich, wie viel ihm an diesem Zustand und an der Anerkennung dieses Zustands durch andere gelegen ist. Diese Anerkennung kann ihm dabei nicht groß genug ausfallen, deshalb beklagt er sich zuletzt noch über die berufsmäßige Zurückhaltung der Schaffner, die er »bis zur Affektation gehender Gleichgültigkeit« (Z. 38, 39) bezichtigt.

S. 66 Interview mit Sten Nadolny

Sten Nadolny wurde am 29.7.1942 in Zehdenick an der Havel geboren und wuchs in Oberbayern auf. Er studierte Geschichte, arbeitete einige Zeit als Lehrer und ab 1977 als Regisseur und Aufnahmeleiter beim Film. Neben der Erzählung »Netzkarte« (s. auch LB S. 45) veröffentlichte er Romane wie z.B. »Die Entdeckung der Langsamkeit« und »Selim oder Die Gabe der Rede«, Essays und theoretische Schriften. Das Interview bezieht sich auf den Roman »Die Entdeckung der Langsamkeit«, in dem er vom Leben des historischen britischen Seefahrers und Entdeckers John Franklin (1786–1847) erzählt. Die Eigenart seines Protagonisten, alle Dinge sehr langsam anzugehen, nutzt Nadolny in seinem Roman für eine neue Sicht auf die Welt und eine unterschwellige Kritik an dem Geschwindigkeitswahn der Gegenwart.

Aufgabe: Als Begründung für die Beschäftigung mit John Franklin führt Nadolny zunächst Motive aus der eigenen Kindheit an: – harte Männer, »die Mühsal erdulden und sich in schwieriger Umgebung bewähren müssen« (siehe Z. 5, 6). Die Begründungen für das Faszinosum der Reisen in unberührte Landschaften lauten: – das Schicksal herausfordern (Z. 13), – sich mit den Naturgewalten messen (Z. 13), »forschen, erdulden, durchhalten, und das alles mit viel Moral« (Z. 13, 14), – »Vorstellung, dass es dieses Draußen gibt, diese Wüsten, die sich in Paradiese verwandeln« (Z. 22, 23), – »Alles ist entdeckt [...] nur das Meer bleibt immer gleich und unverändert« (Z. 27–29). Denkbare andere Motive: Ruhmsucht, ökonomische Verwertungsmotive, Mangelsituationen, die die Erschließung neuer Ressourcen notwendig machen, wissenschaftliche Motivation, die Suche nach einem ausgezeichneten Ort (Paradiesmotiv), Neugierde, Überdruss an der Zivilisation.

Mögliche Impulse für die Diskussion könnte die Überlegung sein, ob diese Motive bei der Besiedlung Nordamerikas durch weiße Europäer (»Go West«) auch eine Rolle gespielt haben und ob sie bei der Eroberung des Weltraums im Spiel sind.

S. 67 Gottfried Benn: Reisen

Gottfried Benn (1886–1956) war einer der bedeutendsten deutschen Lyriker in der ersten Hälfte des 20. Jahrhunderts. Als Sohn eines Pfarrers wurde er in Mansfeld (Westprignitz) geboren. Nach dem Abitur studierte er zunächst Philosophie und evangelische Theologie in Marburg, wechselte später aber zur Medizin. Während des 1. Weltkrieges war Benn Militärarzt, nach dem Krieg ließ er sich zum Facharzt für Haut- und Geschlechtskrankheiten ausbilden. Seine frühen, dem Expressionismus zuzurechnenden Gedichte, die in grellen Bildern eine Welt von Krankheit, Siechtum und körperlichem Verfall zeichnen, entstanden vermutlich aus seinem beruflichen Umfeld. Benn veröffentlichte neben Gedichten auch Erzählungen, Essays und eine Autobiografie.

Aufgabe 1: Hier sind die Schlüsselbegriffe im Text des Gedichts unterschiedlich hervorgehoben. Die Erwartungen ans Reisen, die das Gedicht später als unauffindbar zurückweist (Tiefe, Wunder, Weihen, ewiges Manna), sind fett markiert, die Worte, die die Problematik darstellen, auf die es zu reagieren gilt (Wüstennot, Leere), sind kursiv und etwas größer formatiert und die Begriffe, die Benns Alternative und Antwort repräsentieren (bleiben, Stille bewahren, das sich umgrenzende Ich), sind in eine andere Schriftart gesetzt:

Gottfried Benn: Reisen

Meinen Sie Zürich zum Beispiel
sei eine **tiefere** Stadt,
wo man **Wunder** und **Weihen**
immer als Inhalt hat?

Meinen Sie, aus Habana
weiß und hibiskusrot,
bräche ein **ewiges Manna**
für Ihre *Wüstennot*?

Bahnhofstraßen und Rueen,
Boulevards, Lidos, Laan –
selbst auf den Fifth Avenueen
fällt Sie die *Leere* an –

Ach, vergeblich das Fahren!
Spät erst erfahren Sie sich:
bleiben und Stille bewahren
das sich umgrenzende Ich.

Aufgabe 2: Benn spielt die äußere Reise aus gegen die innere Einkehr und Besinnung. Nach seiner Auffassung kann keine Reise die innere Leere wirklich beheben und wenn ihr dies abverlangt wird, dann muss sie als unzweckmäßig unterlassen werden.

Aufgabe 3: Für das Ausgangsmaterial zu Paralleltexten kann hier darauf hingewiesen werden, dass sich Dichter und Denker immer wieder durch Reisen haben anregen und befruchten lassen. Mögliche Begriffe für ein Cluster könnten also sein: Anregungen, Erschließen neuer Horizonte, neue Erfahrungen, andere Lebensweisen und Mentalitäten, Fluchtmöglichkeiten.

S. 68 Karin Kusterer: Wenn ich jetzt einfach weiterfahre, nach Süden

Karin Kusterer ist 1955 geboren, mit ihrem Erzählband »Sturzflüge«, der zweiundzwanzig Kurzgeschichten enthält, hat sie ihr Debüt als Schriftstellerin gefeiert.

Aufgabe: Das Konzept des Inneren Teams geht zurück auf Friedemann Schulz von Thun, der damit die interne Diskussion, die verschiedenen inneren Stimmen, die man in sich wahrnimmt, bevor man eine Entscheidung fällt, bewusst macht. In Karin Kusterers Kurzgeschichte gibt es zwei Extrempositionen, die der Aussteigerin und die der pflichtbewussten Mutter, die Kinder und Mann nicht im Stich lassen will. Ihnen soll jetzt eine Stimme gegeben werden:

Die Aussteigerin: Einfach alles hinter mir lassen und mich nach Italien absetzen, immer weiter fahren bis ans Meer. Die Bäume, der klare Himmel, Wolken wie Federn, eine Frühlingssonne, die mich wärmt bis ins Innere und dann diese himmlische Ruhe, in der nur das echte Zirpen der Zikaden ertönt. Genüsslich einen Capuccino in irgendeinem kleinen Café trinken, das Gefühl von Ungebundenheit und Freiheit schmecken.

Die Pflichtbewusste: Benno und Timmi warten ja auf mich, wenn Schule und Kindergarten aus sind. Jetzt muss ich einfach nur schnell aus dem Baumarkt besorgen, was fehlt. Das Essen muss ja auch noch rechtzeitig fertig werden und dann wollen Kinder und Mann umsorgt werden, wollen schmusen...

Vernetzung

Rollenpflichten und Erwartungen an eine Rolle s. SB S. 98.

Reflexionen über das Reisen

Grundidee

Der technische Vorgang des Reisens hat sich im Lauf der Zeit gewaltig verändert. War über viele Jahrhunderte hinweg die Fußreise bzw. die Reise mit Reittier, Wagen oder Sänfte die einzige Reisemöglichkeit zu Lande, so hat sich diese technische Seite des Reisens seit dem 19. Jahrhundert rasant gewandelt. Die Dampfmaschine leitete diesen Vorgang der Mechanisierung und Beschleunigung ein, das Auto und das Flugzeug führten ihn weiter. Mit der technischen Entwicklung änderte sich dann sowohl die Art des Reisens als auch die Weise der Wahrnehmung. Konnte die Landschaft bei der Fußreise noch unmittelbar mit allen Sinnen wahrgenommen werden, so änderte sich die Wahrnehmung der Umgebung bereits mit der Eisenbahnfahrt radikal. Diese Phänomene werden im dritten Kapitel anhand von Sachtexten behandelt. Die neuen Lehrpläne legen großes Gewicht auf die Behandlung von Sachtexten und speziell die Analyse eines längeren Sachtextes. Diesen Anforderungen trägt das Kapitel durch die Textzusammenstellung Rechnung.

S. 70 Wolfgang Schivelbusch: Das panoramatische Reisen

Wolfgang Schivelbusch (geb. 1941) hat Literaturwissenschaft, Philosophie und Soziologie in Frankfurt und Berlin studiert. Er lebt seit 1973 als freier Autor in New York. Weitere Veröffentlichungen von ihm sind u.a.: »Das Paradies, der Geschmack und die Vernunft. Eine Geschichte der Genussmittel«, »Lichtblicke. Zur Geschichte der künstlichen Helligkeit im 19. Jahrhundert«.

Aufgabe:

Einleitende Zusammenfassung:

Textsorte	Sachtext
Thema	Die Veränderung der Wahrnehmung als Folge der Veränderung des Reisens
Kernaussage	Die Eisenbahn verwandelt durch »Geschwindigkeit und mathematische Geradlinigkeit« (Z. 21, 22) den Landschaftsraum (Z. 23) in einen geografischen Raum (Z. 24, 25), überspringt dabei wie ein »Projektil« (Z. 46) den »Zwischenraum« (Z. 35) und erzeugt bei den Reisenden eine Einschränkung der Wahrnehmung und einen »Verlust der Landschaft« (Z. 77, 78).
Intention	Beschreibung und Analyse einer Entwicklung, ihrer Folgen und Auswirkungen
Adressaten	An kulturellen Prozessen und an Technikentwicklung interessierte Menschen

Zur Analyse der Makrostruktur:

Zeilen	Inhalt	Funktion
1 – 18	Intensität des Reisens in der Goethezeit	Hinführung zum Thema
19 – 61	Landschaft wird zum geografischen Raum durch das Projektil der Eisenbahn	1. Hauptaussage – Kontrast zur Beschreibung in der Hinführung
62 – 98	Der Verlust der Landschaft für die Reisenden	2. Hauptaussage – Ergänzung um die Erfahrung der Reisenden im Zug
99 – 124	Die Veränderung der Wahrnehmung: »Steigerung des Nervenlebens« (Z. 120, 121)	Schluss: Folgerungen aus der technischen Änderung des Reisens für die Art der Wahrnehmung

Zur Analyse der Mikrostruktur:

Art der Argumente: Autoritäten (vom Sachverstand oder vom unmittelbaren Erleben) werden zitiert, Zitatverwendung: Goethezitate (Z. 2ff) als Belege für eine Erlebnisweise und als Kontrastaussage zu den übrigen Ausführungen; die vielen anderen Zitate als argumentative Erläuterungen und Belege für bestimmte Ansichten (Z. 25–32; 34–43; 48–49; 51–53; 56–60; 63–69; 74–77; 80; 90–92; 107–115; 120–122). Wortschatz: wissenschaftliches Vokabular, Verwendung vieler Fremdwörter (z.B. Kontinuität, Projektilmetapher, Topos), Satzbau: neben einigen einfachen Aussagesätzen zumeist hypotaktische Satzkonstruktionen, rhetorische Mittel: Metaphern (»Projektil«, Z. 45ff; »der Lauf«, Z. 71; »Paket«, Z. 73), Personifikation (»ungesunder Auswurf«, Z. 68); Wertungen werden nicht gegeben, die Absicht des Textes ist es, eine Entwicklung zu beschreiben.

S. 74 Attilio Brilli: Landschaften hinter Glas

Attilio Brilli (geb. 1936) lehrt amerikanische Literatur an der Universität Siena und gilt als einer der größten Kenner der Reiseliteratur.

Aufgabe 1: Sachlich argumentierender Text mit Berufung auf Sachautoritäten wie bei Schivelbusch. Thema: Die Veränderung des Reisens und der Wahrnehmung durch das Auto; Struktur: Aufzählung wahrgenommener Veränderungen des Reisens durch die ersten Reisenden mit Auto. Aussagen der Zitate von Henry James: Neugierde wird vergrößert (Z. 5), die Bedeutung von Raum und Zeit ändern sich (Z. 9f.), unbekannte Ziele werden aufgesucht (Z. 11ff.), Schwierigkeiten des Reisens sind reduziert (Z. 19ff.), »Geist des Ortes« wird vertrieben (Z. 14f.), Verschmelzung der Bilder in der Erinnerung (Z. 34f.); von Vernon Lee: beim Fahren das Gefühl konstanter Leichtigkeit (Z. 49), Gesamtansicht der Dinge (Z. 49), Verschwinden lästiger Details (Z. 49f.), Problematisch: Geschwindigkeit erzeugt ein Gefühl der Unwirklichkeit (Z. 61ff.); von Carlo Placci: Gefühl für die Beschaffenheit einer Region wird erzeugt (Z. 57ff.).
Parallele zu Schivelbusch: »Das Auto unterstützt nämlich eher das geographische als das topographische Gefühl für die Landschaft« (Z. 50, 51). Metaphern: »der geflügelte Karren« (Z. 4,5), »Feuerkarren« (Z. 34) etc.; Bildvergleiche: Bilder der Reise wie »die riesige Gemäldegalerie eines Adelspalastes« (Z. 42), »Landschaft wie ein Bilderbuch durchgeblättert« (Z. 45)

S. 76 Bruce Chatwin: Traumpfade
S. 77 Werner Bloch: Traumpfade und falsche Fährten

Bruce Chatwin, 1940 in Sheffield geboren und 1989 in Nizza gestorben, hat ausgedehnte Reisen in viele Länder unternommen, schrieb einige Essays und hochgelobte Romane und verfasste auch das halb fiktive, halb auf authentischen Erlebnissen beruhende Buch »Traumpfade«, engl. »The Songlines«. Er beschreibt darin, wie ein Europäer, der mithilfe eines Freundes das Vertrauen der australischen Ureinwohner, der Aborigines gewinnt, allmählich in deren Denken und Tradition eingeführt wird. Er taucht damit ein in eine fremde, faszinierende Kultur.

Aufgabe 1: Bei Schivelbusch geht es in der Beschreibung der Veränderung der Bedeutung der Landschaft durch die Eisenbahn um den abstrakten, geografischen Raum, der auch mathematisch vermessen werden kann. Nach Chatwin ist Australien in der Vorstellung der Aborigines »mit Songlines wie Spaghetti« (Z. 45) durchzogen, das ganze Land kann von den Eingeweihten »wie eine Partitur gelesen werden« (Z. 43). Auf diese Weise wird der Naturraum durch die Geschichten und Erzählungen mit Bedeutung aufgeladen, er wird zu einem mythischen Kulturraum, mit heiligen Stätten und unsichtbaren Verbindungslinien. Die Erfahrung dieses Raumes erfolgt sinnlich, beim »Walkabout«, und spirituell, indem Menschen einen »Traum teilten« (Z. 37).

Arbeiten mit den Modulen

S. 56 Über die Fachgrenzen...

Das Bild zeigt einen berühmten touristischen Anziehungspunkt Roms, die Spanische Treppe mit der Doppelturmfassade der Kirche SS. Trinità dei Monti im Hintergrund. Im vorderen Teil des Bildes ist noch ein Teil der Fontana della Barcaccia zu sehen. Der Brunnen soll an die Überschwemmung des Tiber im Jahre 1598 erinnern, als man mit dem Kahn bis zu dieser Stelle gelangen konnte. Auf der Spanischen Treppe, die als eine der schönsten Treppenanlagen der Welt gilt, finden in Rom häufig Modeschauen statt.

S.79 Klausurtraining

Aufgabe 1: Im Kontrast zu den neu entdeckten Ethnien, die zunächst mithilfe von »traditionellen Kategorien« (Z. 4) gedeutet und eingeordnet wurden, verstanden sich die Europäer in neuer Selbstwahrnehmung »als fortschrittliche, ausgereifte und vernunftorientierte Kultur« (Z. 16) und damit als »hochentwickelte Zivilisation« (Z. 17). Zuvor jedoch sahen sich die Europäer, als »nachklassische europäische Kultur« (Z. 27) nur »am Rand der antiken Kulturzentren« (Z. 35). Nun, nach der Entdeckung der neuen Welt, meinten die Europäer »sich im Zentrum der Welt zu befinden« (Z. 34).

Aufgabe 2: Mögliche Ansätze für eine Neudefinition des eigenen Selbstverständnisses: arm – reich; Gastfreundschaft – Fremdenfeindlichkeit; industriell, technische Kultur – bäuerliche Kultur; Großfamilien – Kleinfamilien und Singles.

Klausurtraining LB S. 47

Aufgabe: Ole Reuters Vorstellungen: eigene Möglichkeiten prüfen (Z. 7), »von der Bundesbahn alles fotografieren, was demnächst stillgelegt« wird (Z. 31), »auf sexuelle Abenteuer aus« (Z. 33, 34), suche »das Deutschland meiner Kindheit« (Z. 34, 35), »Die Wahrheit ist, daß ich gern im Zug sitze, und aus dem Fenster sehe, meine Phantasie in Gang kommen lasse und allerlei Pläne mache.« (Z. 40, 41),«Die Freiheit soll es sein und keine Fessel, kein Joch – niemals« (Z. 44, 45).
Ole Reuter ist damit im Hinblick auf sein Reiseziel ebenso unbestimmt wie der Taugenichts. Beide fahren ins Blaue, lösen sich vom Zuhause, von ökonomischen Erwägungen, vom vorgegebenen Alltagstrott. Die unterschiedlichen Antworten, die Ole Reuter verschiedenen Personen gibt, sind sicherlich verschiedene Aspekte seiner Motivation zu reisen. Neben nostalgischen Erwägungen und der Suche nach etwas unwiederbringlich Verlorenem findet sich die erotische Lockung ebenso wie der Wunsch, die Fantasie schweifen zu lassen, genau wie beim Taugenichts. Das zentrale Motiv ist aber der Wunsch nach Freiheit, kein Joch tragen zu müssen, welcher Art auch immer.

Facharbeitsthemen

- Fluchtmotive in der Literatur am Beispiel von Isaac. B. Singer: Verloren in Amerika. Vom Schtetl in die Neue Welt. München 1991 und Frank McCourt: Die Asche meiner Mutter. Irische Erinnerungen. München 1996.
- Frauen und Reisen. Dargestellt an ausgewählten Beispielen aus: Aufbruch und Abenteuer. Frauen-Reisen um die Welt ab 1785. Hrsg. v. Lydia Potts. Frankfurt/M. 1995.
- Reisekatastrophen am Beispiel von »Homo faber« von Max Frisch und »Ein Mord, den jeder begeht« von Heimito von Doderer.
- Das Motiv des Reisens im Film (Road movies; Der Strand). Vgl. dazu auch die Ausführungen auf S. 37.

Lese-Tipps und Literaturhinweise

Primärliteratur

- Cortázar, Julio: Die Gewinner. Frankfurt a.M.: Suhrkamp 1988. Die Gewinner einer Lotterie treten eine Schiffreise an, die unter seltsamen Bedingungen stattfindet. (L+S)
- Hansen, Erik Fosnes: Choral am Ende der Reise. Frankfurt/M.: Fischer 1997. Die Lebensgeschichte der sieben Musiker, die das Schiffsorchester auf der Titanic bildeten. (L+S)
- Garcia Marquez, Gabriel: Bericht eines Schiffbrüchigen. Köln: Kiepenheuer & Witsch 1998. Der Bericht über einen Schiffbrüchigen, der zehn Tage auf einem Floß trieb. (L+S)
- Nadolny, Sten: Er oder Ich. München: Piper 1999. Ole Reuter ist älter geworden und reist erneut mit einer Netzkarte per Bahn durch das Land. (L+S)
- Nooteboom, Cees: Die folgende Geschichte. Frankfurt/M.: Suhrkamp 1996. Geschichte einer rätselhaften Reise nach Lissabon. (L+S)

Sekundärliteratur

- Brilli, Attilio: Italiens Mitte. Alte Reisewege und Orte in der Toscana und Umbrien. Berlin: Wagenbach 1998. (L)
- Keay, Julia: Mehr Mut als Kleider im Gepäck. Frauen reisen im 19. Jahrhundert durch die Welt. Bern, München, Wien: Frederking und Thaler 1991. (L+S)
- Ohler, Norbert: Reisen im Mittelalter. Zürich und München: Artemis und Patmos 1999. (L)

Julia Franck: Zugfahrt

Als der Vater meiner Freundin, die in Pozzuoli heiraten soll, fragte, warum ich nicht das Flugzeug nehme, es sei doch fast billiger und zudem würde er mir die Anreise zur Trauung zahlen, sagte ich ihm, ich hätte Angst vorm Fliegen. Das war gelogen. Die Gründe fürs Zugfahren sind andere. Anders und länger genieße ich es, Zeit ohne Raum zu haben. Weder hier noch dort und trotzdem Zeit, ich kann unbeobachtet faulenzen, ich kann umherlaufen, wann immer ich will. [...] Ich kann Häuser und Balkone, Blumenkästen und Kinder sehen, und einen Himmel, der, wenn eine Wiese vorbeikommt, sie an ihrem Ende berührt. Und wenn ich ganz genau bin, gibt es noch einen Grund, den zu benennen ich mir bislang noch nicht die Mühe gemacht habe: die Reisebekanntschaft, auf die ich insgeheim bei jeder Fahrt hoffe. Im Flugzeug sitzen nur zwei Leute neben dir, und das so dicht, dass du sie nicht ansehen kannst, im Zug sind es mehr, und der Raum bietet, zumindest auf den ersten Blick, die richtige Größe. Schlimm ist es, wenn ich die ganze Zugfahrt über allein bin, hinterher habe ich den Eindruck, es hätte etwas gefehlt, als sei die Zugfahrt umsonst gewesen, dann fällt mir wieder ein, was ich alles hätte arbeiten sollen, und ärgere mich über meine Faulheit. Ich bin abergläubisch, nicht richtig, nicht so stark wie als Kind, aber ein wenig doch. Der Aberglaube verbietet es, sich ein Bildnis zu machen. Herkunft, Ohren und Haarfarbe müssen mir im Augenblick der Erwartung egal sein. Hätte ich eine genaue Vorstellung, würde sie nicht erfüllt werden. Das sind die Regeln meines Aberglaubens. Ich will einen treffen, den ich lieben kann. Die Sache hat einen Haken: Kann ich den, den ich daraufhin treffe, nicht lieben, scheint Abneigung mir die einzige Möglichkeit. Auch diesmal sieht es danach aus.

Der Mann, der mit viel Anstrengung, unter der er schnauft und ungeduldig mit sich selber spricht, die Tür aufschiebt und versucht, ein unförmiges Gepäckstück und einen größeren Koffer an sich vorbei ins Abteil zu hieven, hat einen Hut auf, der, als er bei dem Gedränge auf die Schulter rutscht, einen fast kahlen Kopf entblößt, von dem nur einige Haarsträhnen kreuz und quer in die Luft stehen. Ich ahne schon, warum die Haare im Stirnbereich so lang sind. Ich denke mir, da ich seit eben weiß, wie es um meine Sehnsucht nach Liebe steht, werde ich ihn nicht gleich hassen müssen. Ich will sehen. Er packt seine zwei Gepäckstücke nacheinander mit den großen knochigen Händen und stemmt sie auf die Ablage, dann zieht er sich seine Jacke aus und hängt sie an den Haken. »Oder darf ich mich Ihnen gegenüber setzen?«, fragt er, atmet schwer, lächelt und sitzt bereits. Ich nicke stumm hinterher. Er riecht nach einem Waschpulver, das mir unangenehm in der Nase kribbelt, und daneben hat er noch ein Eau de Toilette oder Ähnliches verwendet, das ganz nach Toilette und weniger nach Wasser riecht. Ich denke an den blauen Schaum, Waschpulver, das im Abflussbecken der Spüle blubbert. Seine Geruchshülle bringt ihn nah und macht ihn seltsam steril, unmenschlich. Die Schuhe sind schwarz, langweilig, wie die meisten Herrenschuhe, ohne jede Naht, Gummisohlen, die sprechen weder für den Schuh, noch für dessen Träger. Darüber legen sich graue Socken um dünne Fesseln und eine schwarze Hose sitzt am Bein, fast hätte ich auf Jeans mit Bügelfalte getippt, aber es ist doch eher ein anderer dicker Stoff, die Arme hängen ihm schlaff vom Körper, er hat sie auf dem Schenkel abgelegt. Von den Hosen getrennt, sehe ich dem Mann in die Augen, seine Pupillen ziehen sich zusammen, er guckt über den Rand seiner Brille hinweg, guckt, die linke Pupille zuckt, an der Brille vorbei, lächelt neuerlich und faltet die Hände über dem Geschlecht. Ich habe keinen Grund, sein Lächeln zu erwidern und sehe daher aus dem Fenster. Zwei junge Mädchen lachen und winken, nicht zu mir, Stimmen aus Lautsprechern, er mag mich für hochnäsig halten, Türenschließen, das ist mir egal, der Zug rollt an, sein Waschpulver riecht unangenehm. Er soll seinen Fuß da unten wegnehmen, der ist mir im Weg, ich passe auf, ihn nicht versehentlich zu berühren. Er muss meine Abwendung falsch verstanden haben, ich nehme aus dem Augenwinkel wahr, wie er mit beiden Händen nach seinem Haar tastet, es an den Kopf drückt, dann aufsteht und in die Innentasche seiner Jacke greift. Er zieht einen länglichen Gegenstand hervor. Ich beobachte ihn in der Fensterscheibe. Er vergewissert sich, dass ich aus dem Fenster sehe, und krümmt seinen Rücken sonderbar nach vorn, um sich vor dem schmalen Spiegel über den Sitzen die ergrauenden Haare zu kämmen, behutsam, Strich für Strich, wie es sein soll. Die langen dünnen Strähnen von vorn liegen über der Glatze, als ich ihn wieder ansehen darf. Wohl frisiert? Ich denke es nur. Er versucht sein Lächeln, lächelt über die schmalen Gläser hinweg, und diesmal kann ich nicht anders, ich lächle zurück, weil ich ihn lustig finde – mehr noch als ihn seine Eitelkeit.

- Untersuchen Sie, aus welchen Motiven die Ich-Erzählerin mit der Eisenbahn fährt und wie sie die Fahrt und ihre Reisebegleitung empfindet. Nutzen Sie dazu das Verfahren der Begriffsanalyse.

Sten Nadolny: Netzkarte

»Davor kann ich nur warnen!« Das waren die Worte des Kollegen N., als ich ihm meinen Plan eröffnete, mit einer Netzkarte einen Monat lang kreuz und quer durch die Bundesrepublik zu fahren. Kollege N. hilft mir unaufgefordert mit so manchem Wink und Kniff. Er erkundigt sich stets nach meinen Fortschritten und sagte des öfteren, ich sei genau der Richtige für die Schule.
»Das bringt nichts«, sagte er jetzt. »Man muß schon wissen, was man will!« »Und um das zu wissen«, entgegnete ich, »muß ich erst meine Möglichkeiten prüfen.« – »Jetzt, vor dem Examen?« – »Jawohl, jetzt!« Ich hätte, sagte ich, schon lange genug Referendar gespielt und könne von Lernzielen und Urlaubszielen und sonstigem Gezieltem und Geplantem nichts mehr hören. Ich hätte übrigens gar keine Lust, Lehrer zu werden. Ich hielte es für das beste, durch das Examen zu fallen und dann einen Beruf zu ergreifen, in dem ich weder mich noch andere krank machen müsse. Während meiner letzten Worte drehte Kollege N. sich vorsichtig um und sicherte nach allen Seiten. »Herr Reuter!« sagte er beschwörend und machte eine Pause. Dann faßte er mich mit jenem bohrenden Blick ins Auge, mit dem er auch Schüler festzuhalten pflegt, und versuchte leise, aber eindringlich, mich zu retten. [...] Da auch alle anderen Versuche, mich vor meinem Unheil zu bewahren, fehlgeschlagen sind, sitze ich jetzt im Zug Berlin-Hannover und studiere das Kursbuch. Helmstedt, Braunschweig, Hannover, Minden, Herford, Bielefeld, Gütersloh, Hamm – wenn ich in diesem Zug bleibe, bin ich morgen früh um 7 h 46 in Aachen. Zwischen Dortmund und Wanne Eickel müßte etwa die Sonne aufgehen. Meine Netzkarte gilt einen Monat lang für alle dem öffentlichen Personenverkehr dienenden Züge der Deutschen Bundesbahn und auf allen Buslinien von Bahn und Post. Nur Ole Reuter, geboren am 10. 8. 1947, darf damit fahren. Gestempeltes Lichtbild, Unterschrift.
Griebnitzsee ist schon lange vorbei. Die Grenzer kamen durch den Zug und ließen mich die Brille abnehmen. Mein Paßbild stammt noch von vor zwölf Jahren. Draußen regnet es. Mir ist kalt. Womöglich werde ich krank und fahre morgen wieder zurück. Aber jetzt fällt mir Kollege N. wieder ein. Ich fahre natürlich nicht zurück! Müde bin ich. Wenn ich ein bestimmtes Reiseziel hätte, könnte ich mich auf das dortige Bett freuen. Ich beginne, in den Argumenten, die ich für diese Reise entwickelt habe, nach etwas zu suchen, was einem Bett ähnlich sieht.
Dem Kollegen K. habe ich erklärt, ich wolle von der Bundesbahn alles fotografieren, was demnächst stillgelegt würde, also vor allem kleine Bahnhöfe. Einem guten Freund sagte ich, ich wolle einfach vor mich hin träumen. Einer ehemaligen Freundin kündigte ich an, ich sei auf sexuelle Abenteuer aus. Meiner Mutter schrieb ich, ich suchte das Deutschland meiner Kindheit. Meinem Seminarleiter lief ich erst gar nicht über den Weg. Vater lebt nicht mehr. Ihm gegenüber hätte ich bestimmt versucht, der Sache einen politischen Zweck zu geben. Was hätte ich einer jetzigen Freundin gesagt, wenn es eine gäbe? Wahrscheinlich hätte ich ihr etwas über meine Vorliebe für kleine ländliche Kinos mit benachbartem Wirtshaus erzählt. Die Wahrheit ist, daß ich gern im Zug sitze und aus dem Fenster sehe, meine Phantasie in Gang kommen lasse und allerlei Pläne mache. Das einzige, was mich bisher daran gestört hat, war die Zumutung, irgendwo aussteigen zu müssen, weil die Fahrt zu Ende war. Aus diesem Grunde kaufte ich mir die Netzkarte. So etwas könnte ich sicherlich gerade einer Freundin nicht ohne weiteres begreiflich machen. Wie gut, daß ich keine habe – schon das Erklärenmüssen behindert eine Reise. Die Freiheit soll es sein und keine Fessel, kein Joch – niemals!

(Aus: Sten Nadolny: Netzkarte. © Paul List Verlag München)

- Analysieren und vergleichen Sie die Texte von Eichendorff und Nadolny und berücksichtigen Sie dabei besonders die jeweiligen Vorstellungen vom Reisen.

Frauenbilder – Entwürfe von Weiblichkeit

Grundidee

Das Unterrichtsvorhaben »Frauenbilder – Entwürfe von Weiblichkeit« legt den Schwerpunkt auf zwei Aspekte: auf den Epochenumbruch vom 19./20. Jahrhundert und die Gegenwartsliteratur der 90er Jahre. Diese Konzeption führt die Schülerinnen und Schülern auf aspektreiche Weise zu neuen Lernwegen, wie z.B. zu der Kontrastierung von Texten, Schreibweisen und Bewertungen. Bilder von Frauen nehmen in Literatur und Kunst ebenso wie in kulturphilosophischen und anthropologischen Texten der Jahrhundertwende einen zentralen Stellenwert ein. Die verschiedenen Stilisierungen zu Vamp, Kindfrau, Mutter, Heiliger sind allesamt Bilder von Männern, die mit den real geltenden, prüde restriktiven Sozialisationspraktiken für Frauen oft wenig zu tun hatten.
Das erste Unterkapitel beschäftigt sich mit dem Topos der schreibenden Frau. Es will mit seinen unterschiedlichen Texten Schülerinnen und Schüler über die Möglichkeit weiblichen Schreibens von der Vergangenheit bis in die Gegenwart aufklären, für die Andersartigkeit und Eigenheit der Geschlechter beim Lesen und Schreiben sensibel und aufnahmebereit machen. Zwei Gegenwartsautorinnen berichten dabei über ihre Schreibbiografien bzw. ihren schriftstellerischen Alltag, aber auch Fragen nach persönlichen Motiven und nach der Funktion des Schreibens werden von renommierten Autorinnen beantwortet. Die Metapher des »Schreibraums« als Grundvoraussetzung für eine künstlerische Tätigkeit der Frau wird anhand eines bekannten Essays erörtert. Methodisch stehen Fragen des reflexiven Sprechens und Schreibens im Vordergrund. Das Unterkapitel mündet in einem Projekt zum Thema »Frauen in der Literatur«, bei dem durch einen kreativen Zugang in Form eines selbst gestalteten Memory-Spiels Porträts zu bekannten oder weniger bekannten Schriftstellerinnen erstellt werden.
Das zweite Unterkapitel beleuchtet die Inszenierungen von Weiblichkeit in der Literatur der Gegenwart und Vergangenheit. Damals wie heute bevölkert ein ganzes Arsenal unterschiedlichster Frauentypen und -figuren die literarische Welt. Die Frage »Was ist die Frau?« hat an Aktualität nicht verloren. Ihren Höhepunkt fand sie allerdings in der Zeit der Jahrhundertwende. Keine andere Epoche hat in ihren literarischen Fantasien so schillernd bizarre wie vielschichtig widersprüchliche Frauenbilder entworfen. Da ist von Müttern und Huren, von Heiligen und Hexen, von Blaustrümpfen und von der süßen Kindfrau die Rede. Aller scheinbaren Vielfalt zum Trotz ist für die Jahrhundertwende von einem Dualismus im Frauenbild auszugehen. Deutlich werden dabei zwei sich einander widersprechende Tendenzen: Einerseits geht es darum, die Frau über kategoriale Festschreibung zu typisieren, andererseits wird sie aber zugleich verrätselt, indem ihre Bestimmung in einer vieldeutigen Schwebe gehalten wird.
Im dritten Unterkapitel »Eigenbilder-Fremdbilder« wird der Lernbereich »Reflexion über Sprache« mithilfe literarischer Texte und Sachtexte in den Blick genommen. Schon immer haben der Geschlechterunterschied und die Geschichte des Geschlechterverhältnisses literarische Fantasien angeregt. Als Einstieg in das Unterkapitel dient ein Auszug aus Gerd Brantenbergs utopischem Roman »Die Töchter Egalias«. In dieser Satire auf das Patriarchat werden die Machtverhältnisse konsequent umgedreht und geschlechtsspezifische Rollenvorstellungen auf vergnügliche Weise hinterfragt. Welchen Anteil die Sprache an der Polarisation der Geschlechter hat und ob die Verwendung einer frauengerechten Sprache die gesellschaftlichen Verhältnisse zugunsten der Chancengleichheit beeinflussen kann, ist das Thema der Beiträge von Luise F. Pusch und Dieter E. Zimmer.
In den drei Unterkapiteln findet sich eine große Anzahl unterschiedlichster Textsorten, fiktionale Texte wie Romanauszüge, Erzählung, Dramenprolog, Gedicht, aber auch Sach- und Informationstexte wie Zeitungsartikel, Essays, autobiografische Texte, Interviews und Lexikon-Artikel. Die methodische Arbeit dieses Kapitels mündet in Verfahren, die sich mit der Analyse der Figuren auseinander setzen. Mithilfe von Rollenspiel, Fragebogen, Motiv- und Figurenvergleich werden produktions- und handlungsorientierte Aufgaben erprobt und angewandt und für die Interpretation von Beziehungskonflikten nutzbar gemacht. Vergleiche von Texten untereinander, von Bild und Text, von Titel und Text dienen einer sinnvollen Texterschließung ebenso wie die sprachliche Untersuchung von Wortfeldern, die Analyse der Verwendung sprachlicher Mittel und die Anwendung von Reizwortassoziationen, die helfen den subjektiven Einstellungen, Erfahrungen und Vorurteilen auf die Spur zu kommen. Schreibaufgaben wie das Verfassen von Leserbriefen und das Gestalten fiktiver Interviews mit Autorinnen sollen Verstehens- und Erkenntnisprozesse bei den Schülerinnen und Schülern einleiten und vertiefen.

Informationen und Interpretationsansätze

Die Einstiegsseiten zeigen verschiedene Gemälde, die zu Anfang des 20. Jahrhunderts entstanden sind. Ihre Einbeziehung in den Unterrichtszusammenhang ist sehr zu empfehlen, da sich insbesondere von der Kunst aus sehr eindrucksvoll ein Zugang zur Eigenart und Stilepoche gewinnen lässt. Unter didaktischen Aspekten intendiert die Hinzuziehung von Bildern in der Einstiegsphase und auch gerade im handlungs- und produktionsorienterten Unterricht die Mobilisierung emotional-affektiver sowie kreativer Potenziale der Lernenden und somit ein intensiveres Interesse an der Erschließung des Lerngegenstands. Thematisch nehmen die Bilder die im Kapitel vorgestellten literarischen Weiblichkeitsbilder »Femme fatale« und »Femme fragile« auf. Sie sollen den Schülerinnen und Schülern als Anregung dienen, sich über die eigenen Weiblichkeitskonstruktionen bewusst zu werden.

S. 80/81 Zu den Bildern von Gustav Klimt und Hanna Höch

Judith I., 19001: **Gustav Klimt** (1862 – 1918), österreichischer Maler und Graphiker des Jugendstiles, Mitbegründer der *Wiener Secession.* Klimts umfangreiches Lebenswerk charakterisiert ihn als Meister der symbolistisch-allegorischen Darstellung (*Pallas Athene,* 1898, Historisches Museum der Stadt Wien; *Die drei Lebensalter,* 1905, Galleria Nazionale d'Arte Moderna, Rom; *Der Kuß,* 1907/08, Österreichische Galerie, Wien) und dekorativer Frauenporträts. Allein von seiner Lebensgefährtin, der Modeschöpferin Emilie Flöge, fertigte er über 2000 Aktzeichnungen an. Der europäischen Kunst seiner Zeit gab er wichtige Impulse.

Das Gemälde *Judith I.* stellt eine Verwirklichung von Klimts Archetyp der Femme fatale dar. Sie ist keine historische Figur, sondern eine typische Zeitgenossin Klimts. Typisch für diese Zeit ist auch das kostbare Hundehalsband. Klimt schuf mit ihr einen stolzen und abweisenden Frauentyp, der durch seine Rätselhaftigkeit Männer in seinen Bann schlug. Mit der Wahl des Judith-Themas fand Klimt ein eindringliches Symbol für den durch die Frau gestraften Mann, der mit dem Tod bezahlen muss: Zunächst Judith verführt den General Holofernes, um ihre Stadt zu retten. Anschließend enthauptet sie ihn. Vor einem ornamentierten, vegetabilen Hintergrund mit goldenen Bäumen im oberen Teil des Bildes und einer grünlichen unteren Bildhälfte steht eine weibliche Gestalt, die bis auf einen breiten goldenen Halsring und einen goldenen Hüftgürtel, unbekleidet ist. Ihre rechte Brust ist durch einen dunklen leicht transparenten Schal verdeckt, der über ihre rechte Schulter fällt. Ihre Augen blicken unter halb geschlossenen Lidern die Bildbetrachtenden an, ihr Mund ist halb geöffnet. Ihre rechte Hand hält den Kopf des Holofernes. Somit zeigt Klimt das »männermordende Weib« weder im Moment der Tat noch kurz danach mit dem blutigen Schwert in der Hand, wie es häufig dargestellt worden ist. Dass sie Holofernes umgebracht hat, zeigt sich lediglich an seinem halb zu erkennenden Kopf am unteren Bildrand. Klimts Judith ist keine kämpferische Heldin, die die Juden von der Belagerung der Assyrer befreit hat, sondern eine laszive und sinnliche Frau. Die Inspiration für das Gemälde *Die drei Lebensalter* von 1905 bekam Klimt durch den französischen Bildhauer Auguste Rodin, der ihm 1902 zu seinem *Beethoven-Fries* gratulierte. Mit den drei nackten weiblichen Gestalten zeigt es den Menschen, das Schicksal, die Lebensalter und die zentrale Rolle der Frau, aber auch die Unendlichkeit des Kosmos und die Verschmelzung der Geschlechter, die von einer Fülle biologischer Ornamentik mit Durchdringungsmotiven umschrieben wird. Mikrokosmen und Makrokosmen gehen ineinander über in einem Mosaik voller Anspielungen und einem Strom von Farben.

Hanna Höch (1889 – 1978) war Dadaistin und mit Kurt Schwitters, künstlerisches Allround-Talent und führender Dadaist, befreundet. 1920 nahm sie an der »Ersten internationalen Dada-Messe« teil.1939 versteckte sie sich vor den Nationalsozialisten in Berlin. Vorrangig arbeitete sie an der Gestaltung von Fotomontagen und Collagen. Ihr 1927 entstandenes Ölbild »Die Braut oder Pandora«, erinnert mit seinem Titel an die Figur der griechischen Mythologie. Neugierig öffnet diese eine Büchse, aus der dann alle bis dahin eingeschlossenen Übel entweichen und sich über die Welt verbreiten. Allein die Hoffnung verlässt die Büchse nicht. Bei Goethes Pandora von 1808 verlassen hingegen »muntere Luftgeburten« die Büchse, von der Goetheforschung als poetische Gattungen gedeutet und in Irmtraud Morgners Roman »Amanda« entfliehen ihr Luftgestalten und Güter mit Fittichen: Zukunftsbilder. Während die Geschöpfe des Prometheus den Luftgestalten, die messbare Reichtümer und Wahrheiten wie Besserwissen und Vaterlandsliebe repräsentieren, einzufangen versuchen, sah Morgners Pandora, dass sich für die Güter mit Fittichen wie die Erdenliebe, Sinn für Harmonie und Hegen, Frieden niemand interessierte und sie ungehindert davonfliegen konnten. Um wenigstens die Hoffnung zu bewahren, warf Pandora den Deckel schnell wieder zu und flüchtete mit ihr. Währenddessen missbrauchten die Menschen das Feuer und verhielten sich, noch angespornt durch die Luftgestalten, rücksichtslos und destruktiv. Höchs Bild erinnert an Morgners Idee. Die Braut blickt den Gütern mit Fittichen nach. Das Gemälde lässt die Erdenliebe, Sinn fürs Hegen, Liebe zur Natur, den Wandel und die Bewegung in der Geschichte erkennen, aber dazu auch Elemente wie Trauer, Versuchung und Gefesselt-Sein.

Weiterführende Aspekte

Die Untersuchung der weiblichen Inszenierungen in den heutigen Massenmedien (Femme fatale-Figuren in Filmen wie Adrian Lynes »Eine verhängnisvolle Affaire« von 1988 und die Rolle von Sharon Stone in dem Film mit dem vielsagenden Titel »Basic Instincts«) und die Renaissance der Kindfrau und des Vamps in der Zeitschriftenwerbung bietet sich an.

Schreibende Frauen

Grundidee

Zu Beginn gewährt ein Interview mit der Gegenwartsautorin Brigitte Kronauer einen Einblick in ihre schriftstellerische Entwicklung, ihren schriftstellerischen Alltag und ihre Einstellung bezüglich ihrer persönlichen Produktionsstätte, ihrem Arbeitszimmer. Das Motiv des Zimmers taucht auch im Essay Virginia Woolfs wieder auf. Grundvoraussetzung für eine künstlerische Tätigkeit der Frau sei materielle Unabhängigkeit und ein eigenes Zimmer, schrieb sie bereits 1928. Sie stellt die Widerstände dar, die begabte Frauen an ihrer Arbeit hinderten.

Gibt es diese Hindernisse auch noch für heutige Autorinnen? Mittlerweile hat sich das »schwache Geschlecht« auf seiner Entdeckungsreise zu sich selbst herausgesprengt aus der männlichen Romanwelt der Effi Briest, der Madame Bovary und der Nana und sich eine nahezu führende Position auf dem Büchermarkt erschrieben. Zur Zeit des Jahrtausendwechsels erlebt die literarisch interessierte Öffentlichkeit einen regelrechten Boom um die Texte junger deutscher Autorinnen. Die literarische Qualität ihrer Texte wird von den Feuilletons und Literaturzeitschriften verstärkt zur Kenntnis genommen und von Jurys der Literaturpreise und Stipendien mit wichtigen Preisen honoriert. Dem Genre »Frauenliteratur« wird neuer Respekt entgegengebracht. Wie erleben die Autorinnen diesen Erfolg? Der autobiografische Text von Marlene Streeruwitz gibt einen Einblick in den Alltag einer Schriftstellerin unserer Gegenwart. Aus welchen Gründen schreiben Frauen und welche Funktion hat das Schreiben für sie? Aufschluss zu dieser Fragestellung gibt der Briefwechsel zwischen Christa Wolf und Brigitte Reimann.

S. 83 Herlinde Koebl im Gespräch mit Brigitte Kronauer

Brigitte Kronauer, 1940 in Essen geboren, lebt als freie Schriftstellerin in Hamburg. Bis 1971 arbeitete sie als Lehrerin und lebt seit 1974 als freie Schriftstellerin in Hamburg. Nach weitgehend unbeachteten Veröffentlichungen in Zeitschriften und Kleinverlagen gelang ihr mit ihrem ersten Roman »Frau Mühlenbeck« *im Gehäus* (1980) der literarische Durchbruch. Weitere Romane wie »Die Frau in den Kissen« (1990) und »Das Taschentuch« (1994) sowie der Geschichtenzyklus »Schnurrer« (1992) hinterfragen auf unterschiedliche Art und Weise die Möglichkeiten des Erfassens, Beschreibens und Auslegens von Realität. 1998 erhielt sie mit dem Joseph-Breitbach-Preis die mit 250 000 DM höchstdotierte Auszeichnung für Literaten in der Bundesrepublik. 1999 erschien der Roman »Teufelsbrück«, der durchgehend positiv bewertet wurde.

Aufgabe 1: Das Interview zeigt, dass der Grundstein für ihre literarische Entwicklung bereits in ihrer Schulzeit gelegt wurde. Stationen: Auf Drängen des Vaters Schreibübungen im Alter von 12 zur Verbesserung des Schriftbildes, die in kleine Geschichten mündeten. Mit 16 Jahren Schreiben erster Dramen, mit 18 Hörspiele, vom Hörfunk alle abgelehnt. Schriftstellerin als Wunschberuf. Lehramtstudium und Ausübung des Berufs bis Ende der 70er Jahre.

Aufgabe 2: Diese Aufgabe dient der Annäherung der Kursmitglieder an ihre persönlichen Schreibbiografien und Einstellungen zum Schreiben. Eine Variante des autobiografischen Schreibens stellt auch das Tagebuchschreiben dar, das insbesondere bei Mädchen in der Adoleszenz häufiger verbreitet ist. Hierauf kann verwiesen werden, um das Gespräch in den Kleingruppen in Gang zu bringen. Andere haben möglicherweise Erfahrungen mit dem Schreiben von Gedichten oder Songtexten. Auch (internationale) Brieffreundschaften können Schreibanlässe sein. Bei Lehrkräften weniger beliebt, bei den Schülerinnen und auch Schülern umso mehr, ist auch das Schreiben von Briefchen während des Unterrichts. Im Zeitalter des Computers kommen als neue Formen des Schreibens auch das Schreiben von E-Mail und SMS dazu. Hier könnten die Schreibmotive hinterfragt werden. Sind diese Aktivitäten als eine Renaissance des Schreibens zu betrachten?

Aufgabe 3: Möglich ist hier eine Umfrage im Kurs oder in der Verwandtschaft der Kursmitglieder. Die Antworten der weiblichen bzw. männlichen Befragten können miteinander verglichen werden.
Umfrage: Wann entstanden deine ersten Texte? Warum hast du sie geschrieben und wovon handelten sie? Erinnerst du dich an Situationen, in denen du aus eigenem Antrieb etwas geschrieben hast, was nicht zur Schulaufgabe gehörte? Welche Themen haben dich besonders stark / wenig interessiert? Waren deine Texte an jemanden adressiert? Hast du sie wieder gelesen? Ein Fragekatalog kann ebenso zu den Lesegewohnheiten der Befragten entwickelt werden.

S. 85 Virginia Woolf: Ein Zimmer für sich allein

Virginia Woolf (1882–1941) verdankte ihre literarische und philosophische Bildung ihrem Vater, dem Biografen und Kritiker Sir Lesley Stephen. Die mit ihrem späteren Mann Leonard Woolf veranstalteten Diskussionsabende machten die Bloomsbury-Group zu *dem* intellektuellen und künstlerischen Zirkel Londons. Hier, wo das selbstständige Denken und Argumentieren kultiviert wurde, waren die Frauen völlig gleichberechtigt. Mit der Frauenbewegung der 70er Jahre begann eine Wiederentdeckung ihrer Werke, die aus acht Romanen, zahlreichen Essays, Kurzgeschichten und ihren Beiträgen zur Times Literary Supplement bestehen, bei der sie als Literaturkritikerin tätig war. Dabei erwies sie sich nicht nur als eine ausgesprochen begabte Kritikerin, sondern in ihrer reichhaltigen Korrespondenz mit führenden Persönlichkeiten des zeitgenössischen Kulturlebens auch als eigenwillige und scharfsinnige Dichterin. Sie ist eine der ersten Frauen, die sich konsequent mit der Geschichte und Zukunft des weiblichen Schreibens auseinander gesetzt haben. Als Grundvoraussetzung für die künstlerische Tätigkeit der Frau stellt sie an den Anfang ihres berühmten Essays die Forderung, dass Frauen materiell unabhängig sein und ein eigenes Zimmer haben müssen, wenn sie »Fiction« schreiben wollen. Für Virginia Woolf existiert kein weibliches Schreiben, das sich an die von Männern geschaffenen Konventionen anpasst und nicht eigene Formen des Schreibens ermöglicht. Ihr Essay endet mit dem Appell an alle Frauen, eine eigene Sprache und Tradition zu entwickeln. Woolf, die zeitlebens mit einer labilen psychischen Disposition zu kämpfen hatte, die vermutlich auf traumatische Erlebnisse und sexuellen Missbrauch durch ihren Halbbruder in ihrer Jugend zurückzuführen ist, beging mit 59 Jahren im Fluss Ouse bei Lewes/Sussex Selbstmord.

Aufgabe 1: Ein zentraler Aspekt in Woolfs Begründung für die Ungleichstellung der Geschlechter ist das Selbstbewusstsein (Z. 4), das vielfach auf dem Glauben basiert, anderen Menschen naturgemäß überlegen zu sein. Der Glaube an die Überlegenheit kann aus verschiedenen Gründen (Reichtum, Aussehen, Herkunft, Geschlecht etc.) hergeleitet sein. Mächtige Männer wachsen mit dem Glauben an eine natürliche Überlegenheit über die weibliche Hälfte der Menschheit auf (Z. 12). Diese unterlegene weibliche Hälfte dient den Männern als Vergrößerungsspiegel für das eigene Selbstverständnis, aus dem sie Kraft für die Bewältigung ihres Alltags schöpfen (Z. 14, 15). Die Frauen sind dienstbare Geister mit der

Funktion der Aufrechterhaltung der Geschlechterhierarchie und männlicher Selbstüberschätzung (Z. 30, 31). Gäbe es die Unterlegenheit der Frauen nicht, gäbe es weder die Überlegenheit der Männer noch die Möglichkeit, ihre Überlegenheitsgesten und Drohgebärden gegenüber ihresgleichen zu realisieren.
Frauen ist es unmöglich, die Wahrheit auszusprechen (Z. 27ff.). Sie beteiligen sich also an diesem verlogenen Spiel, möglicherweise aus einem Selbsterhaltungstrieb heraus, denn sie sind ökonomisch und rechtlich in jeder Weise benachteiligt (Z. 54, 55). Sie sind systematisch entrechtet und in wirtschaftliche Abhängigkeit gebracht worden (Z. 59–61), sie konnten selbstständig kaum existieren (Z. 62, 63), waren nicht geschäftsfähig, es standen ihnen nur wenige Berufe offen, es gab kaum Nischen für Frauen. Woolf problematisiert, warum Frauen in der Literatur keine Rolle spielten und stellt die Frage nach den weiblichen Lebensbedingungen (Z. 41, 42). Sogar in wohlhabenden Familien war es nicht selbstverständlich, Töchtern einen Raum zur Verfügung zu stellen. Woolf skizziert in ihrem Essay unsere Kulturgeschichte als eine Geschichte massiver Behinderung weiblicher Talente und Selbstentfaltung. Zwang zum Selbstverzicht und zur Anonymität diskriminierte Künstlerinnen zutiefst. Männer ließen weibliche Konkurrenz nicht zu. So galt für Frauen bis zum 18. Jahrhundert die Veröffentlichung ihrer literarischen Werke als ein Verstoß gegen das vorherrschende Weiblichkeitsbild, das den Frauen Bescheidenheit aufzwang. Sophie von La Roche schrieb anfangs unter einem männlichen Pseudonym. Nur auf dieser Folie ist die Entgrenzung männlicher Selbstüberschätzung möglich gewesen: Das männliche Selbstwertgefühl bestand auf der weiblichen Bedeutungslosigkeit.

Aufgabe 2: Textvergleich zwischen Woolfs Essay und dem Text von Streeruwitz: Beide Texte thematisieren die benachteiligte Situation schreibender Frauen. Während Woolf über die Stellung und die historischen Hindernisse für die Persönlichkeitsentfaltung in der Frau in Geschichte und Literatur reflektiert und dabei auf originelle Weise Fakten und Fiktion vermischt, schildert Streeruwitz eine persönliche Alltagserfahrung aus der Gegenwart auf einer ihrer Lesereisen. Die Wartesituation an der Kasse in der Buchhandlung erinnert sie an zahlreiche andere Wartesituationen. Frauen beteiligen sich an dieser Zurücksetzung (Z. 9, 10). Auch in dieser Situation unterbricht keine der beiden Kassiererinnen ihre Tätigkeit, um wie angekündigt, die Geschäftsführerin zu holen (Z. 4). Streeruwitz verdeutlicht so, dass Frauen nicht nur Opfer in dem männlichen Hegemonialsystem sind, sondern sie fungieren auch häufig als Schräubchen im System. Dies löst bei der Autorin die ernüchternde Erkenntnis aus, marginal und unsichtbar zu sein (Z. 15, 16).

Weiterführende Aspekte

Das Gemälde des gebürtigen Österreichers Fernand Khnopff »I lock my door upon myself« lässt sich in Beziehung setzen zu Woolfs Essay. Khnopff (1858–1951) lebte in Belgien und galt als bedeutender Vertreter des Symbolismus. Als Maler, Zeichner und Bildhauer mit stark esoterischen Neigungen, besaß er eine Vorliebe für das schöne Detail und malte seine Gegenstände, Landschaften, Architekturbilder und Frauenbildnisse oft aus der Erinnerung. Um sich schöpferisch zu entfalten, strebte er nach Einsamkeit und verschloss sich vor der Welt in einem Haus aus weißen Marmor. Auch seine Bilder wirken wie in ein Vakuum gestellt, von der realen Lebenswirklichkeit abgeschirmt. Hier liegt die Verbindung zu Woolfs Texttitel: Erst die Abgeschlossenheit des eigenen Zimmers, das als Metapher die Privatsphäre der Frau symbolisiert, ermöglicht es einer Autorin, sich ungestört in kreative Arbeit zu versenken und selbstständig zu denken. Das vorliegende Gemälde zählt zu seinen Hauptwerken, seine Bilder zeigen häufig mythische Wesen, die in ihrer einsamen Traumwelt gefangen zu sein scheinen. Zusätzliche Aufgabenstellung: Setzen Sie den Titel des Gemäldes von Fernand Khnopff »I lock my door upon myself« in Bezug zu Woolfs Textausschnitt.

S. 86 Marlene Streeruwitz: SELBST. HASS. SELBST.

Marlene Streeruwitz, 1950 in Baden bei Wien geboren, Studium der Slawistik und Kunstgeschichte in Wien, zahlreiche Preise und Veröffentlichungen: u. a. Hörspiele, Romane, Frankfurter und Tübinger Poetikvorlesung. Ihre Theaterstücke werden seit 1992 an wichtigen Bühnen gespielt, darunter Uraufführungen am Schauspiel Köln, den Münchner Kammerspielen, dem Deutschen Theater Berlin und den Wiener Festwochen. 1996 erschien ihr erster Roman »Verführungen«, für den sie den Mara-Cassens Preis erhielt. 1997 veröffentlichte sie den Roman »Lisa's Liebe«. Was Schreiben für Frauen bedeutet, bildet einen Schwerpunkt in ihrem theoretischen Werk (Tübinger und Frankfurter Poetikvorlesungen). Zuletzt veröffentlichte sie »Nachwelt«, ihren hoch gelobten Roman und die Erzählung »Majakowskiring«. Sie lebt in Wien und Berlin.

Aufgabe 1: Ein solches Interview könnte folgendermaßen beginnen:
Frage: Frau Streeruwitz, Sie sind eine erfolgreiche Bühnenautorin, Ihre Bühnenstücke gelten als provozierend und werden vom Publikum oft kontrovers aufgenommen. Gleichzeitig haben Sie sich auch als Romanautorin Respekt verschafft. Sie haben gerade eine Ihrer Lesereisen beendet. Wie reagieren die Menschen auf Sie bei Ihren Lesungen? Stellen Sie Unterschiede zwischen Frauen und Männern fest?
Streeruwitz: Ich komme viel herum und begegne vielen Menschen, die unterschiedlich auf mich und meine Texte reagieren. Als aufschlussreich empfinde ich allerdings gerade die Begegnungen, die am Rande einer Lesung stattfinden. Trotz meines Erfolgs bleiben auch mir bestimmte Erfahrungen nicht erspart, die jede Frau in ihrem Alltag immer wieder machen muss.
Frage: Welche Erfahrungen meinen Sie?
Streeruwitz: Die Erfahrung als Frau im Kulturbetrieb eben doch anders aufgenommen zu werden als beispielsweise ein männlicher Autor.
Frage: Wie macht sich das bemerkbar?
Streeruwitz: Auch als Künstlerinnen befinden sich Frauen in einer Double-Bind-Situation. Öffentlichkeit, wie Kunst sie braucht, wird Frauen überall nur unter einschränkenden Voraussetzungen zugestanden, denn öffentliches Ansehen widerspricht ja dem tradierten Frauenbild. Der Erfolgswille von Künstlerinnen, die sich in der Öffentlichkeit durchsetzen, signalisiert ein gewiss notwendiges Ende der Frauen verordneten Bescheidenheit. Ich will Ihnen eine Situation schildern, die ich neulich in Würzburg erlebt habe...

Aufgabe 2: Der Titel ist irritierend, lässt aufhorchen, gibt

Anlass zum Grübeln: Worum geht es? Um das »Selbst« und den »Hass« oder um das Thema »Selbsthass«? Eigenartig ist die Gestaltung. Warum wird der Begriff »Hass« von den Begriffen »Selbst« eingerahmt? Durch die Punkte steht jedes Wort abgetrennt für sich. Das Ganze wirkt abgehackt, stakkatohaft, rhythmisch. Ähnliche Kurzsätze kennzeichnen den gesamten Text. Die Sprache erscheint einfach und macht das Lesen doch kompliziert, da man beginnt, beim Lesen über die Wörter nachzudenken. Liest man den Titel hingegen nur vor, käme man auf andere Bedeutungen, je nach Art der Betonung. Durch diese Gestaltung entsteht Polyvalenz. Das Wort »Selbst« könnte sich auf sowohl auf die Ich-Erzählerin, als auch das gesamte weibliche Geschlecht beziehen. Das gilt ebenso für den Begriff »Hass«, der sich auf die eigene Person richten oder den Mann meinen könnte, der sich die verquälten Frauenköper des Araki-Bildbands ansieht. Die aufgezwungene Wartezeit nutzt die Ich-Erzählerin, um über die Situation nachzudenken. Sie reflektiert darüber, dass die Situation des Wartengelassenwerden geschlechtsgebunden ist. Einem Autor würde mehr Respekt gezollt (Z. 5, 6). Das Alter spielt auch eine Rolle (Z. 11, 12). Sie verwendet Beschwichtigungsformeln, verdächtigt sich des Verfolgungswahns (Z. 13), weitet diesen Vorwurf dann aber aus auf die größere Gruppe, die Frauen ihrer Altersgruppe. Damit verweist sie darauf, dass sie dies nicht nur als individuelles Problem erlebt. Dabei geht es in Wirklichkeit um die Furcht vor der Bedeutungslosigkeit, die Angst unsichtbar, ein Nichts zu sein. Dieser Eindruck wird von dem Mann, der von der Straße hereinstürzt, noch verstärkt. Im Vorübergehen verschlingt er den Fotoband mit den nackten Frauen. Ein bekannter Anblick und doch so entwürdigend für das Selbst einer Frau, dass es ihr die Sprache verschlägt und sie wütend das Geschäft verlässt. Der männliche Blick auf die Bilderflut nackter Frauenkörper hinterlässt bei ihr die Furcht vor der Auflösung des Selbst (Z. 32).

S. 87 Christa Wolf an Brigitte Reimann

Christa Wolf zählt zu den bedeutendsten zeitgenössischen Autorinnen der deutschen Literatur. 1929 in Landsberg an der Warthe geboren, 1945 Flucht ins mecklenburgische Gammelin, ab 1949 Mitglied der SED. 1953 Abschluss ihres Studium der Germanistik in Jena und Leipzig mit einer Diplomarbeit über Hans Fallada bei Hans Mayer; danach als Verlagslektorin und Redakteurin tätig. Zwischen 1955 und 1977 im Vorstand des Deutschen Schriftstellerverbands (ab 1973 Schriftstellerverband der DDR). Ausschluss nach Beteiligung an Protesten gegen die Ausbürgerung Wolf Biermanns. 1962 Umzug nach Kleinmachnow bei Berlin, wo sie als freie Schriftstellerin tätig ist. 1963 erschien der Roman »Der geteilte Himmel«, eine tragische Liebesgeschichte, die die deutsch-deutschen Verhältnisse problematisiert. Der Himmel als symbolisches »Gewölbe von Hoffnung und Sehnsucht, von Liebe und Trauer« verliert durch den Bau der Mauer seine Unendlichkeit. Mit der Erzählcollage »Nachdenken über Christa T.« (1969) über die letzten Kriegsjahre und die Anfangsphase der DDR zog Wolf sich die heftige Kritik der sozialistischen Kulturfunktionäre zu. Darin beschreibt Wolf das Leben, Leiden und Sterben ihrer Heldin an Leukämie, eine Krankheit, die als psychosomatische Reaktion auf ihre Situation erscheint.

Wolfs »Kindheitsmuster« (1976) weist ausgeprägte autobiografische Züge auf; Wolf schildert darin das Leben in einer angepassten Kleinstadt in der Zeit des Nationalsozialismus. Mit dem Roman »Kassandra« (1983) wandte sie sich dem Thema der griechischen Mythologie zu und arbeitete an dem Entwurf einer »weiblichen Ästhetik«, ihre Darstellung einer matriarchalisch geprägten Kultur übt Kritik an den patriarchalischen Strukturen der heutigen Gesellschaft. In »Störfall« (1987) thematisiert sie das Reaktorunglück in Tschernobyl 1986. In ihrer autobiografisch geprägten Erzählung »Was bleibt«, die bereits 1979 geschrieben wurde und 1990 nach dem Mauerfall erschien, erstellt sie das Psychogramm einer vom Staatssicherheitsdienst der DDR (*Stasi*) überwachten Frau. Mit dem Roman »Medea« (1996) beschäftigte sie sich erneut mit der Mythologie und versuchte im Rahmen ihrer »weiblichen Ästhetik« eine grundlegende Revision der innerhalb der Literatur immer wieder als mordlüstern dargestellten Medea-Figur. Eins ihrer zentralen Themen blieb jedoch die Ich-Findung im Schreibprozess.

Brigitte Reimann (1933–1973), Schriftstellerin in Burg bei Magdeburg geboren; 1947 Kinderlähmung, 1951 Abitur, danach Tätigkeit als Lehrerin. Insgesamt vier Ehen, drei Scheidungen. Nach ihrer Fehlgeburt 1954 Selbstmordversuch. 1960 Umzug nach Hoyerswerda. Im Rahmen ihrer Teilnahme am Bitterfelder Programm, wo sie den Werktätigen der DDR Zugang zu allen Kunstbereichen verschaffen und Schriftsteller mit der Arbeitswelt vertraut machen sollte, stand sie im engen Kontakt zu einer Arbeiterbrigade. Zu ihren frühen Arbeiten zählen die Erzählungen »Die Frau am Pranger« (1956), »Kinder von Hellas« (1956) und »Das Geständnis« (1960), die gemeinsam mit ihrem Mann verfassten Hörspiele »Ein Mann steht vor der Tür« (1960) und »Sieben Scheffel Salz« (1960) sowie der Kurzroman »Ankunft im Alltag« (1961). Sie spiegeln ihren Glauben an die Durchsetzbarkeit des Sozialismus, wie er typisch war für die so genannte *Ankunftsliteratur* der DDR in den fünfziger und sechziger Jahren. Mit der Erzählung »Die Geschwister« (1963), die die Republikflucht thematisiert und sich kritisch mit dem Sozialismus auseinander setzte, wurde sie auch in der Bundesrepublik bekannt. 1968 Krebserkrankung und Operation, Umzug nach Neubrandenburg. Brigitte Reimann starb 1973 an Krebs in Ostberlin. Ihr letzter 1974 posthum herausgegebener Roman »Franziska Linkerhand« (Fragment) stellt erneut die gesellschaftlichen und politischen Widersprüche der sozialistischen Realität am Beispiel der jungen, idealistischen Architektin Franziska dar, deren Vorstellungen von humanem Wohnen an Inkompetenz, Mangelwirtschaft und Bürokratismus scheitern.

Aufgaben 1 und 2: Christa Wolf ist von der kraftspendenden Wirkung des Schreibens überzeugt. Der Schreibprozess an sich ist für sie positiv besetzt und sie schreibt ihm eine Rettungsfunktion zu (Z. 2). Sie will ihre Freundin ermutigen, es ihr gleich zu tun. Ein vorangegangener Brief von Brigitte Reimann könnte folgendermaßen beginnen:

Neubrandenburg, 20. 6. 69

Liebe Christa, ich freue mich, dass du in so guter Verfassung bist, wie du schreibst. Es liegt sicher an deiner Familie und deinen Kindern. Deine Bücher sind erfolgreich und somit lebst du im Bewusstsein, schreiben zu können. Ich dagegen zweifle an mir und grüble bis in die Nacht anstatt zu schlafen. Mir fehlt die Lust zu schreiben, ich komme nicht voran mit meinem Buch, stattdessen schreibe ich wieder viel ins Tagebuch (ein schlechtes Zeichen). Entschuldige, dass ich immer noch dein Buch von der Beauvoir habe, von dir bekomme ich übrigens noch meinen Kolak zurück...

Kolak: gemeint ist ein Buch von Leszek Kolakowski, geb. 1927 Philosophieprofessor an der Universität in Warschau, 1966 Parteiausschluss wegen kritischer Äußerungen zur Beschränkung der Meinungsfreiheit. 1968 Verlust des Lehrstuhls und Ausreise nach Kanada. – 1969 Lehrtätigkeit in Berkeley (Kalifornien). 1977 Friedenspreis des Deutschen Buchhandels.

Die beiden Schriftstellerinnen verband eine intensive Freundschaft, die auch in ihrem langjährigen Briefwechsel zum Ausdruck kommt. Gemeinsam ist beiden ihre Mitarbeit am Aufbau des Sozialismus in der DDR und die Fähigkeit, die Unzulänglichkeiten des Systems zu artikulieren und utopische Impulse, Hoffnungen und Sehnsüchte zu entwickeln.

Imaginierte Frauen

Grundidee

Die Frage nach den Imaginationen des Weiblichen, mit denen Frauen in der männlich geprägten Kultur und gesellschaftlichen Wirklichkeit geradezu wie mit Spiegeln umstellt wurden, ist zu einem zentralen Forschungsgebiet feministischer Wissenschaft generiert. Aber auch als Thema im Deutschunterricht empfiehlt sich die Beschäftigung mit dem Thema »Frauenbilder« sehr, denn ein zeitgemäßer Deutschunterricht hat die Aufgabe, ein Verhalten zu fördern, das auf die Veränderung überkommener geschlechtsspezifischer Rollenvorstellungen und die Herstellung von Chancengleichheit und Gleichberechtigung von Frau und Mann zielt. Trotz des aktuellen Diskurses über Geschlechterdifferenzen und didaktischer Anstrengungen, diese Rollenfixierungen aufzubrechen, nehmen viele Schülerinnen und Schüler weder die im Text enthaltenen Rollenmuster noch ihre eigenen Rollenvorstellungen, die ihren Verstehensweisen zugrunde liegen, bewusst wahr. Diese Ausblendung kann im Rahmen der Beschäftigung mit diesem Unterkapitel für kulturgeschichtliche Lernprozesse nutzbar gemacht werden, in deren Rahmen die eigenen Denkmuster und Rollenschemata der Jugendlichen kritisch reflektiert werden können. Der Einstieg erfolgt über das Begriffspaar »Mütter und Karrierefrauen« und stellt somit eine Anknüpfung an den jugendlichen Erfahrungshorizont dar. Am Beispiel des Gedichts von Brigitte Struczyk sollen mithilfe der Sammlung spontaner Assoziationen Einstellungen und Emotionen seitens der Kursmitglieder geäußert werden und eine Sensibilisierung für die Thematik stattfinden. Verschiedene Ausschnitte aus Erzählungen und Romanen weiblicher und männlicher Gegenwartsautoren liefern Repräsentationen des Muttermotivs.

Ein weiterer in Literatur und Kunst prominenter Weiblichkeitstypus ist die »Femme fatale«. Dieser aus dem Geschlechterdiskurs des ausgehenden 19. Jahrhunderts hervorgegangene Typus wurde zu einem popularisierten Weiblichkeitsmotiv, das in der heutigen Zeit in Spielfilmen (u.a. »Basic Instinct«, »Fatal Attraction«) und in der Werbung seine Fortsetzung findet.

S. 89 Brigitte Struczyk: Weltliches über die Nacht

Brigitte Struczyk, geb. 1946 in Steinbach / Hallenberg / Thüringen; sie studierte von 1965–69 Theaterwissenschaften in Leipzig, arbeite danach als Dramaturgin in Görlitz und Zittau und lebt heute als freischaffende Autorin in Berlin. Unmittelbar nach dem Golfkrieg gründete sie zusammen mit anderen Frauen die Dichterinnen-Initiative: »Die Waffen schweigen – wir erzählen. Scheherazade nach dem Golfkrieg.« Sie erhielt 1991 den Lion Feuchtwanger-Preis, 1992 Ehrengabe der deutschen Schillerstiftung.

Aufgabe 1: Mögliche Reizwortassoziationen zu Mutter: liebevoll, gefühlsbetont, geduldig, glücklich, warmherzig, kinderlieb, fürsorglich, selbstlos, anständig, müde, erschöpft, aufopfernd, nachgiebig, rücksichtsvoll, emotional. Karrierefrau: Der semantische Kern dieses Begriffs bezeichnet eine Frau, die für ihre Karriere lebt und im Beruf erfolgreich ist. Mögliche Assoziationen könnten lauten: Powerfrau, selbstbewusst, Frau in Spitzenposition, Intellektuelle, emanzipierte Frau, ohne Kinder, gut verdienend, diszipliniert, Frau, die nur für Beruf lebt, auf Familie verzichtet, Arbeitstier, attraktiv, cool, gefühlskalt, ungeduldig, aggressiv, frustriert, sachlich, kinderfeindlich, zielstrebig, ehrgeizig, karrieresüchtig, rücksichtslos, berechnend, egoistisch, materialistisch, habgierig, geschäftstüchtig, gestresst, rational.

Aufgabe 2: Die Begriffssammlung zu Müttern und Karrierefrauen soll dazu dienen, bei den Schülerinnen und Schülern eine Reflexion und Bewusstwerdung über mögliche eigene stereotype Merkmalsbündel bezüglich dieser zwei Begriffe zu initiieren. Interessant ist hier insbesondere die Untersuchung, wie das in der Alltagskommunikation eher mit pejorativem Bedeutungsgehalt gebrauchte Lexem »Karrierefrau« bei Jugendlichen ankommt. Denn vielfach werden Karrierefrauen in den Medien noch immer eher als rücksichtslos, unweiblich und gefühlskalt dargestellt. So erscheint vermutlich auch heute vielen Menschen die Kombination von »Karriere« und Mutterschaft nicht unbedingt selbstverständlich. Beruflich erfolgreichen Müttern wird vor allem dann häufig mit Skepsis begegnet, wenn sich bei ihren Kindern Probleme zeigen. Von einer »guten Mutter« wird in einer solchen Situation erwartet, beruflich kürzer zu treten bzw. zu pausieren. Die Kompatibilität von Karriere und Mutterschaft wäre somit auch eine interessante Fragestellung für die heutige Generation von Jugendlichen, die die neuen biografischen Optionen von Frauen zwischen Erwerbsarbeit und Familie erlebt. Struczyks Gedicht handelt von einer Frau in einem so genannten »Männerberuf«, der für westdeutsche weibliche Normal-Lebensläufe sicher nicht als Muster gilt und auch nicht als »Karriere« angesehen wird. In ihrem Gedicht wird in zweierlei Hinsicht mit zu einseitigen Rollenzuweisungen gebrochen: Allein die Vorstellung einer Frau, »die auf den Bau stiefelt« (Z. 25, 26), stellt für viele schon eine Besonderheit dar. Dazu überrascht sicher noch, dass diese Frau ihre Weiblichkeit und Attraktivität durch Schminke zu unterstreichen sucht (Z. 23, 24). Auch diese Frau hat

Sehnsüchte, träumt von erfüllter Liebe (Z. 16). Sprachliche Bilder des Gedichts, die den möglicherweise gefundenen Begriffen entsprechen, sind beispielsweise: »der All-Tag hängt den Hut nun an den Haken« (Z. 4–5). Denkbare Assoziationen: müde und erschöpfte Mutter oder berufstätige Frau. »Dass mit der Lust auch Liebe wächst« (Z. 16) korreliert mit den Begriffen »liebevoll« und »gefühlsbetont«. »Und stiefelt mit Verspätung auf den Bau« in Zeile 25 entspricht dem Begriff »gestresst«. Daran anschließen könnte sich eine Diskussion über die Frage, was es für Frauen bedeutet, eine Karriere zu machen, welche Eigenschaften muss sie mitbringen, um erfolgreich zu sein und worauf muss sie verzichten. Und weiterhin: Gelten diese Implikationen für Karrieremänner ebenso?

Weiterführende Aspekte

Ähnlich könnte bei einem weiteren Gedicht, das das Thema »Mutterschaft« fokussiert, vorgegangen werden. Geeignete Gedichte zu diesem Aspekt könnten die Schülerinnen und Schüler selbstständig aus Gedichtanthologien heraussuchen.

S. 90 Zoë Jenny: Erinnerungen

Zoë Jenny, 1974 in Basel geboren, zählt zu den großen Nachwuchsautorinnen der deutschsprachigen Gegenwartsliteratur. 1997 erschien ihr erfolgreicher Debütroman »Das Blütenstaubzimmer«, für den sie u.a. den »aspekte-Literaturpreis« für das beste Prosadebüt des Jahres erhielt und der in 21 Sprachen übersetzt wurde. Darin berichtet die Ich-Erzählerin Jo von der Trennung ihrer Eltern, von ihrem Nebeneinanderleben mit dem Vater und einer Reise in den Süden, wo ihre Mutter mit einem Maler zusammenlebt und nach dessen Tod für kurze Zeit in selbstmörderischer Trauer versinkt. Jo klagt nicht darüber, dass die Menschen um sie herum (und besonders die der Generation ihrer Eltern) egoistisch sind und auf eine freundliche Art lieblos, sie registriert es, als gäbe es nichts anderes zu erhoffen.

Aufgabe 1: Charakterisierung des Muttertyps: Das Bild der Mutter ist negativ: Sie wirkt unreif, treulos und kaltherzig. Sie hinterlässt den Eindruck einer unausgeglichenen und emotional gestörten Frau. Glücklich ist sie nach erfolgreichen Diebestouren. Dabei wird die kleine Jo von ihrer offenbar kleptomanisch veranlagten Mutter in die Rolle einer Komplizin gedrängt. Jo erinnert sich an die regelmäßigen mütterlichen Zärtlichkeitsgesten an der Kasse, die jedoch nur gezielte Ablenkungsmanöver für die Kassiererinnen darstellen. Auch die anschließenden Festmahle in Cafés und Restaurants lassen nicht schlussfolgern, dass es sich hier um eine intensive Mutter-Kind-Beziehung handelt. Diese Mutter ist ihrer Tochter eindeutig ein schlechtes Vorbild und verhält sich verantwortungslos. Ihr Egoismus erweist sich v.a., als sie Jo nach plötzlicher wochenlanger Abwesenheit mitteilt, dass sie sie für immer verlassen werde. Jos Verhältnis zu ihr erscheint ebenfalls eher distanziert und sie wirkt fast emotional unbeteiligt.

Aufgabe 2: Ein Brief der Mutter an die erwachsene Jo könnte folgendermaßen beginnen: *Liebe Jo, unser gestriges Gespräch hat mich sehr aufgerüttelt. Du hast Recht, wenn du sagst, dass ich mich nicht wie eine richtige Mutter zu dir verhalten habe. Vielleicht hilft es dir, mich ein wenig zu verstehen, wenn ich dir erkläre, wie unglücklich ich damals mit deinem Vater war. Wir haben uns nicht wirklich geliebt und haben nur geheiratet, weil du unterwegs warst. All die Jahre ....*

S. 91 Hans-Ulrich Treichel: Der Verlorene

Hans-Ulrich Treichel wurde 1952 im ostwestfälischen Versmold geboren. Heute lebt er in Berlin und Leipzig. Seine bereits veröffentlichten Erzählbände »Von Leib und Seele. Berichte« (1992) und »Heimatkunde oder Alles ist heiter und edel. Besichtigungen« (1996) weisen ebenso wie diese 1998 erschienene Erzählung autobiografische Züge auf.

Die Erzählung handelt von der Suche eines Ehepaares nach seinem auf der Flucht aus dem Osten verloren gegangenen Sohn. Erzählt wird aus der Perspektive des jüngeren Bruders, der nichts so sehr fürchtet wie das Auffinden des Nebenbuhlers. Die Trauer um den verschollenen Arnold ist eine große Belastung für die Familie. Der tote Sohn beherrscht das Familienleben, der noch lebende Sohn wird durch Arnolds Omnipräsenz völlig an den Rand gedrückt.

Aufgabe 1: Wortfeld Drücken: Erdrücken, Eindrücken, Eindruck, Ausdruck, Ausdrücken, Hineindrücken, Wegdrücken, an den Rand drücken, Verdrücken, Bedrücken, Aufdrücken, Unterdrücken, unter Druck stehen, Zudrücken etc. Das Bild des Drückens nimmt für Mutter und Sohn eine zentrale Position ein. Es wird allerdings aus Sicht des Ich-Erzählers sehr unterschiedlich von ihnen erlebt. Für die Mutter fungiert das Drücken als Ersatzhandlung und hat eine Trostfunktion (Z. 8–10). Wenn sie vom Schmerz überwältigt wird, drückt sie den anderen Sohn an sich, ist in Gedanken aber wieder bei Arnold. Sie ist sogar abhängig davon (Z. 18). Der Ich-Erzähler erlebt diese Zärtlichkeitsgeste als unecht. Das Drücken ist für ihn sehr unangenehm (Z. 15, 16) und er versucht auszuweichen (Z. 23–25). Er spürt, dass die Mutter ihn eigentlich gar nicht meint und versucht, sich diesen für ihn unangenehmen Situationen unauffällig zu entziehen (Z. 15, 16).

Aufgabe 2: Der Titel erweckt zunächst den Eindruck als ginge es um den verlorenen Sohn auf der Flucht. Tatsächlich ist der eigentliche Verlorene dieser Geschichte aber der Ich-Erzähler selbst. Er verschwindet völlig hinter dem überdimensionalen Schatten Arnolds. Die Mutter nimmt ihn als eigenständige Person gar nicht mehr wahr, sondern nur als dessen Bruder. Mit der emotionalen Unterversorgung (»Früher hatte mich die Mutter nie gedrückt.«, Z. 16) hat er sich mit der Zeit abgefunden und reagiert insgeheim abwehrend auf die mütterlichen Umarmungen. Sowohl Vater als auch Mutter kommunizieren nicht wirklich mit ihm. Die Beziehung zwischen Eltern und Ich-Erzähler ist geprägt von fehlender Nähe. Die negative familiäre Konstellation hat somit dazu geführt, dass auch der Ich-Erzähler sich nur noch über seinen Bruder definiert und seine eigene Ich-Identität über den permanenten Bruder-Diskurs verloren hat.

S. 92 Elfriede Jelinek: Die Klavierspielerin

Elfriede Jelinek, 1946 in Mürzzuschlag (Steiermark) geboren, hat sich in die erste Reihe der deutschsprachigen Autorinnen und Autoren geschrieben. Ihre Werke beschäftigen sich immer wieder mit der Rolle der Frau in der Gesellschaft. Nach einem Studium der Kunstgeschichte, Theaterwissenschaft und Musik (Klavier und

Komposition am Konservatorium) in Wien lebt sie heute vorwiegend in Wien, München und Paris. Sie erhielt zahlreiche Literaturpreise, u.a. den Heinrich-Böll-Preis der Stadt Köln (1986) und den Georg-Büchner-Preis (1998). Jelinek verfügt über ein hoch entwickeltes Form- und Sprachbewusstsein und gilt als Vertreterin einer teilweise plakativen und kritischen feministischen Literatur. Vom Marxismus beeinflusst, thematisiert sie in ihren Werken stets den Aspekt ökonomischer Abhängigkeit.

Aufgabe 1: Zentrales Thema dieser Mutter-Tochter-Beziehung ist die Dynamik von Macht und Unterwerfung. Die Mutter Kohut strebt danach, ihrer Tochter mittels ihrer Erziehung den gesellschaftlichen Aufstieg zu ermöglichen. Dabei erhält die Musik, die für kleinbürgerliches Aufstiegsstreben steht, zentrale Bedeutung als Symbol der mütterlichen Dressur und Ausdruck für die Disziplinierung der Sexualität, die sich Erika Kohut nur in masochistischer und voyeuristischer Weise aneignen kann. Erikas Bewegungen und die Bezeichnung »Kind« rufen das Bild eines kleinen Mädchens hervor (Z. 3). Allerdings erfährt man dann: »Erika geht auf das Ende der Dreißig zu« (Z. 4). Dies deutet bereits auf eine unnatürlich gehaltene Symbiose zwischen Mutter und Tochter hin und erweist sich als ein Machtverhältnis, in dem eine Person aufhört zu existieren. Der Roman beschreibt, wie die Tochter ihres Selbstwertgefühls und ihres Körpers beraubt wird. Die Verursacherin ist eindeutig die Mutter. Ihre überwältigende Anwesenheit überschattet und erstickt das Lebensgefühl der Tochter und zieht die psychologische Vernichtung nach sich. Vor dieser Mutter gibt es kein Entkommen, Erika kann sich nirgends zurückziehen (Z. 54). In Jelineks Roman begegnen wir einer eiskalten Mutter, einem Biest, »Inquisitor und Erschießungskommando in einer Person« (Z. 10, 11). Die Mutter erscheint als Täterin, die Tochter als erniedrigtes und gequältes Opfer. Diese Mutter ist eindeutig eine Kunstfigur und kein Abbild eines realen Menschen. Mittels dieser anti-realistischen, ironisierten Darstellungsweise tritt Jelinek dem Mythos von der selbstlosen Mutterliebe entgegen. Mutter Kohut fungiert als Karikatur. Vergleicht man sie mit den vorangegangenen Müttern, fällt auf, dass alle Mutterfiguren ein negatives Mutterbild vermitteln. Eine solche Darstellung hat eine beunruhigende Wirkung, denn von Müttern erwartet man in der Regel ein anderes Verhalten. Denn negative Mutterdarstellungen sind eher tabuisiert, insbesondere nach den vierziger und fünfziger Jahren, in denen schlechte Mütter von psychoanalytischen Theorien für alle gesellschaftlichen, psychischen oder physischen Krankheiten verantwortlich gemacht wurden. Jenny, Treichel und v.a. Jelinek stellen die Mutter-Kind-Beziehung als Ort der Deformation des Kindes dar. Insbesondere in Jelineks Text ist die Deformation pathologisch und grotesk. In allen bisherigen Texten setzt die Subjektwerdung des Kindes die Trennung von der Mutter voraus. Jelineks ironische, anti-realistische und agitatorische Schreibweise stellt den Mythos der selbstlosen Mutterliebe in Frage. Ihr sinnentleertes Mutterbild tritt somit dem gängigen, patriarchal geprägten Weiblichkeitsentwurf kritisch entgegen. Offensichtlich sollte die Mutter-Kind-Beziehung als gesellschaftliche Einrichtung neu reflektiert werden.

<u>Muttertyp bei Jenny</u>: selbstbezogen, verantwortungslos, rücksichtslos

<u>Muttertyp bei Treichel</u>: erdrückend, unsensibel, hilflos

<u>Muttertyp bei Jelinek</u>: gnadenlos, autoritär, missgünstig, vernichtend

S. 95 Birgit Vanderbeke: Das Muschelessen

1956 in Dahme (DDR) geboren, ging sie 1961 mit Familie nach Westdeutschland. Studierte Jura und Romanistik in Frankfurt. Um ihren Lebensunterhalt zu finanzieren, arbeitete sie schon während des Studiums als Sekretärin. Ihr erster literarischer Versuch, die Erzählung »Das Muschelessen«, errang 1990 beim Ingeborg-Bachmann-Wettberg einen Überraschungssieg.

Eine Behandlung dieses Textes bietet sich an, da er das Thema Geschlechtsidentität in die Beschreibung von autoritären Familienstrukturen eingebettet hat und zudem aus der Perspektive der gerade volljährig gewordenen Tochter erzählt wird. Eine Protagonistin dieser Altersstufe ist von Vorteil für die Möglichkeit der Identifikation, zumal hier durchweg die Alltagssprache verwendet wird.

Aufgabe 1: Auffällig ist der häufige Gebrauch von assoziativ aneinander gereihten Sätzen und die regelmäßige Wiederkehr von immer wieder gleichen Begriffen (»Umstellerei«, Umstellen in Z. 6, 11, 35, 40, 42, 45, 46, 48). Auch der Begriff »Respekt« kommt häufig vor (Z. 11, 12, 13, 25, 26, 40, 43). Die Dialoge drehen sich inhaltlich-thematisch fortwährend im Kreis, was den Eindruck erweckt als gäbe es aus diesem Kreislauf kein Entrinnen. Verstärkt wird dieser Effekt durch die zirkuläre Syntax, die Sätze tauchen mit geringfügigen Änderungen ständig wieder auf (Beispiel: »Mein Vater hat oft gesagt«, »seht ihr denn nicht, wie sie sich für euch abrackert, sie schuftet den ganzen Tag; wir haben das Schuften und Rackern natürlich gesehen, wie sie die schweren Tüten und Taschengeschleppt hat; auch abends, wenn mein Vater nach Hause kam, hat sie noch ziemlich geschuftet und gerackert«, Z. 24–30). Der gesamte Textausschnitt ist geprägt von sehr langen »Endlossätzen«. Der scheinbar unaufhörliche Redestrom wird noch unterstrichen durch die sparsame Zeichensetzung, die sich größtenteils auf die Verwendung einiger Kommata und nur sehr wenigen Punkten beschränkt.

Aufgabe 2: In dem überraschenden Bekenntnis der Mutter, insgeheim die blutrünstige Medea verehrt zu haben, markiert sich ihr beginnender Sinneswandel. Endlich traut sie sich vor ihren Kindern und vor sich selbst, ihre persönlichen Gefühle zu äußern, die sie aufgrund der jahrelangen Tyrannei ihres Gatten verdrängt hat. Mit dem Eingeständnis zeigt sich ihre verborgene oppositionelle Haltung, die ihr trotz des despotischen Regimes durch ihren Mann in all den Jahren nicht abdressiert werden konnte. Das Geständnis der Mutter gleicht einem Akt der Selbstbefreiung. Und obwohl sie direkt im Anschluss ihr Erschrecken über ihre eigenen Worte beteuert (Z. 66), weicht sie inhaltlich nicht mehr von ihrer Sympathiebekundung für Medea ab (Z. 73). Deutlich wird daran, dass sie über lange Zeit ein doppeltes Spiel gespielt und eine Rolle übernommen hat, die mit ihrem wahren Selbst wenig zu tun hat.

Aufgabe 3: Um die Einfühlung in die verschiedenen Figuren zu erleichtern, sind Hilfestellungen notwendig. Zunächst sollte in Gruppen oder Paararbeit genau geklärt werden, welche Stimmung bei den einzelnen Figuren vorherrscht. In einem nächsten Schritt könnten die Schülerinnen und Schüler dazu aufgefordert werden, sich an Situationen zu erinnern, in denen sie sich ähnlich gefühlt haben. Um glaubhaft zu spielen und in der Lage zu sein, die Lebensgeschichte, die Lebenssituation, die äußere und innere Welt und Haltung der literarischen Figur von innen heraus zu entwickeln, sollte ihr persönliches Erlebnismaterial aktiviert werden. Auch das Erstellen von Rollenkarten für die einzelnen Charaktere ist hier sehr zu empfehlen (siehe Methodenzettel).

Vernetzung

Zur Figur der Effi Briest vgl. Textausschnitt SB S. 104ff.

S. 98 Marlene Streeruwitz: Verführungen

Streeruwitz Roman »Verführungen« gibt Einblick in den zermürbenden Alltag der allein erziehenden berufstätigen Helene. Von ihrem Mann Gregor, einem Mathematikdozenten, der sie geschlagen und wegen einer anderen verlassen hat, erhält sie keinen Schilling Unterhalt. Ihr Gehalt als Bürokraft und Mädchen für alles in einer Werbeagentur reicht bei weitem nicht aus. Die Turnlehrerin lässt durchblicken, dass sie bei Katharina sexuellen Missbrauch vermutet (Z. 14, 15), da diese sich beim Sport vor bestimmten Übungen drückt (Z. 17–20). Zugleich wirft sie Helene vor, dass sie ohne ihren Mann zum Gesprächstermin gekommen sei (Z. 2). Helene wehrt sich zwar gegen diese Anschuldigungen, fragt sich aber dennoch, ob sie für Katharinas Probleme verantwortlich ist. Weiterhin gibt sie sich die Schuld dafür, dass ihr Mann Gregor sie verlassen hat (Z. 35, 36).

Aufgabe 1:

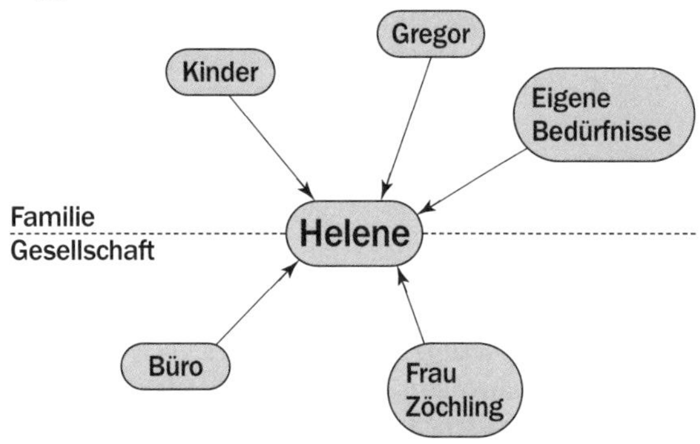

Aufgabe 2: Mithilfe des Rollenspiels sollten sich die Schülerinnen und Schüler in den anstrengenden Alltag der Protagonistin einfühlen können. Die Lehrerin wird aufgrund ihres einschüchternden Verhaltens gegenüber der ahnungslosen Helene als unsympathische Besserwisserin dargestellt. Ihre vorschnelle »Wald- und Wiesen-Psychologie« haben sie zu dem Schluss kommen lassen, dass eine massive Störung (vermutlich Missbrauch) bei dem Kind vorliegt, die dringenden Handlungsbedarf impliziert. Helene reagiert sehr ungehalten und greift die Lehrerin an, indem sie deren pädagogische Kompetenz in Zweifel zieht. Auch wenn sich Helene den Unterstellungen durch die Lehrerin im Gespräch explizit verweigert und zum Gegenangriff übergeht, sollte am Ende deutlich werden, dass sie sich dennoch den gesellschaftlichen Erwartungen nicht entziehen kann. Um den Schülerinnen und Schülern die Einfühlung zu erleichtern, sollte die Gesprächssituation zwischen Helene und der Turnlehrerin Zöchling vorab in Gruppen- oder Partnerarbeit genau bestimmt werden. Hilfreich ist die Erstellung von Rollenkarten.

S. 99 Eveline Hasler: Zerreißprobe

Eveline Hasler wurde am 22. März 1933 in Glarus geboren. Sie studierte Psychologie und Geschichte in Freiburg und Paris. Nachdem sie ihre Ausbildung abgeschlossen hatte, war sie eine Zeit lang als Lehrerin tätig. Heute lebt und arbeitet Eveline Hasler in St. Gallen und im Tessin als Autorin. Sie gehört zu den Autorinnen bzw. Autoren, die sowohl Bücher für Kinder als auch Erwachsene schreiben.

Aufgabe 2: Emily versucht, allen alles zu sein: Gattin, Juristin, Mutter (Z. 1). Doch auf Dauer kann auch sie dieser Dreifachbelastung nicht standhalten, zu groß ist der Kräfteverschleiß, bedingt durch den Kampf an zwei Fronten. Auf der einen Seite die Bremskraft und die Forderungen der Familie; hier untermauert durch die Krankheit des Sohnes. Auf der anderen Seite der Widerstand der Gesellschaft, die Emily öffentliches Wirken verbietet, unter anderem ihr angestrebtes Ziel, als praktizierende Anwältin zugelassen zu werden. Doch der inneren Anspannung und dem Druck von außen trotzend, geht sie ihren Weg, bis ihre Kräfte aufgebraucht sind. Emily verbringt ihre letzten Jahre in der Irrenanstalt. In dem Roman wird mehrmals auf die Sage von Dädalus und Ikarus hingewiesen und auch der Titel des Buches wurde aufgrund dieser Sage gewählt. Im Roman kommt Emily die Rolle des Ikarus zu, der nicht gewillt ist, dem Vater (Dädalus) nachzufliegen, sondern neue Luftbahnen erschließen will, obwohl der Vater nur das Mittelmaß zulässt und Höhen und Tiefen verbietet. Das Ende von Emily ist somit vorprogrammiert, denn sie hat die gewohnten Bahnen verlassen, das Mittelmaß abgelegt, ihr Höhenflug endete mit einem Sturz. Die Landung erfolgt dann derart unsanft, dass sich Emily von da an nie mehr aufzurichten vermag.

Aufgabe 3: Das Buch deckt nicht nur das Leben einer Frau auf, die in ihrer Zeit nicht vorgesehen war. Es zeigt auch ein aktuelles Thema: Ehefrau, Mutter und Beruf unter einen Hut zu bringen, war und ist noch immer eine beinahe unlösbare Aufgabe. Somit gelingt es Hasler, den historischen Roman mit der heutigen Zeit zu verknüpfen.

S. 100 Kavita Sinha: Eva an Gott
S. 101 Die dämonische Verführerin

Aufgabe 1: Brauchbare Begriffe für eine Definition der »Femme fatale«: Frau mit unwiderstehlicher Anziehungskraft, magisch-dämonischer Charakter, zieht Männer in ihren erotischen Bann und ins Verderben, beschert ihnen aber zugleich höchste Liebeserfüllung... Die Femme fragile ist demgegenüber der Typus der schwachen, meist auch körperlich zerbrechlichen Frau, die – im Gegensatz zur Femme fatale – des männlichen Schutzes bedarf und gleichzeitig durch ihre Schwäche dem Mann ausgeliefert ist. Weitere Literaturhinweise: Horst S. und Ingrid Daemmrich: Themen und Motive in der Literatur, UTB Literarturwissenschaft. Tübingen: Franke 1987, S. 136ff.

Aufgabe 2: Auffällige Bilder sind u.a. die Begriffspaare *Kopf* und *Adler* (Z. 5), *Licht* und *Dunkelheit* (Z. 8), *Lachen* und *Weinen* (Z. 24, 25), *Himmel* und *Hölle* (Z. 50), *Eva, Gott* und *Adam*. Anknüpfend an die biblische Schöpfungsgeschichte der ungehorsamen Eva, die in den verbotenen Apfel biss, drückt das lyrische Ich klar und erkennbar seine Gedanken und Empfindungen aus. Mit

Stolz verkündet Eva, dass sie immer die Erste war, die etwas wusste, begriff oder schuf und sich damit unabhängig vom Himmel als Mensch dem Leben stellte.

Aufgabe 3: Eva an Gott – im Titel zeigt sich bereits die Furchtlosigkeit und das Selbstbewusstsein dieser Eva. Sie wendet sich direkt an Gott.

Aufgabe 4: Tabellarischer Vergleich s.unten:

S. 102 Emile Zola: Nana

Émile Zola (1840–1902) gilt als Begründer des europäischen Naturalismus, einer Literaturströmung zwischen 1880 und 1900, die die Wirklichkeit unter Einbezug subjektiver Erwägungen abbildgetreu wiederzugeben suchte. Als Sohn eines italienischen Bauingenieurs wurde er in Paris geboren und wuchs nach dessen frühen Tod in ärmlichen Verhältnissen auf, die später zum bevorzugten Thema seiner Romane wurden. Anfangs war Zola als Verlagsangestellter tätig, ab 1865 als Autor von Gedichten und Erzählungen sowie als Literatur- und Kunstkritiker. Zolas Frühwerk stand deutlich unter dem Einfluss der Romantik. Sein erster bedeutender Roman »Thérèse Raquin« im Jahre 1897 entpuppte sich als eine psychologische Studie über Leidenschaft und Verbrechen. Großen Eindruck machten auf ihn die Philosophie Comtes, die Evolutionstheorie Darwins, die Milieutheorie Taines und die Experimentalmedizin Bernards und schlugen sich in Zolas Konzept des wissenschaftlich fundierten Romans nieder, wobei die Auswirkungen von Vererbung und sozialem Milieu im Mittelpunkt standen. Das Ziel war eine umfassende Darstellung aller Bereiche der menschlichen Existenz und die Darlegung politisch-sozialer Missstände. Damit wurde er zum Begründer der naturalistischen Erzählweise. Seine Vorliebe für sexuell freizügige Darstellungen und seine Beschäftigung mit kriminellen und pathologischen Phänomenen stießen zwar auf Ablehnung bei der literarischen Kritik, dennoch wurden einige Romane dieser Reihe zu Klassikern des Genres, darunter »L'assommoir« 1877; »Die Schnapsbude«, eine Untersuchung über die Interdependenz der sozialen Bedingtheit des Alkoholismus und seiner medizinischen und gesellschaftlichen Auswirkungen, das Prostituiertenmelodram »Nana« (1880). Zolas Spätwerk nach 1893 rückte soziale Phänomene mitunter in den Rang des Mythos und zeichnete sich durch einen oft anklagend-beschwörenden Ton aus. Sein Engagement gegen Armut und politische Unterdrückung zeigte sich beispielhaft auch in der Dreyfus-Affäre »J'accuse«, 1898; »Ich klage an«. Zola starb am 29. September 1902 in Paris.

Aufgabe 1: Als blonde »Venus« in der gleichnamigen Operette erobert sich das ehemalige Straßenmädchen Nana einen Platz in der korrumpierten Pariser Gesellschaft zur Zeit des Zweiten Kaiserreichs. Auf ihr Publikum hat Nana eine betörende Wirkung, niemand kann sich ihrer Ausstrahlung entziehen, sie macht jeden Mann »hörig« (Z. 5). Während die Zuschauer von einer rauschhaften Erregung wie betäubt sind (Z. 30), bleibt Nana selbst davon ganz unbeeindruckt (Z. 35) und überlegen. Zola greift zur Charakterisierung Nanas auf die Tiersymbolik zurück, um die sexuelle Macht der Frau zu beschreiben. »Die Brunst, die von ihr aufstieg, hatte immer weiter um sich gegriffen und erfüllte den Zuschauerraum.« (Z. 5–8). Nana ist die Raubkatze, die den Mann mit ihren Pranken zerfetzt, »mit einer Geste ihres kleinen Fingers wendete sie das Fleisch um und um« (Z. 9–11). Ihr Anblick versetzt die Zuschauer in Erregung, ihre Bewegungen reizen die Männer auf (Z. 8–9), sie erscheint ihnen als »vollkommene Stute« (Z. 19). Die häufige Gleichsetzung von Frauen und Tieren war charakteristisch für die Literatur und Kunst dieser Zeit. Denn für das männliche Verständnis existierte zwischen Frauen und Tieren eine Art Wesensverwandtschaft. Die Identifikation von Weiblichkeit mit Animalität steht sinnbildlich für den Glauben an eine überwältigende und bedrohliche Sexualität, deren Unkontrollierbarkeit eine permanente Gefahr für den Mann darstellt.

S. 103 Frank Wedekind: Lulu

Wedekind wurde 1864 als Sohn eines Arztes und einer Schauspielerin in Hannover geboren. 1872 emigrierte die Familie in die Schweiz. Wedekind brach sein Jurastudium ab und arbeitete dann als Journalist, Reklamechef und Sekretär. Wedekind trat auch als Schauspieler auf. Er gilt aufgrund seiner Experimente mit unkonventionellen

Strophe	Sinha: Eva an Gott	Strophe	Goethe: Prometheus
1	»Ich wusste als Erste« = selbstbewusste Aussage, Hervorhebung der eigenen Erkenntnisfähigkeit	1	verächtlicher Ton gegenüber den Göttern Machtlosigkeit / Ohnmacht der Götter Besitzanspruch Prometheus' auf den irdischen Bereich
2	»Licht und Dunkelheit sind beide von Dir erschaffen« = Anerkennung der göttlichen Leistung	2	Verhöhnung / Abwertung der Götter Verdeutlichung ihrer Abhängigkeit von den Menschen; Hoffnung auf göttlichen Beistand als Illusion entlarvt
3/4	Absage an Gehorsam gegenüber Gott und an das Verzichtgebot »ja das war ich« = Stolz und Besinnung auf eigene Handlungsfähigkeit und Mut die göttlichen Gesetze zu übertreten	3	Rückblick auf Enttäuschungen in der Kindheit, Orientierungslosigkeit Prometheus', Begründung der Rebellion gegen die Götter, die keine Anteilnahme, kein Mitleid zeigen; Besinnung auf eigene Kraft; Gedanke des Pantheismus: Das Göttliche erscheint als heilig im eigenen Ich (= Herz); Säkularisierung des Göttlichen, Vergöttlichung der menschlichen Tat- und Schöpferkraft
5/6	euphorisches Bejahen des Lebens und des Lasters, Genussorientierung als Prinzip	5/6	Reihe von Vorwürfen demontieren die Götter als erbarmungslos; Übersteigerung des Ich-Gefühls, Bejahung des Lebens in positiven und negativen Formen

Themen und bühnentechnischen Mitteln als Vorbild des Expressionismus in Deutschland und als Wegbereiter der europäischen Tradition des absurden Theaters. Wedekinds frühe Stücke, u.a. »Die junge Welt« (1890) und »Frühlings Erwachen« (1891), thematisieren die erwachende Sexualität Jugendlicher, die sich in einer ihnen gegenüber als feindlich empfundenen Erwachsenenwelt durchsetzen müssen. Diese Werke sowie die Tragödie »Der Erdgeist«, der erste Teil seines Skandalstückes Lulu, die 1898 uraufgeführt wurde, machten ihn bekannt. Mit der Figur der »Lulu« schuf Wedekind die bekannteste Repräsentation des männervernichtenden Verführerinnenmotivs in der modernen Literatur. Lulu ist Abglanz der griechischen Ur-Verführerin und zugleich Prototyp des mordenden Vamps. Aus den untersten sozialen Schichten kommend, repräsentiert sie den nackten Geschlechtstrieb, mithilfe dessen sie ohne Rücksicht auf sittliche Ordnung und Werte eine Vielzahl intellektueller Männer ruiniert, um dann auf das Niveau einer Straßendirne abzusinken und am Ende der Rache der Männer in Gestalt eines Frauenmörders zum Opfer zu fallen. Mit dem zweiten Teil der Lulu-Tragödie (»Die Büchse der Pandora«, 1904) entlarvte Wedekind die Dämonisierung der unbefangenen Erotik durch die Gesellschaft; Alban Berg vertonte beide Teile unter dem Titel *Lulu*. Sein Ziel war, das Publikum zu provozieren und die erstarrten Konventionen und Moralvorstellungen des Bürgertums zu durchbrechen. Während seine emanzipatorischen Stücke heute auf dem Programm vieler Bühnen stehen, galten sie damals als unsittlich und durften daher zeitweise nicht aufgeführt werden.

Aufgabe 1: Im Prolog vom Erdgeist präsentiert der Tierbändiger Lulu als verführerische Schlange (Z. 13) und als Inkarnation der Verlockung und des Bösen (Z. 19–21). Das undomestizierte Naturwesen wirkt bedrohlich und angsteinflößend. Er fordert sie auf, sich nicht zu verstellen (Z. 23) und durch natürliches Sprechen (Z. 36), die Urgestalt des Weibes (Z. 30) zum Ausdruck zu bringen. Das Tragen des Pierrotkostüms steht für ihre tatsächliche Rolle in der Gesellschaft. Pierrot ist seinem Ursprung nach der einfältigste, von allen geschlagene Diener, der aber gerade aufgrund seiner Einfältigkeit und Unschuld seine Herren entlarvt und bloßstellt.

Aufgabe 2: Ebenso wie Nana zieht die sinnliche Lulu die Männer in ihren Bann. Nana ist sich ihrer magischen Verführungskraft bewusst, auch Lulu wird eine animalische Attribute (»Schlange«, Z. 13, »süßes Tier«, Z. 23) und eine vernichtende Sexualität zugeschrieben (Z. 19–21). Beide Frauen sind sehr jung. Interessant sind in diesem Kontext auch die Namen dieser literarischen Frauengestalten. »Lulu« und »Nana«, das klingt wie »Babysprache«, diese Namen lassen die Frauen wie kleine Mädchen erscheinen, noch unangetastet von gesellschaftlichen Zwängen. Diese Namen schreiben Frauen eine Kindrolle zu. Diese Infantilisierung von Weiblichkeit korrespondiert mit der verbreiteten Bevorzugung wesentlich jüngerer Mädchen als Ehefrauen (u.a. Effi Briest) und als Liebesobjekte und sichert dem bürgerlichen Mann einen gesellschaftlich prädeterminierten Grad an Überlegenheit.

S. 104 Theodor Fontane: Effi Briest

Theodor Fontane (1819–1898) ist einer der bedeutendsten Vertreter des bürgerlichen Realismus innerhalb der deutschen Literatur. Zwischen 1836 und 1840 absolvierte er eine Apothekerlehre und arbeitete danach als Apothekergehilfe in Magdeburg, Leipzig und Dresden. Nachdem er 1844 zur Autorenvereinigung Tunnel über der Spree gestoßen war, wandte er sich 1849 endgültig dem Schreiben zu, arbeitete nach 1850 als Journalist, verfasste Theaterkritiken, von 1870 bis 1890 vor allem für die Vossische Zeitung, in denen er sich für den deutschen Naturalismus, namentlich für Gerhart Hauptmann, stark machte. Fontane hatte eine Vorliebe für die Darstellung von Frauengestalten, die an sozialen Konventionen zu ersticken drohen und oftmals tragisch scheitern (darunter »Irrungen, Wirrungen«). Auch das Thema Ehebruch beschäftigte ihn sehr (u.a. in »L'Adultera« 1882, in »Cécile« 1887, in »Unwiederbringlich« von 1892). Seinem Roman »Effi Briest« (1895) liegt eine konkrete Ehebruchs- und Duellaffäre zugrunde. Der in 36 Kapitel gegliederte Roman erzählt von der Eheschließung Effi Briests mit Geert von Instetten und ihren ersten Ehejahren in Stettin, von Effis Ehebruch mit Major Crampas, dem Umzug nach Berlin, der Entdeckung der Liebesbriefe nach sieben Jahren, auf die ein Duell zwischen Instetten und Crampas folgt, bei dem Crampas stirbt, der Scheidung und Einsamkeit Effis in Berlin und ihrer schließlichen Heimkehr, Verklärung und ihrem Tod auf Hohen-Cremmen. 1898 starb Fontane 1898 in Berlin.

Aufgabe 1 und 2: Der erste Textauszug aus »Effi Briest« zeigt die noch kindliche, sechzehn Jahre alte Effi kurz vor der Heirat mit dem 22 Jahre älteren früheren Verehrer ihrer Mutter, einem adligen Beamten mit gesicherter Laufbahn, dem sie erst einmal begegnet ist, der aber für die dem Landadel angehörigen Familie Briest eine gute Partie darstellt. Frau von Briest befürwortet die Konvenienzehe zwischen ihrer Tochter und dem wesentlich älteren Geert Instetten, indem sie seinen Charakter, seine Stellung und seine guten Manieren betont. Soeben hat Effi ihrer Mutter auf deren wiederholtes Drängen einen Brief Instettens vorgelesen, den sie beinahe in ihrer Tasche vergessen hatte. Im Gegensatz zu ihrer Mutter interessiert sich Effi selbst eher wenig für Schmuck und materielle Werte (Z. 19–20). Mit ihrer Vorliebe für Schaukeln und vor allem durch ihre Leidenschaft für das riskante Klettern erweist sie sich als noch sehr kindlich und als eher androgynes Wesen (Z. 20–23). Durch Attribute des Jungenhaften wird die kindliche Effi noch vollständig an ihrer Identität mit dem weiblichen Geschlecht gehindert. In diesem androgynen Kindsein fehlt die charakterliche Abrundung, ihre Erscheinung ist disparat, einerseits weiblich, andererseits jungenhaft, teilweise graziös und natürlich, teilweise wild und leidenschaftlich. In Bezug auf das andere Geschlecht und ihren zukünftigen Ehemann wirkt sie unbedarft und anspruchslos. Jeder kommt in Frage, wenn er halbwegs gut aussieht, adlig ist und eine gesellschaftliche Stellung hat (Z. 27–29). Sie ist naiv und leicht zu beeindrucken. Von der Liebe hat sie nur eine vage Vorstellung, sie liebt alle, die es gut mir ihr meinen (Z. 15). Der zweite Textauszug präsentiert Effi als sterbende Frau. Entsprechend der gesellschaftlichen Doppelmoral muss Effi ihren Ehebruch letztendlich mit dem Tode bezahlen, während es für Männer, die sich zur besseren Gesellschaft zählen konnten, völlig akzeptiert war, dass sie die Zeit bis zur Ehe mit dem Besuchen von Mätressen oder von Bordellen verbrachten, um voreheliche Erfahrungen zu sammeln. Von Frauen wurde selbstverständlich erwartet, dass sie als Jungfrauen in die Ehe gingen. Effi kann folglich nur noch sterben. Mit dem Verlust ihrer sozialen Rolle als Gattin ist ihr eine Daseinsberechtigung entzogen, da sie für nichts anderes von ihren Eltern und dem Erzähler vorbereitet wurde. Dabei vollzieht sich ihr Sterben sehr langsam und vermittelt den Eindruck eines Verwelkungsprozesses. Effis Entwicklung steht damit ganz im Einklang mit dem Weiblichkeitsbild der Zeit. Ihr Rückzug in die Krankheit und ihr Dahinsiechen entsprechen der stereotypischen Rollenerwartung. Als sterbenskranke Kranke ist sie ähnlich wie in ihrer Rolle als Kindfrau macht- und wehrlos. Ihre Darstellung als naturhaftes, unbezähmbares Wesen passt exakt in das Schema der Kindfrau, das in der Zeit um die Jahrhundertwende sehr beliebt war. Effi ist Kind und befindet sich folglich in einem geschlechtsneutralen vorweiblichen Stadium. Durch die Ehe mit Instetten soll sie zur Frau gemacht werden. Gerade mit dieser Mischung aus Kindlichkeit, Natürlichkeit und Kreatürlichkeit stehen die Kindfrauen in der männlichen Vorstellung für uneingeschränkte Sinnlichkeit. Diese Kombination macht sie zum idealen Objekt stilisierter Begierde. Effis späterer Ehebruch mit Crampas erscheint aufgrund ihrer Kindlichkeit somit wenig überraschend. Denn ein Kind weiß nicht, was es tut. Genau diese natürliche Wildheit und ihre narzisstische Kindhaftigkeit erschwert es ihr sich in die bürgerliche Ordnung und Rolle als brave Ehefrau zu fügen.

Aufgabe 3: Es existieren vier verschiedene Verfilmungen des Romans: 1. »Der Schritt vom Wege« (1939) unter der Regie Gustav Gründgens mit Marianne Hoppe als Effi, 16 mm-Film (Verleih: Die Lupe GmbH, 37073 Göttingen, Gronauer Landstraße 3). Die zweite trägt den Titel »Rosen im Herbst« (1955/56). Regie: Rudolf Jugert, Effi: Ruth Leuwerik (Verleih: Taurus-Film, München); Version 3: »Effi Briest« (1969, DDR-Fernsehen). Regie: Wolfgang Luderer, Effi: Angelika Domröse, 16 mm, (Verleih: Filmverleih Krauskopf, 86356 Neusäß, Gerstenstraße 10); 4. »Fontane Effi Briest oder Viele, die eine Ahnung haben von ihren Möglichkeiten und ihren Bedürfnissen und trotzdem das herrschende System in ihrem Kopf akzeptieren durch ihre Taten und es somit festigen und durchaus bestätigen« (1974). Regie: Rainer Werner Faßbinder, Effi: Hanna Schygulla, 16 mm, Verleih: atlas Film + av., 47057 Duisburg, Ludgeristraße14 – 16. Sozialkritischer als die ersten zwei Verfilmungen sind die Arbeiten unter der Regie von Luderer und Faßbinder. Luderer porträtiert insbesondere das Leben der unteren Schichten während der wilhelminischen Zeit und ironisiert den Adel. Fassbinders Schwarz-Weiß-Version präsentiert Effi als Opfer gesellschaftlicher Zwänge. Die Rollenbesetzung der Figur Effi ist sehr unterschiedlich: Gründgens Effi erscheint natürlich und temperamentvoll während Jugerts Film eine damenhafte Effi präsentiert. Bedrückt und voller Melancholie spielt Hanna Schygulla unter Faßbinders Regie (das Standfoto auf S. 106 im SB belegt dies) und die Effi in Luderers Verfilmung gibt sich selbstbewusst, ehrgeizig und affektiert. Bemerkenswerterweise wird in keiner der genannten Filme das extrem junge Alter von Fontanes Titelheldin berücksichtigt.

S. 107 Bettina Pohle: Weiblicher Dämon und zerbrechliche Kindfrau

Bettina Pohle, 1961 in Berlin geboren, studierte in Berlin und im kalifornischen Berkeley Germanistik und Anglistik, promovierte und lehrte in Berkeley und lebt heute in Berlin und Kalifornien

Aufgabe 1 und 2: Sowohl die »Femme fragile« als auch die »Femme fatale« stellen Frauenbilder dar, die vorherrschende sexuelle Verdrängung im späten 19. Jahrhundert widerspiegeln, wobei die sexuelle Nervosität der Décadence als eine Folge der eng gesteckten Sexualmoral zu betrachten ist. Während die »Femme fatale« die Flucht in eine Welt der erotisch-entfesselten Fantasie symbolisiert, steht die fragile Frau für heilige Keuschheit. Die Weiblichkeitsbilder, mit denen Frauen dämonisiert und verkindlicht werden, dienen einer Ausschaltung ihrer Konkurrenz als gesellschaftlicher Faktor im Zeitalter der Emanzipation des Bürgertums, das nach der Aufhebung der Ständegesellschaft strebte und Freiheit, Gleichheit und Brüderlichkeit proklamierte. Parallel dazu verläuft ein weiterer Prozess, in dessen Verlauf die patriarchalisch definierte Stellung der Frau zunehmend in Frage gestellt und teilweise auch aufgelöst wird. Die ersten Grundsteine dazu werden bereits in der Französischen Revolution gelegt und etwas später auch in der deutschen Romantik. Aus diesen Ansätzen entwickelt sich im Laufe des 19. Jahrhunderts die Emanzipationsbewegung, die Millionen Frauen an sich bindet, vor allem in den protestantisch geprägten Ländern. Die Heftigkeit, mit der der Diskurs um das Thema Weiblichkeit im deutschen Sprachraum der Jahrhundertwende geführt wird, korreliert mit der Krisenhaftigkeit, die diese Zeit prägt. Den sozialen und politischen Hoffnungen, die mit der Reichsgründung verknüpft waren, folgten Erfahrungen der Ernüchterung, Unsicherheit, Entfremdung, Spaltung und Ich-Verlust. Konsequenz dieser Verunsicherung und Angst vor Machtverlust ist das verstärkte Bedürfnis nach sozialer Abgrenzung von Geschlechtern, Rassen und sozialer Klassen. Die »Femme fatale« spiegelt das Prekäre der männlichen Situation. Ihr Bild hat Konjunktur in Zeiten von Orientierungslosigkeit und Verunsicherung. Die zwischen 1889 und 1900 sechsmal höhere Selbstmordrate von Männern im Vergleich zu der der Frauen zeigt die Verunsicherung und den sozialen Druck, dem die Männer im Zuge der zunehmenden Anonymisierung des modernen Lebens ausgesetzt waren. Die Protagonisten der neuen aufstrebenden Klasse benötigten weiterhin ihre Untertanen. Diese Rollen waren den Frauen zugedacht. Ihnen wurden die bürgerlichen Rechte verwehrt. Die mit der Industrialisierung einhergehende Versachlichung und Aufspaltung der Lebenssphären bedurfte einer Kompensation. Gefühle, Innerlichkeit, Erotik verkörperten Frauen in den verschiedenen Ausprägungen: »Femme fatale« und »fragile«.

S. 108 Matthias Politycki: Tania

1955 geboren, lebt in Hamburg und München.

Aufgabe 1: Gregors Bild von Tania entspricht deutlich dem Weiblichkeitstypus einer »Femme fatale«. Er schreibt ihr eine betörende Wirkung zu, die nicht nur ihm gefährlich werden kann (Z. 1 – 3), sondern aus Gregors Sicht auch auf Unbeteiligte einen nachhaltigen Eindruck ausübt (Z. 4 – 5). Gregor kann den Auswirkungen ihrer faszinierenden Weiblichkeit nur standhalten, wenn er nüchtern bleibt (Z. 11–12). Andere Männer haben sich in Tanias Gegenwart nicht mehr in der Gewalt, was Gregor zwar extremen Gefühlsschwankungen aussetzt (Z. 10–11), ihn aber keineswegs überrascht, da er sie als reines Triebwesen betrachtet (Z. 23–24). Betrachtet man indessen Tanias tatsächliches Verhalten in diesem Textausschnitt, gibt es für Gregors Besorgnis wenig Anlass. Eigentlich unternimmt sie gar nichts, verhält sich völlig unauffällig (3–4). Ihre reine Präsenz genügt und andere Männer starten sogleich Kontaktversuche, indem sie ihr Getränke spendieren (Z. 5). Tania entspricht hingegen nicht dem Bild einer lasterhaften Frau, Alkohol lehnt sie ab. Genügsam verbringt sie einen ganzen Abend mit einem Himbeershake (Z. 6–7).

Aufgabe 2: Tanias Selbstporträt könnte folgendermaßen beginnen: *Mein Name ist Tania. Ich habe einen Freund namens Gregor. Mit Gregor bin ich häufig unterwegs, wir gehen in Kneipen und ins Café Hummel. Kaum sind wir dort angekommen, benimmt sich Gregor recht eigenartig. Es wirkt fast so, als läge er auf der Lauer. Ich fühle mich von ihm beobachtet. Dabei mache ich gar nichts. Alkohol trinke ich ohnehin nicht...*

S. 109 Julia Franck: Beyla

1978 Übersiedlung nach West-Berlin. Studium der Neueren deutschen Literatur und der Altamerikanistik.

Aufgabe 1 und 2: Beyla zeigt sich in dem Textausschnitt in ihrer Verliebtheit gegenüber Albert als die Unterlegene, die sich nach etwas Intimität sehnt, die ihr vom Gegenüber zugesprochen wird (Z. 1–3). Sie bleibt passiv und ängstlich scheu und wirkt auf den Leser daher unsicher (Z. 14, 18). Das positive Erleben ihrer Verliebtheit gelingt ihr v.a. in der Zurückgezogenheit ihrer Wohnung: »Hier oben in meinem Bett ließ es sich in Ruhe und Gelassenheit glücklich sein.«

Ordnet man Tania dem Typus der »Femme fatale« zu, nähert sich Beyla hier eher einer »Femme fragile«: zurückhaltend, scheu, ängstlich und nahezu zerbrechlich.

Eigenbilder – Fremdbilder

Grundidee

Den Schwerpunkt des dritten Unterkapitels bildet die kritische Beschäftigung mit dem Thema Sprache. Mithilfe verschiedener Texte darunter Roman, Gedicht, Karikatur, Informationstexte und Zeitungsartikel, deren Gemeinsamkeit in ihrer besonderen Eignung für die Auseinandersetzung mit dem Bereich Sprache besteht, lernen Schülerinnen und Schüler über unterschiedliche methodische Zugriffe die Argumentationsstruktur von Texten zu erfassen und Informationen zu erschließen. Ein Analyseraster unterstützt sie bei der Untersuchung und dem Verstehen von Karikaturen, Comics und Cartoons. Mit Schreibaufgaben wie zum Beispiel die kreative Fortsetzung einer Romanszene und das Verfassen eines Leserbriefes werden Verstehens- und Erkenntnisprozesse eingeleitet und Beziehungsstrukturen und Gesprächspositionen erarbeitet und interpretiert.

Die Sprache ist ins Gerede gekommen. Feministinnen hielten die Sprache nicht nur für kritisierbar, sondern für ausgesprochen kritikbedürftig – und für reformbedürftig. Vor diesem Hintergrund entwickelte sich zunächst in den USA und seit Anfang 1978 auch in der Bundesrepublik die Feministische Linguistik. Ebenso wie sich die öffentliche Diskussion in Gesellschaft, Politik und Wissenschaft mit dem tradierten Selbstverständnis der Geschlechter, mit der Benachteiligung von Frauen in unserer Gesellschaft und mit Forderungen nach Emanzipation der Frau und der Verhältnisse der sexistisch und patriarchalisch geprägten Verhältnisse befasst, kommt der Kategorie Geschlecht auch in Erziehung und Schule viel Aufmerksamkeit zu. Der Deutschunterricht spielt in diesem Kontext eine wichtige Rolle, denn seine Untersuchungsfelder Literatur und Sprache sind ganz entscheidende und prägende Sozialisationsinstanzen. Sie können im Hinblick auf Geschlechtsrollenlernen sowohl stabilisieren und reproduzieren als auch zur Aufklärung und veränderndem Verhalten und Handeln beitragen. Wie wichtig es ist, Mädchen und Jungen ihre Möglichkeiten des Wahrgenommen-, Beachtet-, Identifiziertwerdens und Gemeintseins bewusst zu machen, belegen viele wissenschaftliche Studien. Um den Schülerinnen und Schülern den Zugang zu dem breitgefächerten Diskurs zu erleichten und sie gleichermaßen auf vergnügliche Weise in das Thema Sprachkritik und Sprachreflexion einzuführen, steht am Anfang dieses Unterkapitels ein Romanauszug aus Gerd Brantenbergs »Die Töchter Egalias«. Die Norwegerin landete mit ihrem 1977 erschienenen Buch einen Riesenerfolg, die deutsche Übersetzung im Mai 1980 war im Nu vergriffen. Der Erfolg des Buches beruht darauf, dass es eine gelungene Mischung aus feministischer Theorie und Erfahrung in Form einer ausgesprochen witzigen, bissigen und geistreichen Satire auf das Patriarchat darstellt. Luise F. Pusch bezeichnet Brantenbergs Roman als einen feministischen Meilenstein und nennt ihn in einem Atemzug mit Werken wie Simone de Beauvoirs »Le deuxième sexe«, Kate Millets »Sexual politics« und Alice Schwarzers »Der kleine Unterschied«. Bemerkenswert ist, dass er der erste Versuch ist, einen Text in einer »Frauensprache« zu verfassen, also einer Sprache, die nicht existiert und die erst neu erfunden werden musste. Allerdings handelt es sich hier nicht um eine positive Sprache, in der Frauen sich als eigenständige Subjekte artikulieren können, sondern es ist die Sprache von Machthaberinnen, was bedeutet, dass die Regeln der Männersprache Norwegisch bzw. Deutsch virtuos und geistreich auf den Kopf gestellt wurden. Das Ziel ist, die Sprache des Patriarchats durch die lexikalischen und grammatischen Überraschungseffekte als solche zu entlarven. Die produktive Schreibaufgabe im Hinblick auf eine Szenenfortsetzung wird den Kursmitgliedern nicht nur Spaß machen, sondern sie auch zu intensiver Sprachbetrachtung anregen. Ein so geschärfter Blick ist auch hilfreich bei der Untersuchung der beiden folgenden Gedichte von Karin Kiwus und Peter Turrini. Mit den Beiträgen der Professorin Luise F. Pusch, die sich als radikalste und konsequenteste Vertreterin feministischer Sprachkritik einen Namen gemacht hat und Dieter E. Zimmer, dem renommierten Sprachwissenschaftler, erhalten die Schülerinnen und Schüler einen interessanten Einblick in die Sprachdiskussion und die unterschiedlichen Vorstellungen von einer frauengerechten Sprache. Die Gegenüberstellung dieser beiden Standpunkte soll ihnen dazu verhelfen, sich einen eigenen Standpunkt zu dieser Frage zu erarbeiten.

S. 110 Gerd Brantenberg: Der Frühlingsball

Gerd Brantenberg, 1941 in Oslo geboren, studierte Englisch, Geschichte und Sozialwissenschaften. Charakteristisches Merkmal in all ihren Werken ist ihr Blick auf die Gesellschaft von einem konsequent weiblichen Standpunkt. Mit dem 1977 veröffentlichten Roman »Die Töchter Egalias« hatte sie in Skandinavien einen großen Erfolg.

Aufgabe 1: Petronius Verhalten in dieser Szene wirkt auf den ersten Blick äußerst ungewöhnlich für einen jungen Mann: Sein Erröten, seine Besorgnis bezüglich seiner äußeren Erscheinung und die Scham über die sichtbaren Schweißflecken in der abmalend engen Bluse, sein eiliger Gang zur Toilette und seine sorgfältigen »Reparaturbemühungen« dort (Z. 3–8) assoziiert man eher mit dem Verhalten junger Frauen. Auch sein modisches Zubehör, bestehend aus einem Handköfferchen und einem Goldband, das den »PH« (Penishalter) in Position hält, entsprechen keineswegs den traditionellen Vorstellungen von Männlichkeit in unserer Kultur. Bekleidungsmuster sind ebenfalls geschlechtsspezifisch geprägt. Das Tragen von abzeichnender Kleidung, das freiwillige »Ertragen« zu enger und scheuernder Schuhe (Z. 27–28) lässt Zweifel an seiner Geschlechtsidentität aufkommen. Mit engen Schuhen, die einen »kleinen Fuß machen« quälen sich Männer normalerweise nicht herum. Während man von »männlicher Kleidung« in der Regel Funktionalität und Bequemlichkeit erwartet, sollte »weibliche Kleidung« im Hinblick auf einseitig männliche Bewertungsmaßstäbe vor allem dem Aspekt der heterosexuellen Attraktivität Rechnung tragen, was bedeutet, dass die Frau Kleidung trägt, die die Figur vorteilhaft unterstreicht, dabei zugleich hinreichende Einblicke ermöglicht und genügend Haut sichtbar ist, um entsprechend »Sex-appeal« zu signalisieren. Signale von derartigem »Sex-appeal« bei Männern machen hingegen misstrauisch. Denn die Sozialisation als ein höchst komplexer und vielfältiger Prozess bewirkt, dass sich Individuen normalerweise als eindeutig männlich oder weiblich betrachten und dieses Merkmal für ein wesentliches Element ihrer Identität halten. Folglich drücken sie ihr Geschlecht durch eine ihrer Geschlechtsidentität angemessene Weise der äußeren Erscheinung, des Handelns Denkens und Fühlens aus. Sie verhalten und kleiden sich entweder wie ein Mann oder wie eine Frau, sie sprechen, denken und fühlen wie ein Mann oder eine Frau. Somit bringen sie in jedem Augenblick ihres Alltags und bei jeder Begegnung mit anderen Menschen durch ihr Verhalten permanent und unmissverständlich zum Ausdruck, in welche Geschlechtskategorie sie eingeordnet wurden bzw. in welche sie – im Fall von Transsexualität – lieber eingeordnet worden wären. Wolframs fürsorglicher Griff an Petronius Goldband (Z. 9–10) entspricht den rituellen Putz- und Pflegehandlungen, die Frauen im Umgang mit ihren legitimen Partnern häufig ausführen. Dazu zählt beispielsweise das Zurechtzupfen von Teilen der Bekleidung, Absuchen von Staubpartikeln oder ausgefallener Haare. In der Regel werden diese Berührungen von den meisten Männern nicht reziprok erwidert und erweisen sich als nur noch einseitige Dienstleistungen am Mann. Von Männern untereinander erwartet man diese Dienstleistung hingegen gar nicht. Taschen, die man am Gürtel befestigen kann (Z. 28–29), gibt es mittlerweile zwar auch für Männer, ihre Träger werden von ihren Mitmenschen allerdings häufig als homosexuell eingestuft.

Aufgabe 2: In »Die Töchter Egalias« entwirft Gerd Brantenberg das Bild einer sehr merkwürdigen Welt. Hier scheint alles auf den Kopf gestellt und die Männer haben sich einem hemmungslosen Frauenregiment zu beugen. Mit den Mitteln der Satire entlarvt die Autorin gängige Geschlechterklischees und hinterfragt die herrschenden Macht- und Unterdrückungsverhältnisse. Durch Konstruktion sachfremder Zusammenhänge (PH-tragende Männer, die in zu engen Blusen und mit angeschnallten Ballköfferchen ihrem Tanz auf einem Frühlingsball entgegen fiebern) schärft sie die Wahrnehmung für Vertrautes und lässt dieses plötzlich absurd erscheinen und in einem neuen Licht betrachten. Weitere Stilmittel sind karikierende Überspitzungen von Sachverhalten (»Sie beteten ihre Heldinnen an und schrieben ihnen Liebesbriefe, die sie trotz ihrer großen Liebe und trotz ihres Herzeleids nicht abzuschicken wagten.«, Z. 23–25) und sprachliche Neuschöpfungen wie »dam« (Z. 29) anstatt »man«, »PH« (Z. 10) und Begriffe wie »25 Frau große Orchester« (Z. 1). Mit diesem Vorgehen wirbelt Brantenberg Geschlechterstereotype durcheinander und kritisiert auf vergnügliche Weise individuelle, gesellschaftliche und allgemeinmenschliche Schwächen.

Aufgabe 3: Eine mögliche Fortsetzung der Szene könnte folgendermaßen beginnen: *Als Petronius endlich wieder oben auftauchte, kam Wolfram schon ungeduldig auf ihn zu. »Wo warst du denn die ganze Zeit? Unser Tanz beginnt doch gleich.« Er hakte sich bei Petronius unter und zusammen stürmten sie aufgeregt tuschelnd aufs Parkett. Die Frauen drehten sich ungeniert nach ihnen um. Kein Wunder – sie sahen hinreißend aus. Die Mühe hatte sich gelohnt. Einige Frauen gaben anerkennende schnalzende Geräusche ab. Sogar Ann Plattenberg, Wolframs große Liebe, schaute zu ihnen herüber. Aufgeregt stieß Wolfram Petronius an. »Sie sieht zu uns hin, Petronius. Hach, bin ich nervös.« Wolfram war wieder hochrot angelaufen. Nun ergriff die Zeremonienmeisterin das Wort: »Herzlich willkommen, meine Herren und Damen! Ich begrüße Sie alle zum diesjährigen Frühjahrseinführungsball und freue mich, dass Sie so zahlreich erschienen sind. Zunächst will ich Ihnen einige Informationen zum Ablauf des heutigen Abends mitteilen. Zu Beginn wird Ihnen ein reizendes Herrentrio zu flotter Musik etwas vortanzen. Währenddessen können Sie sich an der Bar mit Getränken versorgen und...*

S. 111 Karin Kiwus: Im ersten Licht; Peter Turrini: Im Kaffeehaus

Das vorliegende Gedicht von **Karin Kiwus** ist aus ihrem ersten Gedichtband »Von beiden Seiten der Gegenwart«, mit dem sie 1976 sofort bekannt wurde. Die Kritik feierte ihn als Beispiel für die so genannte Neue Subjektivität. **Peter Turrini**, geboren 1944 in St. Margarethen in Kärnten, aufgewachsen in Maria Saal. Matura 1963 in Klagenfurt. Von 1963 bis 1971 Arbeit in verschiedenen Berufen: Holzfäller, Stahlarbeiter, Werbetexter, Hotelsekretär. Turrini lebt als freier Schriftsteller in Wien und Retz (Weinviertel). Er schreibt Gedichte und Texte für Film und Theater.

Aufgabe: Kiwus Gedicht handelt davon, wie zwei Menschen nach einer gemeinsamen Nacht auseinander gehen und gilt nach einem traditionellen Liebesverständnis als eines der provokantesten Gedichte der 70er Jahre. Es thematisiert das Gefühl einer Desillusionierung. Allerdings ist in der ersten Hälfte bis Zeile 11 noch kein Hinweis auf die negative Emotion enthalten. Das Bild des ausladenden Klangkörpers, der sich dumpf aufrichtet (Z. 13, 14), markiert jedoch die Wendung. Dies wird extrem gesteigert in der Bewertung der körperlichen Beschaffenheit des Liebespartners bzw. der Partnerin mithilfe der drastischen Sprache, die abschätzige Beschreibung »fetter Arsch« klingt nicht so, als käme sie aus einem weiblichen Mund. Auch der Hinweis auf die kurze heiße Nacht in Zeile 4 lässt eher auf ein männliches lyrisches Subjekt schließen, das sich für ein oberflächliches sexuelles Vergnügen mit einer Frau eingelassen hat, die dem kritischen Blick am nächsten Morgen nicht mehr standhält. Turrinis Gedicht lässt hingegen auf ein männliches Subjekt schließen, verhält sich der Sprecher doch eher stereotyp in der Weise, dass er im Kontakt mit dem Knie seines Gegenübers (Z. 12) bereit ist, auf alle Bedingungen einzugehen. Das Bild des Knies lässt eher an das Knie einer weiblichen Person denken.

Vernetzung

Weitere geeignete Gedichte zur Frage nach dem Lyrischen Subjekt s. SB S. 46 und 89.

S. 112 Karikaturen, Comics, Cartoons

● *Aufgabe:* Karikatur 1: Darstellung einer Zugsituation, sichtbar sind insgesamt vier Personen, von denen jeweils zwei paarweise nebeneinander sitzen. Der am Fenster sitzende Reise schaut mit einem missmutigen Gesichtsausdruck auf seine Sitznachbarin, die mit ihrer Zigarette in der linken Hand, das Nichtraucherschild kommentiert. Sie fühlt sich von dem Hinweisschild Nichtraucher offensichtlich in keiner Weise angesprochen, da die weibliche Endung fehlt. Das Mittel, das den Komikfaktor auslöst, ist ihre Rhetorik, denn sie versteht den Begriff Nichtraucher absolut wörtlich. Ähnlich verhält es sich mit der zweiten Karikatur am unteren Bildrand. Die Sprecherin, sehr typisiert dargestellt, versteht die Mark aufgrund des weiblichen bestimmten Artikels als weibliches Wesen.

Weiterführende Aspekte

Weitere Karikaturen zum Thema s. LB S. 63. Gezeichnet wurden diese Karikaturen von Hogli, die eigentlich Amelie Glienke heißt und 1946 in Berlin geboren ist. Seit 1976 arbeitet sie als freischaffende Kinderbuchillustratorin und Karikaturistin für verschiedene Zeitungen und Zeitschriften.

1. Karikatur: Mögliche Aufgabenstellung: Analysieren Sie die abgebildete Karikatur mithilfe des Analyserasters. Stellen Sie einen Zusammenhang zum Kapitelthema »Frauenbilder« her.

Der erste Teil der Karikatur zeigt eine Tischrunde (auf der 1. Seite in Hogli) bestehend aus zwei Männern und einer Frau. Offensichtlich sind sie alle drei Kunstschaffende, erkennbar an den hinter ihnen schwebenden harfenspielenden Gestalten in langen Gewändern. Einer der zwei Männer befragt die mit ihnen am Tisch sitzende Frau, wie man denn ihre Muse nenne? Dass diese Frage einen spöttischen Hintergrund hat, zeigt sich an der zweiten Zeichnung, denn hier liefert der Mann gleich selbst die Antwort, indem er mutmaßt, dass es wohl »Muser« oder »Muserich« lauten könne. Seine Wortspielerei scheint ihn und seinen Tischnachbarn zu belustigen. Er selbst lacht selbstgefällig in sich hinein, sein Tischnachbar schüttet sich geradezu aus vor Lachen. Die angesprochene Frau findet diesen Witz nicht komisch. Dies lässt sich an ihrem frustrierten Gesichtsausdruck ablesen. Sie merkt, dass der Mann sie und ihre künstlerische Leistung nur lächerlich machen will.

Das Stilmittel der Karikatur ist eine Art doppelte Paradoxie: Zum einen wird für das Wort Muse mit weiblicher Form eine lächerlich anmutende männliche Form gesucht (mögliche Anspielung auf das Bemühen um frauengerechte Sprache, s. auch Pusch), zum anderen sind die Musen der Männer in der Tischrunde (eigentlich griechische Schutzgöttinnen der Künste und des Lebens) als männliche Wesen dargestellt. Thema der Karikatur ist entsprechend die Überheblichkeit männlicher Künstler, die Künstlerinnen und ihr Schaffen nicht anerkennen. Betrachtet man dieses Bild, empfindet man eine Empathie für die Frau.

2. Karikatur: Mögliche Aufgabenstellung: Analysieren Sie die Karikatur im Hinblick auf die Kommunikationssituation. Wie wird das Problem gesehen? Entspricht dies Ihrer eigenen Sichtweise?

Während die Frau sich einfühlsam um ihren niedergeschlagenen Mann kümmert und ihn seelisch wieder aufbaut, verhält er sich genau gegensätzlich. Sie solidarisiert sich sogleich mit ihm und redet ihm gut zu, nicht zu kündigen. Im weiteren Verlauf der Diskussion baut sie ihn weiter auf und beteuert, wie unentbehrlich er für die Firma ist und teilt ihm ihre Liebe mit. Die Aufmunterung ist gelungen, seine Miene strahlt Zufriedenheit aus. Genau umgekehrt verhält es sich, als sie ihm gesteht, dass sie ebenfalls Ärger an ihrem Arbeitsplatz hätte. Er wirft ihr vor zu übertreiben, zu empfindlich und unsicher zu sein. Sein Herangehen an die Situation ist pragmatisch, ohne Einfühlungsvermögen. Am Ende geht es ihr schlechter als zu Beginn des Gesprächs.

S. 113 Luise F. Pusch : Die Frau ist nicht der Rede wert? Das war einmal
S. 114 Dieter E. Zimmer: DIE, DER, DAS. Sprache und Sexismus

Luise F. Pusch, 1941 in Gütersloh geboren, Professorin für Sprachwissenschaft. Bücher und Aufsätze zur Grammatik verschiedener Sprachen und zur Grammatiktheorie. Sie hat den Diskurs innerhalb der deutschsprachigen Linguistik mit ihren Beiträgen über Sprache und Homophobie eingeleitet und vorangetrieben und gilt als die bekannteste, radikalste und konsequenteste Vertreterin feministischer Sprachpolitik.

Dieter E. Zimmer, geboren 1934 in Berlin, studierte Germanistik und Anglistik in Deutschland und in den USA. Er arbeitet als Redakteur bei der ZEIT und hat sich auch als Herausgeber der Werke Nabokovs und literarischer Übersetzer einen Namen gemacht.

Aufgabe:

Pusch	Zimmer
Die Frauensprache setzt sich erfolgreich durch.	Zugeständnis: Weibliche Titel und Berufsbezeichnungen in eindeutig weiblichen Bereichen sind zweifelsohne akzeptabel.
Ihre Verwendung ist ein Gebot der Höflichkeit.	Eine konsequente Verwendung von frauengerechter Sprache ist platzraubend.
These: Wörter erzeugen Vorstellungen	These wird durch zahlreiche Beispiele belegt
Beispiel aus dem Gesundheitsbereich: Autogenes Training (Z. 6, 7)	
These wird mit einem Beispiel untermauert (Z. 12)	

Arbeiten mit den Modulen

S. 88 Projektideen

Empfehlenswert ist das Spiel »Berühmte Frauen«, hrsg. von Luise F. Pusch und Susanne Gretter, Insel Verlag, 1999. Weitere Infos und Veröffentlichungen von Luise F. Pusch: www.fembio.org. Um nach Fotos von Autorinnen zu recherchieren, ist folgende Internetadresse, die eine Galerie mit Porträtfotos von über 600 zeitgenössischen Autor(innen) aus aller Welt enthält, interessant: http://www.gezett.de/Autorenportraits.htm.
Hilfreich für die Gestaltung eines eigenen Memory-Spiels sind Blanko-Karten. Weitere Spielidee: Organisation einer Wissensshow zu diesem Thema.

Über die Fachgrenzen...

Kunst und Geschichte: Untersuchung über die Rolle der Frau in der Kunst, zum Beispiel das Bild des weiblichen Modells aus der Sicht des männlichen Malers.
Sozialwissenschaft: Die Frauendarstellung in der Werbung.
Pädagogik: Die Rolle der Literatur im Emanzipationsprozess.
Geschichte und Pädagogik: Die Erziehung zur Weiblichkeit um 1900 im Vergleich mit weiblicher Adoleszenz und Mädchenerziehung heute.
Mögliche facherübergreifende Themen:
- Ehe und Familie am Ende des 19. Jahrhunderts;
- Geschichte der Frauenbewegung;
- Mehr Schein als Sein – Über die bürgerliche Repräsentation der Familie am Ende des 19. Jahrhunderts;
- Der Naturalismus und seine weltanschaulichen Grundlagen (Darwin).

S. 115 Klausurtraining Liliane W. Spandl: Muttersprache

Aufgabe 2: Möglicher Leserbrief: *Sehr geehrte Frau Spandl, Ihrem Artikel kann ich aus vollem Herzen zustimmen: Frauen müssen explizit genannt werden. Natürlich macht es einen Unterschied, ob in einer Stellenausschreibung beide Geschlechter angesprochen und zur Bewerbung aufgefordert werden oder ob das Unternehmen sich nur an »Büroleiter«, »Ingenieure«, »Wissenschaftliche Mitarbeiter« und »Webdesigner« wendet. Oft wird kritisiert, dass Mädchen und junge Frauen sich bei ihrer Berufswahl und beim Eintritt in das Berufsleben auf einige wenige klassische weibliche Berufsfelder beschränken anstatt die ganze Spannbreite der Möglichkeiten ins Visier zu nehmen. Es ist zu begrüßen, dass die Unternehmen offenbar endlich dazugelernt haben und so langsam erkennen, dass in Frauen ein großes Potenzial steckt, auf das sie nicht verzichten können. Doch die vielen Jahre frauendiskriminierender Sprache haben sicher auch ihre Wirkung auf Frauen gehabt und zu Selbstbeschränkungen geführt, ...*

Klausurtraining LB S. 64

Madeleine Bourdouxhe, 1906 in Lüttich geboren, gehörte zum literarischen Kreis um Jean Paul Sartre und Simone de Beauvoir. Ihr Werk, das aus mehreren Romanen und Erzahlbänden, darunter »Auf der Suche nach Marie«, besteht (1943) und »Wenn der Morgen dämmert«, erlebt derzeit ein aktuelles Comeback. Der Roman »Gilles' Frau«, der erstmals 1937 erschien und schon damals von der Pariser Kulturszene enthusiastisch aufgenommen wurde, gilt auch heute als eine Wiederentdeckung von höchstem literarischen Rang. »Gilles' Frau« beschreibt die zerstörerische Leidenschaft zwischen Elisa und ihrem Mann Gilles, einem Fabrikarbeiter. Mit ihm und ihren beiden kleinen Zwillingstöchtern lebt sie glücklich zusammen am Rande der Industriestadt Lüttich. Erfüllt von Liebe und Sehnsucht wartet sie jeden Tag auf seine Heimkehr von seiner Arbeit in der Fabrik. Als jedoch ihre jüngere Schwester, die schöne und rücksichtslose Victorine ein Verhältnis mit Gilles beginnt, nimmt die Katastrophe ihren Lauf, die im Selbstmord der verzweifelten Elisa ihr dramatisches Ende findet.

Aufgabe 1: Die sensible Elisa hat niemanden um sich anzuvertrauen, ihr Leiden, ihre Zweifel spielen sich nur in ihrem hoch entwickelten Innenleben statt. Gilles und Victorine kommen als Gesprächspartner nicht in Frage. Geschrieben ist der Roman vorrangig aus der Perspektive Elisas beziehungsweise aus Sicht der Erzählerin, die für sie spricht. Bourdouxhes' eigene Haltung zu ihrer Heldin ist allerdings deutlich spürbar von Mitgefühl geprägt. Teilweise spricht sie sie direkt an, (»Unruhig und starr vor Kälte bist du«, Z. 14–15) gibt ihr Ratschläge und Trost, öffnet ihr die Augen und analysiert ihre Situation (Z. 13–18). Die starke Gefühlsbeteiligung der Autorin lässt erkennen, dass sie sich mit dem Ringen und Leiden von Elisa und auch Gilles identifiziert. Diesem Aspekt ist die große Intensität zu verdanken, die den Roman insgesamt auszeichnet. Man kann sich der Wirkung der fehlenden erzählerischen Distanz beim Lesen nur schwerlich entziehen. Die eindringliche Schilderung von Elisas Innenwelt ist aufwühlend, man bekommt das Gefühl persönlich beteiligt zu sein an diesem riesigen Schmerz, den Elisa erleidet und wird buchstäblich in dieses Drama hineingezogen.
Elisa scheint dem klassischen Idealbild einer sich aufopfernden Mutter zu entsprechen, von der man erwartet, dass sie natürlich ihre Kinder über alles liebt. Auch Elisa liebt ihre Zwillinge und ist glücklich über das werdende Leben in ihrem Bauch. Doch diese Textstelle macht deutlich, dass sie ihre Mutterschaft nur als Folge ihrer Liebe zu ihrem Mann genießen kann. Ihre Kinder sind der

lebende Beweis ihrer Leidenschaft für ihren Mann. Ihr ganzes Fühlen und Denken kreist um Gilles, ohne ihn ist ihr Mutterglück nicht denkbar. Er ist der Dreh- und Angelpunkt für sie. Sie liebt ihre Kinder, weil Gilles ihr Vater ist. In ihrem Monolog wird deutlich, dass sie sich in erster Linie als Gilles Frau definiert und darüber ihre Erfüllung findet und nicht als Gebärerin seiner Kinder und Hausfrau. Diesem Aspekt trägt auch der Romantitel Rechnung. Der französische Originaltitel »La Femme de Gilles« hat eine doppelte Bedeutung, er steht für Frau und Ehefrau zugleich. Elisa ist eine Frau und Gilles' Ehefrau, doch nach seinem Fehltritt mit Victorine sieht er in Elisa nicht mehr die Frau, daher ist sie auch nur noch dem Namen nach seine Ehefrau. Der Titel zeigt aber ebenso, dass sie unabhängig von ihm keine Ich-Identität besitzt. Entsprechend taucht ihr Name im Titel gar nicht auf.

Aufgabe 2: Eine Auseinandersetzung könnte folgendermaßen beginnen: *Elisa hatte sich etwas aus der Dunkelheit hervorgewagt, um besser sehen zu können. Plötzlich stand Gilles vor ihr. »Was machst du denn hier? Spionierst du mir nach?« Er klang gereizt. Elisa erschrak, besann sich dann aber und sagte: »Gilles, Liebster, ich bin so unglücklich. Ich habe Angst dich zu verlieren. Du hast dich verändert. Sag mir, was mit dir los ist?« Gilles starrte sie an: »Was soll mit mir sein, was redest du da?«...*

Facharbeitsthemen

- Die Darstellung des Muttertraumas in Romanen von Autorinnen wie zum Beispiel Waltraud Anna Migutsch »Die Züchtigung« oder Elfriede Jelinek »Die Klavierspielerin«;
- Die Mutter-Tochter-Beziehung in der Literatur (s. Literaturtipps);
- Rezeptionsgeschichte von Fontanes Effi Briest;
- Untersuchung von Fontanes Frauenfiguren;
- Lesen Frauen anders?;
- »Krankheit Frau« – Ein Weiblichkeitsmythos in der Literatur. Eine Untersuchung des Zusammenhangs von Literatur, Pathologie und Weiblichkeit.

Lese-Tipps und Literaturhinweise

Primärliteratur

- Haushofer, Marlen: Himmel, der nirgendwo endet. Düsseldorf: Claassen 1996. Erzählt wird die Geschichte von Meta, einer starken Mädchengestalt, und den Einengungsversuchen durch ihre Mutter. (L+S)
- Jenny, Zoe: Der Ruf des Muschelhorns. Frankfurt a.M.: Frankfurter Verlagsanstalt 2000. Von der Mutter verlassen, landet Eliza zunächst im Waisenhaus, dann bei Adoptiveltern. Dort wird sie vom Hausherrn verführt und brennt mit ihrem Stiefbruder durch.(L)
- Migutsch, Anna: Die Züchtigung. München: dtv 1987. Schwierige Mutter-Tochter-Beziehung; Protagonistin Vera Kovacs erzählt sowohl ihre eigene Geschichte wie auch die ihrer Mutter. Im Gegensatz zu Jelineks Erika gelingt es ihr, dem ihr Leben beherrschenden Gespenst der verstorbenen Mutter zu entkommen. (L+S)
- Oelker, Petra: Eine starke Verbindung. Mütter, Töchter und andere Weibergeschichten. Reinbek: Rowohlt 2000. Erlebnisse bekannter Autorinnen mit der anderen Generation. (L+S)
- Woolf, Virginia: Slater-Nadeln haben keine Spitzen. In: Das Mal an der Wand. Frankfurt a.M.: Fischer 1989. Die Protagonistin ist ein heranwachsendes Mädchen, das sich den systematischen Einschüchterungsversuchen durch die Erwachsenen widersetzt. (L+S)

Sekundärliteratur

- Gnüg, Hiltrud; Möhrmann, Renate: FrauenLiteratur-Geschichte. Stuttgart: Metzler 1985. Analyse der brüchigen Geschichte der Frauenliteratur anhand von Essays; thematisch und nach poetologischen Aspekten gegliederte Kapitel. (L+S)
- Göpel, Marie-Luise: Frauenalltag durch die Jahrhunderte. Ein Bilder-Lesebuch. München: Hueber 1986. Interessantes Bilder-Lesebuch mit rund 300 Bildzeugnissen und ausgewählten Textdokumenten. (L+S)
- Hilmes, Carola: Die Femme Fatale. Ein Weiblichkeitstypus in der nachromantischen Literatur. Stuttgart: Metzler 1990. Die kritische Analyse gibt einen hervorragenden Einblick in die Problematik und Sprengkraft dieses Weiblichkeitsbildes. (L)
- Mühlen-Achs, Gitta: Geschlecht bewusst gemacht. Körpersprachliche Inszenierungen. Ein Bilder- und Arbeitsbuch. München: Frauenoffensive 1998. Anschauliche und gut verständliche Analyse mit vielen Beispielen aus der Werbung. (L)
- Pohle, Bettina: Kunstwerk Frau. Inszenierungen von Weiblichkeit in der Moderne. Frankfurt a.M.: Fischer 1998. An Bildern, literarischen und wissenschaftlichen Texten zeigt Pohle auf unterhaltsame Weise, wie sehr das Bild der »schönen und gefährlichen« Frau bis heute nachwirkt und das Frauenbild bestimmt. Sehr empfehlenswert. (L+S)
- Roebling, Irmgard (Hrsg.): Lulu, Lilith, Mona Lisa...: Frauenbilder um die Jahrhundertwende. Pfaffenweiler: Centaurus-Verl.Ges. 1988. Untersuchung von Frauenbildern und -mythen und neue Entwürfe von Weiblichkeit. (L)
- Stein, Gerd: Femme fatale – Vamp – Blaustrumpf. Frankfurt a.M.: Fischer 1984. Gute Auseinandersetzung mit Frauentypen am Beispiel von Textauszügen bekannter Werke. (L)
- Weber-Kellermann, Ingeborg: Frauenleben im 19. Jahrhundert. Empire und Romantik, Biedermeier, Gründerzeit. München: Beck 1988. Reich illustrierte Darstellung von Lebensentwürfen verschiedenster Frauen des 19. Jahrhunderts. Sehr interessant und gut verständlich. (L)
- Weigel, Sigrid: Die Stimme der Medusa. Schreibweisen in der Gegenwartsliteratur von Frauen. Dülmen-Hiddingsel: tende 1987. Guter Überblick über die Entwicklung von Schreibweisen, Notizen, Themen und Erzählmustern an Textbeispielen der Gegenwartsliteratur von Frauen. (L)

(Aus: Hogli: Du lässt dich gehn!)

Madeleine Bourdouxhe: Gilles' Frau

Elisa fühlt, dass ihr Mann sie mit ihrer jüngeren Schwester Victorine betrügt. Um herauszufinden, wo er sonntags hingeht, folgt sie ihm heimlich und beobachtet, wie er die Bäckerei Goblet betritt.

Elisa hatte das Gefühl, den Boden unter den Füßen zu verlieren. Dabei war Gilles doch nur ausgegangen, um mit einem Freund zu plaudern... Was tat sie hier mutterseelenallein in der Dunkelheit, bei dieser Kälte? Einen Moment war sie vor Hoffnung blind. Sie wollte aufstehen, um zu den Kindern zurückzukehren, und machte sich Vorwürfe, sie allein gelassen zu haben. Doch sie rührte sich nicht von der Stelle. Als sie um sich blickte und die verwischten nächtlichen Umrisse, die vom Nebel verschleierten Lichter sah, stieg wieder eine unendliche Traurigkeit in ihr auf. Was machte es, dass die Kinder allein waren! Sie liebte ihre kleinen blonden Mädchen, die Gilles' Haare und ihre Augen hatten, von ganzem Herzen und von ganzer Seele. Sie konnte nicht anders lieben, und so liebte sie auch das Kind, das sie trug und dessen Leben sie unter ihrem Herzen fühlte. Aber auch wenn Elisa als eine vollkommene Mutter gelten mochte, hatte die Liebe zu den Kindern weder ihren leiblichen noch ihren seelischen Ursprung in der Mutterschaft. Sie sind für sie vor allem die lebendige Fortsetzung ihrer Liebe zu Gilles, sind aus seinem Fleisch hervorgegangen, leben in seinem Haus, und ihre wichtigste Eigenschaft ist, dass sie diese Liebe sichtbar verkörpern. Ist sie also eine Frau, die ausschließlich zur Ehefrau geschaffen ist? Ist sie nur auf der Welt, um zu gebären und für ein Heim zu sorgen? Unruhig und starr vor Kälte bist du, eine kleine dunkle Gestalt, noch ein wenig dunkler als die Finsternis, die dich umgibt. Du hast dich in dieses grüne Nest geflüchtet, eine Kreatur unter anderen Kreaturen, aus demselben rastlosen, schmerzensreichen Fleisch geschaffen und ins Leben geworfen. Warum sollte das Schicksal ausgerechnet für sie eine besondere Entwicklung bereithalten? Eines Tages war sie in die enge Werkstatt ihres Vaters gekommen, wo es so gut nach Hobelspänen duftete, und hatte dort einen großen blonden Jüngling erblickt, der im Türrahmen stand. Er hatte die Arme voller frisch gehobelter Gewehrkolben, die er gegen seine Brust presste. Eine schicksalhafte Begegnung. »Danke, Gilles! Und sag deinem Vater, dass du wieder genauso viele mitnehmen kannst, wenn du nächste Woche kommst.«
Gilles hatte sich von dem Mann und dem jungen Mädchen mit einem offenen Lächeln verabschiedet, das sie tief berührt hatte. Und jetzt stellte sie ihn sich im Hinterzimmer dieser Bäckerei vor, hinter dieser Mauer, an die sie sich lehnte. Wie schön er war... Trotz seiner Größe und seiner kräftigen Statur schien er immer noch genauso jung wie damals, hatte er noch immer diese weichen Gesichtszüge. Sicherlich erstrahlte auch bei seiner Unterhaltung mit den Goblets sein Gesicht in diesem lässigen, schmelzenden Lächeln. Elisa straffte den Oberkörper und lächelte nun selbst mit verliebtem Stolz. Dieser Mann gehörte ihr... Und sie liebte ihn so sehr, dass sie ganz gewiss das Recht hatte, um ihn zu kämpfen, ihn zu behalten, für sich... für sich allein. Es war eine unbestreitbare Tatsache... Kein Mensch hatte das Recht, ihn von ihr zu trennen... noch nicht einmal er selbst.

(Aus: Madeleine Bourdouxhe: Gilles' Frau.)

- Analysieren Sie den vorliegenden Auszug aus dem Roman »Gilles Frau« unter besonderer Berücksichtigung der Erzählperspektive und der Haltung der Autorin, der Darstellung des Muttertyps und des Romantitels.

- Verfassen Sie eine Fortsetzung der Szene, in der Gilles beim Verlassen der Bäckerei seine Frau draußen entdeckt und erkennt, dass sie ihm nachspioniert. Aufgebracht stellt er sie zur Rede. Wie reagiert sie?